SV

Kevin Vennemann
Mara Kogoj
Roman

Suhrkamp

Gefördert von der Stiftung Insel Hombroich und der Stiftung Brandenburger Tor.

Druck: Freiburger Graphische Betriebe, Freiburg
Printed in Germany
Erste Auflage 2007
ISBN 978-3-518-41875-8

1 2 3 4 5 – 11 10 09 08 07

Mara Kogoj

John Cage:

> There are two great dangers for
> magnetic tape: one is music (all the
> history and thinking about it) ; and the other
> is feeling obliged to have an instrument.

Dabei scheint zu Beginn bereits und auf den ersten Blick das meiste aus Vergangenem so sehr vertraut wie schon wenigstens einmal und so viele Male ganz ähnlich gehört, kürzlich doch erst, und sowieso immer und immer wieder allein nur dasselbe zu sein, wenn mir nun Mara eines Tages, nachdem sie zum dritten Mal verschwunden war und erst zehn Monate später zurückgekehrt, von dem berichtet, um das es ihr eigentlich und überhaupt geht und immer schon habe gehen müssen, hier, in allem. Das mir nun wenigstens genausosehr am Herzen liegen sollte wie mit einem Mal schon immer auch ihr: ganz anders als bisher und meine ihrer Ansicht nach völlig nichtsnutze Spielerei, Dieses Mal, sagt sie: Mit größtmöglicher Deutlichkeit nur zwangsläufige Versteifungen aufgrund, wie wir gesehen haben, erforderlicher Verpflichtungen, sagt sie: Denn zwei Gefahren für ein Tonband unter drei möglichen Folgen des Blickes zurück: das Falsche, erstens, zweitens: gar nichts (ebenfalls falsch), zum Beispiel mein angeblich fehlendes oder, wie sie mir unterstellt, so gar nicht dringliches Herleitungsbedürfnis. Der Peršmanhof, diese Worte, Mara: Sind nichts Originelles, alles andere als das, du findest sie im

Internet und anderswo fast wortwörtlich genauso, es sind die besten verfügbaren allerdings, ich nehme sie mir, wieso soll ich dir oder sonstwem etwas vormachen, wenn es darauf ankommt, ist das beste Verfügbare oft sinnvoller als etwas zwanghaft Neues und doch nur vermeintlich Eigenes, der Peršmanhof also der Familie Sadovnik war einer der wichtigsten Südkärntner Partisanen-Stützpunkte im Kampf gegen den Nationalsozialismus. Hier ereignete sich in den letzten Kriegstagen, am fünfundzwanzigsten April neunzehnhundertfünfundvierzig, eines der furchtbarsten NS-Verbrechen an der Kärntner Zivilbevölkerung. Elf Familienmitglieder der Familien Sadovnik und Kogoj wurden dabei von Angehörigen des SS-Polizeiregiments dreizehn getötet, das Haus in Brand gesteckt. Ab neunzehnhundertsechsundvierzig kam es zu Ermittlungen am zuständigen Landesgericht, diese wurden jedoch neunzehnhundertneunundvierzig eingestellt, eine Wiederaufnahme in den sechziger Jahren verlief ebenso erfolglos wie zuvor. Statt dessen kam immer wieder die niemals nur annähernd bestätigte, nicht einmal von den Angeklagten gestützte Behauptung auf, die Partisanen selber hätten das Massaker begangen, sie hält sich in einer Art Volksmund hartnäckig bis heute. In der Zweiten Republik wurde der Hof wieder aufgebaut, eine Gedenkstätte errichtet und im Jahr neunzehnhundertzweiundachtzig ein kleines Museum eingerichtet, das die Entwicklung des antifaschistischen Widerstandes in Kärnten dokumentiert. Mara Kogoj auf ihrer Terrasse beim Frühstück mit vollem Mund, ein eisig verregneter Septembermorgen: Der erste Blick allerdings täuscht. Das Vertraute scheint nur vertraut und so sehr ähnlich wie doch gerade eben erst gehört, gelesen. Denn jetzt muß es weitergehen, drittens also (keine Gefahr): das Richtige, du wirst schon sehen und hör gut zu, sagt Mara, was wir tun.

Als Kind bereits das Komponierhäuschen und sowieso diesen Mahler noch nie wirklich gemocht, wie Sie wissen, wissen Sie überhaupt, alle Sinfonien, dieses so ewige wie endlose Bedächtig. Nicht eilen ebensowenig je ausstehen können wie die zahllosen In gemächlicher Bewegung. All das Ohne Hast und so vieles Ruhevoll und Sehr behaglich und so weiter regelrecht gehaßt als Kind bereits gehaßt wie die Pest den Gesang unseres Vaters geliebt, unser Lied. Als Kind bereits unter heldenhaft verstümmelten Pilgern in Kinderuniform nebligen Vormittagen und dem geheiligten Untergang im Nebel salutiert, in Kinderstiefeln stillgestanden bis in die Ohnmacht an der Seite des Vaters Onkels Großvaters an jenen zuletzt noch zumeist noch sehr spät so milden ersten Oktobersonntagen, in einem Marktplatzrestaurant an diesen Tagen während Salutpausen zur Beruhigung und zur Belohnung für mein Durchhaltevermögen Salsiccias sogar noch außer Haus und Risotto auf dem weit beiderhand bestuhlten Marktplatz serviert bekommen auf Zwiebelringen und ganzen Platten Essigwurst mit Senf, und im Anschluß geglaubt, doch wieder sehr gerne dort oben gestanden zu haben, gegrüßt, gesungen wie selbstverständlich weil selbstverständlich die eiskalte Hand des Vaters festgehalten die andere im Handschuh in der Manteltasche und mitgesungen zu haben mit aller Kraft, die gehaltenen, wenn auch kaum je wirklich verstandenen Reden mit summend heißem Kopf gehört und geliebt. Als kindlicher und so gar nicht verkrüppelter Pilger und als Kind über Vormittage unter Hunderten alten Herren, Hunderten Kameraden, jüngeren Bewunderern bis zur Ohnmacht stillgestanden und halb ohnmächtig den heldenhaft Gefallenen Verwundeten die mächtige verpflichtende Ehre der zur Ehrerweisung verpflichteten noch Lebenden zu Jungen erwiesen dem Splitter in der Hüfte und verbranntem Rücken des Onkels dem Stolz der Tante den Schmerzen den Qualen den Leiden des Vaters dem Stolz der Mutter dem abgeschlagenen Bein des Großvaters der Verlassenheit Verzweiflung der Großmutter der großen Niederlage und gebeten darf ich den Stumpen gefragt einmal anfassen gefragt fühlt sich wie ein Herz an gesagt wie ein Herz an darf ich ihn festhalten gefragt das auf immer ein pumpendes Herz dieses, berichtet Pflügler an guten Tagen.

An den meisten anderen erzählt er nicht viel, und auch an diesen Tagen, ohne mich zu erkennen, sucht er sich mit bald jedem zweiten Satz den langen Weg hinüber zu einer Sprache aufzuraffen, scheinbar angekommen: die als nicht die seine zu erkennen sein soll in den meisten Fällen im ersten Moment, nichts leichter als das, behauptet er, Pflügler an solchermaßen guten oder ähnlichen Tagen: Als Kind beim Komponierhäuschen. Unterhalb des Komponierhäuschens am Seestrand Janez Šorl mit Schwung und immer wieder tief hinein in Phrasen und leere Versprechungen, falsche Freundschaften geworfen, an den Händen gebunden, einen Stein an seine Fesseln gebunden, die Augen versiegelt mit Teppichklebeband, an unsere Angel ein Messer gebunden, das Messer an der Angel in den See zum zwangstauchenden Šorl hinuntergehalten aus Spaß nach so langer Zeit endlich, soll ich, muß ich, Šorl als Kind schon nicht ausstehen können, berichtet Pflügler an solchen Tagen ruhig, an anderen: Als Kind bereits vor Zorn den eigenen Schädel aufgeschlagen nach verlorenen Spielen mit und oder gegen Šorl wenigstens einmal im Jahr, nach von Šorl oder sonstwem nicht wie verlangt gereichten Dingen, und als Kind bereits immer wieder wahllos Arme und Schultern in

Fensterglas geschlagen und zerschnitten nach nicht wie verlangt geschehenen Dingen. Als Kind mir bereits regelmäßig den Schädel an der Stallwand bis zur Ohnmacht regelrecht zertrümmert vor Zorn, Tischplatten aus dünnem Glas mit den Händen durchstoßen, und als Kind bereits in regelmäßigen Abständen einen offen daliegenden Muskel im am Glastisch aufgeschlagenen Unterarm oder Handgelenk zu beobachten geglaubt, zu berühren versucht und zu beobachten zu glauben geliebt wie kaum etwas anderes wie Sie wissen wissen Sie am steigenden Schnee zu ersticken versucht, völlig eingeschneit zu werden versucht oder erdrückt zu werden oder frei fallend zu ertrinken im Schnee, endlich zu ertrinken im Schnee als Kind bereits. Die vielen endlosen Erzählungen gehört und großen Karawanken-Erzählungen gehört jeden Tag und hören. Müssen immer wieder am Tag dann zu ertrinken versucht immer wieder und. Am Tag zu ertrinken versucht immer wieder, immer. Wieder, nachts dann ertrunken.

Wenn Pflügler an wirklich guten Tagen auf diese oder ähnliche Weise berichtet und zusammenfaßt, was alles ein Grund gewesen sein mag. Was sich zugetragen haben mag in Pflüglers Kärntner Kinderleben. Wenn sein Blick starr und abgewandt ist, auf den Boden gerichtet während stundenlang vergeblicher Versuche, an ganz normalen Tagen etwas Verwertbares aus dem doch grundsätzlich alles andere als verschwiegenen Pflügler herauszubringen über die letzten sagen wir fünfzig, fünfundfünfzig Jahre im Leben des inzwischen sichtbar alternden Ludwig Pflügler. Würde es mich nicht im geringsten stören, wenn du mich in den Schlaf brächtest heute. Nacht, nicht einmal würde ich, glaube ich, kämpfen wollen, murmelt Pflügler. Es würde. Mich ja kaum interessieren oder gar stören, wenn du heute alles fortnähmest, und sicher: Ich würde. Den Schmerz nicht vermissen, flüstert Pflügler, und: Aber ich weiß, ich muß mein Leben leben und auf dem Boden herumrollen und die Qual spüren und auf dem Weg dorthin erst allmählich begreifen, daß ich nicht mehr bin als ein Salzkorn im Salz der Erde, nicht mehr. Und alles. Alles ist Gnade, murmelt Pflügler, zuckt mit Schultern, Armen, Oberkörper, zappelt, fällt zur Seite mit dem Kopf auf den Tisch, lacht, bleibt liegen, lacht, als wir erschrecken. Ich würde an solchen, was das Gespräch angeht, wirklich lohnenswerten Tagen nicht im Traum je vermuten, daß Pflügler tatsächlich da sitzt und vor mir sitzt, wie ich ihn seit meiner Kindheit schon kenne, und denkt. Daß er mich längst erkannt hat und bewußt jemand anderen erinnert, den er Šorl nennt und Janez Šorl, daß er mir etwas vorspielt und in Wahrheit schon längst und von Anfang an sogar weiß, wer ich bin. Daß er außerdem auch nur ansatzweise wüßte, was er tut, und kalkuliert, daß er mit mir spielt, daß. Er nichts als mich leiten will, wohin, zeigt er mir nicht, er zeigt mir rein gar nichts und sich mir selber noch immer nicht. Aber vielleicht liege ich falsch. Sicher ganz falsch. Pflügler spielt mit mir und. Pflügler denkt.

Es vergeht viel Zeit an diesen Morgen, an denen er zweimal in der Woche zu uns kommt, um einfach nur von sich zu berichten. Nichts Zwanghaftes, nichts Erzwungenes, ohne daß etwas geschieht. Wir sprechen, vielmehr: Er spricht und sollte sprechen, wir lassen ihn sprechen und von sich erzählen, es gibt hauptsächlich normale Tage, an denen kein Wort aus ihm herauszubekommen ist. Pflügler kommt, und wir sitzen einander gegenüber im Büro und sehen uns an oder nirgendwohin, gelegentlich frage ich ihn etwas, versuche sachte zu lenken, aber Pflügler antwortet nicht, sieht mich schweigend an oder hält die Augen geschlossen eine Stunde lang gerne auch zwei dann geht er. Gute Tage, an denen er redet, Sind vielleicht jene Tage, erklärt er grinsend gespreizt, an denen Mara Kogojs

Nähe wirkt, solche Tage sind aus welchen Gründen auch immer selten. An solchen Tagen berichtet er von sich, nichts kann ihn an solchen Tagen mehr beeindrucken, als wenn er Kogoj am Ende des Gesprächs sitzen läßt, was ihm sichtlich gefällt. Pflügler erklärt, daß wir fertig sind, steht auf und geht an der sitzenden Kogoj vorbei, die das Gespräch über weggehört und gelesen hat, schüttelt ihr die Hand ganz förmlich zum Abschied grinst wie immer und schon zur Begrüßung, was in beiden Fällen unnötig ist, weil er nie lange bleibt zum Gespräch, auch dann nicht, wenn er tatsächlich erzählt. Weil er, und dies erscheint mir zweimal pro Woche im Türrahmen auf ihn wartend immer dann erst wieder denkbar, wenn ich Pflügler der bleichen Kogoj die Hand schütteln beobachte, als sähe er sie zum letzten Mal, als verbrächte er untertags irgendwo anders eine gute Zeit mit ihr, weil er womöglich kalkuliert. Als wenn er wüßte, was er tut, als hätte er einen Plan, weil diese Sitzungen bei uns für ihn nur eine Etappe und stets im voraus geplant vorausgesehen sind. Weil Kogoj sich an diesen Tagen spürbar gerne im Büro sitzen lassen läßt, über jeden Augenblick, den sie nicht mit ihm im selben Raum verbringen muß, ist sie glücklich, stellt sich heraus. Läßt sich aber dennoch nur ungern Kaffee von mir bringen zwischen zwei Gesprächspartnern, sitzt steif, wartet auf uns, Pflügler und mich, darauf, daß wir sie allein lassen, einen steinalten Paustowskij-Erzählungsband in den Händen, in dem sie gelesen hat während des Gesprächs und lesen wird, sobald wir das Zimmer verlassen haben, seit gut sechs Wochen dieses Buch wann immer Pflügler auftaucht, abwechselnd außerdem: Blok, Chlebnikov, Jessenin, Mandelstam, Zwetajewa oder tippt lächelnd etwas zur Abwehr gegen mich in ihr Telefon, damit ich weiß, daß ich störe und nur rasch Pflügler mitnehmen und dann mit Pflügler zusammen gehen soll so schnell wie möglich, selbst wenn und obwohl ich später Kaffee mitbringe. Dich bewirte ich nicht, Achilles, sagte er zu dem Friseur, zitiert Kogoj einen mir damals noch unbekannten Leutnant Friedrich Kohlberg eines Morgens, als sie eintritt, ohne Gruß. Aus Paustowskijs englischem Rasiermesser, verrät sie mir, bleich und erstarrt vor Ekel und Belustigung über meinen anhaltend ungebrochenen Aberglauben, regelmäßiges Kaffeebringen könne zu einer angenehmeren Arbeits-, Umgangs-, Gesprächsatmosphäre beitragen. Kohlbergs Bewirten meint das qualvoll langsame Zugrunderichten zweier jüdischer Jungen aus Mariupol, indem er sie große Mengen Wodka zu trinken zwingt, klein und schwarz lagen sie da wie vom Blitz versengt, daß Kohlberg sich, wiederum später, von Awetis, den er Achilles nennt, ebenfalls bewirten, nämlich rasieren läßt, habe Awetis demütigen sollen, allerdings dann die Niederlage des teuflischen Kohlberg und Awetis' glückliche Flucht ermöglicht. Kohlberg hatte den alten Awetis über die sterbenden Jungen grinsen sehen und ihm daher vertraut. Was er nicht wußte: Noch jedesmal, wenn Awetis ein Unglück traf, grinste er schief. Und so konnte er dem vertrauensseligen Kohlberg während der Rasur seinen Rasierpinsel in die Augen stoßen, ihm den eisernen Leuchter über den Schädel schlagen was von beidem haben nun Sie vor, mit mir, mit Pflügler, wenn Sie ihm und vorher mir Kaffee bringen jedesmal, sind Sie Kohlberg, sind Sie Awetis, liefern Sie sich aus, ihm, mir, oder wollen Sie uns täuschen, nun, will Mara Kogoj wissen an jenem Morgen lacht. Sie legt ihr Telefon beiseite und lächelt erst im letzten Moment zu mir herauf. Läßt sich dann doch auch von mir einen Becher zweiten Frühstückskaffee geben, während wir auf Pflügler warten, damit ich nicht etwa auf die Idee komme Sie anzusprechen: Alles wie immer, beruhigt sie, nichts Neues, bestätigt sie, treiben Sie es nicht zu bunt, mahnt sie. Pflügler gibt mir zur Begrüßung die Hand, in die er zuvor seine Zigarettenasche geklopft hat: Oder, fügt sie hinzu, machen Sie doch gerne gerade mit ihm, was immer Sie wollen lacht den halb geblendet vor Angst laßt mich gehen laßt mich los und Ähnliches keuchenden Šorl in den Seeufersandstrand unterhalb des Komponierhäuschens vor uns auf die Knie gestürzt. Der Länge nach zu dritt in den Sand gedrückt zu dritt mit den Knien in den Sand gestemmt, murmelt Pflügler, aber vorm Abreißen des Klebebands den keuchenden Šorl am hellbraunen Seestrand unterhalb des Komponierhäuschens am Wasser noch triefend und durch und durch durchnäßt ins nahe gelegene Unterholz geworfen beim Abreißen des Teppichklebebands beinahe Šorl die Augen ausgerissen, wissen Sie: Janez Šorl die Lider offengerissen bei jedem Abreißen des Klebebands, murmelt Pflügler im Moment des Erkennens der Beichtmutter Mara Kogoj und Ihrer Zuweisung als Aufnahmeleiter die Slowenin Mara Kogoj als Beichtmutter und Sie als Slowenen und Aufnahmeleiter zugewiesen aufgezwungen bekommen zu haben ab dem Moment ausgerechnet ihrer und Ihrer Zuweisung als überhaupt größte Demütigung empfunden ehrlich gesagt, murmelt Pflügler. Dem keuchenden Šorl am hellbraunen Seestrand ein Hemd oder ein Handtuch oder einen Strumpf um den Kopf und um die blutenden Augen gebunden, als Kind schon, murmelt Pflügler, und auch als Kind schon tagtäglich auf die Dunkelheit gewartet jeden. Tag mir den Milchtisch als Schlachtbank vorgestellt, eine Gerätekammer als Gruft, wenn er, jeden Tag mir vorgestellt, ich stürbe, wir stürben auf dem Milchtisch als Schlachtbank unseren Tod zusammen durch die Hände des Vaters Onkels Großvaters in ihren Händen, wenn er, den ich verdiene, den wir alle verdienen aus ihren Händen, wie ich, wie wir nichts sonst verdienen, wenn er dann plötzlich, weil es die anderen an unserer Statt nicht oder zu schnell oder zu viele zu wenig schmerzvoll getan haben, murmelt: Zu sterben nämlich. Rufend um sich zu schlagen und zu treten beginnt und diesmal rufend intoniert: Nun komm schon mit deiner

Dunkelheit, komm schon mit deiner Angst, denn ich muß ja irgendwo anfangen, und warum sollte es nicht hier sein. Und wenn ich endlich nackt und mitten im Sonnenlicht stehe, sehe ich zurück auf all die stolze Selbstsüchtigkeit und den Haß und die Verachtung mir und uns gegenüber. Da stehe ich und. Lache über mich selber. Habe die Zeit seit dem letzten vergleichbaren Zwischenfall genutzt, zwei Nächte lang die sich seit Wochen ansammelnden Zeitungen und Zeitungsausschnitte, Fotos und Papiere, Dokumente aller Art einzeln vom Schreibtisch genommen und jeweils zu zweit in Klarsichthüllen geschoben gegen Pflüglers in schöner Regelmäßigkeit während ähnlicher Ausfälle wie diesem über die Tische fliegende, halb oder zur Gänze gefüllte Kaffeetasse: Pflüglers Name auf nahezu jeder Liste während der letzten Jahre beobachteter Mitglieder selbsternannter Heimatschutzbünde. Bilanz der Diskussion: hoher Aggressionsgrad, wenig Einsichts- oder Selbstregulierungstendenzen. In einigen Reaktionen auf die regelmäßig, jährlich von verschiedensten Verlagen und Publikationen, Opferverbänden, Presseagenturen, Bürgerinitiativen gestellten offenen Anfragen zu den Statistiken migrationsfeindlicher, antisemitischer und oder antizionistischer, antiziganistischer, im weitesten Sinne, könnte man sagen, als: aggressiv deutschnational motiviert eingestufter Straftaten und, hier kommt Pflügler ins Spiel, Agitationen: niedrige Hemmschwelle, schwierig zu kategorisieren, viele Grenzfälle, hohe Dunkelziffer, mitunter behördliches Desinteresse, im allgemeinen geringe Aufmerksamkeit. Eine ausführliche Darstellung sämtlicher Aktivitäten diverser von Pflügler und Rahn seit etwa neunzehnhundertfünfundachtzig gemeinsam initiierter Heimatbünde. Pflüglers und Rahns Namen wiederholt in der im Frühherbst neunzehnhundertsechsundneunzig umfangreich dokumentierten Berichterstattung zu den Verbalgefechten des Frühherbstes neunzehnhundertsechsundneunzig um die so umstrittene wie ereignisreiche Eröffnung der: Wehrmachtsschau im landeshauptstädtischen, leicht peripher gelegenen Neubau der privaten Kunsthalleninitiative Ritter: immenses Öffentlichkeitsecho, zahllose unergiebige Diskussionen im Vorfeld, ungeahnte Abgründe unter anderem auch und besonders der Landespolitik. Etliche aussagekräftige Flugblätter und Ausgaben einiger von Pflügler herausgegebener, jeweils nach wenigen Heften eingegangener Zeitschriften mit Titeln wie: Das Erbe und: Die Saat ab etwa neunzehnhundertzweiundachtzig bis neunzehnhundertfünfundachtzig. Ein vom Berg aus gegen den abfallenden Hang geschossenes Foto, auf dem über Pflüglers Hof die weinrote Sonne jenseits flacher Hügel untergeht. Eine Frau zupft im Zwielicht Früchte in ihre Schürze, ein, ja, blonder Junge in Lederhosen turnt vor der Kamera sichtlich überglücklich auf der Wäschestange. Mara Kogoj erhebt sich im Hintergrund mit regungslosem Gesicht auf ihr Telefon eintippend. Zwei Sicherheitskräfte, die seit kurzem in den Gebäuden patrouillieren, kümmern sich um Pflügler auf Kogojs Fingerzeig hin. Die Sekretäre der benachbarten Büros sehen nach dem Geschrei und Toben, dahinter der Hofbrunnen, eine Scheune, ganz rechts Pflügler, der mit einladender Geste seinen ausgestreckten Arm und den Blick der Betrachtenden über das Tal und sein Grundstück und die Berge im Hintergrund schweifen läßt, über Kogoj als Zentrum des Bildes im Büro und meiner den zu Ende gegangenen Tag raffenden Notiz am Abend: Nicht eben kooperationsbereiter als gewöhnlich, aber vergleichsweise zufrieden. Er hat einen neuen Sessel bekommen, er hatte einen neuen Sessel haben wollen, der alte, der zum Gebäude gehört, sei zu klein für ihn. Pflügler ist kaum eins siebzig groß, aber der alte sei zu klein für ihn, er brauche einen neuen, ohne neuen Sessel wolle er überhaupt gar nichts mehr sagen, und bevor er noch irgend etwas sagen könne, brauche er einen Sessel, der seiner Größe angemessen, demnach wesentlich größer sei als der alte, murmelt Pflügler, während er sich umständlich seinen neuen Sessel zurechtschraubt, die Sitzfläche in die Höhe zieht und hinunterdrückt, die Sitzfläche hinaufkurbelt mit einer kleinen Handkurbel unter der Sitzfläche und auf Knopfdruck wieder hinabläßt. Dieser Sessel sei nun richtig, genau richtig, so, wie er ihn eingestellt habe, Ich will, daß der Sessel so eingestellt bleibt, wie er nun eingestellt ist, sagt Pflügler bestimmt, er findet zurück zu uns und Mara Kogojs Blick: ob ich noch bei klarem Verstand sei, daß ich dem Gesprächsteilnehmer Pflügler einen neuen, einen eigenen Sessel besorgt habe. Pflügler nach einer zerschwiegenen Pause von mehreren Minuten: Daß Sie so etwas können wie den richtigen Sessel für mich besorgen, tatsächlich etwas richtig machen können: alle Achtung. Im Laufe der Wochen, um Pflügler aus der Reserve zu locken, entgegen allen Bedenken und den wiederholten Einwürfen Mara Kogojs vermehrt die Konfrontation mit Pflügler gesucht und dabei in zunehmendem Maße die Kontrolle verloren meinen Namen, er gibt mir seinen nimmt mir meinen läßt mir seinen, er bläst auf mich: Hiergegen und wider die monologische Konzeption des Gesprächs Pflügler in der Folge vermehrt direkt angesprochen, anstatt ihn nach Belieben stammeln murmeln singen und was immer sonst zu lassen, ihn auf bestimmte Themen hingesteuert, gelenkt, damit wir vorwärtskommen, und also Pflügler während jeder Sitzung oder während jeder zweiten Sitzung mit einer Auswahl seiner Aussagen konfrontiert: Dabei die Kontrolle über unser Gespräch mehr und mehr Pflügler überlassen, anstatt sie ihm wie doch eigentlich beabsichtigt Stück für Stück zuzuschieben und gleich wieder zu entreißen, Kogojs Protest: Sie fragen Pflügler mehr als gut sein kann für das Gespräch, Sie leiten ihn, und Kogoj: Wenn er nichts sagen will, sagt er halt nichts. Dann schauen wir uns das Ganze noch ein paar Mal an, ein paar Wochen maximal, nehmen ihn aus dem Gespräch, wenn es uns nicht mehr tragbar scheint geschweige denn sinnvoll. Wenn er uns dann noch immer nicht verrät, was er hier eigentlich will: Fertig, sagt sie, nicht wahr, keine weitere Zeit verschwendet, Kogoj: Zufrieden damit, wie wir bisher mit Pflügler vorgingen, könnten wir nicht sein, sie jedenfalls, sagt sie, sei es nicht ansatzweise: Das ginge wohl schlecht. Ihre Bilanz ignoriert soweit möglich, statt dessen Pflüglers einsilbige Reaktionen beobachtet und aufgezeichnet und Mimiken systematisiert und analysiert. Währenddessen von Pflügler beobachtet worden, ich kann es von seinem Gesicht ablesen, wenn er antwortet, er sieht mich ungerührt an, während ich ihn zu fassen zu bekommen versuche mit seinen eigenen, in der Vergangenheit getroffenen Aussagen, holt er mich Stück für Stück wieder ein. So zum Beispiel Pflügler im Juli neunzehnhunderteinundachtzig im Vierteljahresheft seines Heimatbundes mit Bezug auf einen älteren Zeitungsartikel: Deutsche Bauern rodeten allen fruchtbaren Boden, deutsche Handwerker gründeten unsere Städte und Märkte, deutsche Bergleute erschlossen die Bergschätze der Heimat, deutsche Kaufleute erschlossen die nötigen Handelsstrukturen und deutsche Unternehmer die Industrien, deutsches Blut strömt seit Jahrhunderten in alle Landesteile, um die Slowenen in unserer Nachbarschaft über die geschaffenen Strukturen mit einzubeziehen, nach und nach zu zivilisieren, friedlich einzudeutschen. Pflügler: Gesagt. Pflüglers Sorge um den Nachwuchs in einer Aussendung vom September neunzehnhundertneunundachtzig: Dazu gehört die auf die systematische Verblödung unserer Jugend ausgerichtete, von den mächtigen kommunistischen Drahtziehern in der Welt verbreitete geistige Vergewaltigung, die bewirkt, daß Millionen junger Menschen schon früh der Ansicht sind, Heimatliebe und Staatsbewußtsein, Ordnung und Sauberkeit als verstaubte Begriffe ansehen zu müssen. Pflügler: Gesagt. Pflügler in einer Art Leitartikel der ersten Saat-Ausgabe vom März neunzehnhundertsiebenundsiebzig: Freche Slowenen sagen in unserem Land statt Klagenfurt Celovec, statt Völkermarkt Velikovec, statt Villach Beljak, und unsere Medien, die schon lange nicht mehr Herr ihrer selbst, vielleicht niemals gewesen sind, statt Laibach schon längst wieder Ljubljana und statt Marburg Maribor. Wir geben alles auf, und uns geht alles verloren, wir müssen zusehen dabei. Pflügler: Gesagt. Pflügler neunzehnhunderteinundneunzig über die Notwendigkeit des Deutschen als der einzigen Sprache und Kulturgrundlage im Bundesland: Der Volkstumsarbeit geht es in erster Linie um geistig seelisches, aber auch materielles Erbgut und darum, die durch die landschaftliche Eigenart unserer Heimat geformten und bestimmten Kräfte zu nutzen, Sinne zu schärfen. Der Schutz der Kärntner Heimat verlangt daher eine kontinuierliche volkspolitische Bereinigung im Grenzgebiet, auf daß sie für alle Zukunft einer der stolzesten und unerschütterlichsten Pfeiler unserer leidgeprüften Nation bleibe. Pflügler: Gesagt, und Pflügler in ähnlichen Zusammenhängen neunzehnhundertdreiundneunzig weiter: Diese innige Verbundenheit mit der Kärntner Heimat, untrennbare Verwurzelung mit dem Boden der Väter, mit Fels und Scholle, mit Wald und Flur, mit Tier Pflanze und Gestirn, dies sind die Eigenschaften dieses Volkes. Deutscher Geist und deutsche Männer und Frauen haben mit jederzeit soldatischer Haltung, unentwegtem Bekenntnis zur Heimat zum Kärntner Liedgut, unbändigem Freiheitsdrang, unbeugsamer Entschlossenheit das Land gemeinsam verteidigt und ungeteilt erhalten. Pflügler an guten Tagen: Gesagt. Oder geschrieben, suchen Sie sich etwas aus. An schlechten sagt er nichts, fährt mit seiner sorgfältig justierten Sesselsitzfläche hinauf und hinab, hinauf und hinab etliche Male hintereinander, bis er die so seltene wie kostbare Ursprungsposition nicht wiederfindet und für den Rest des wie fast immer kurzen Tages sich vor Wut nicht länger in der Lage sieht, noch etwas zu Protokoll zu geben. An einem jener besonders guten, heißt: bald redseligen, nahezu selbstkritischen Tage hingegen, an denen die Führung über unser Gespräch längst bei ihm liegt: Damals am Ulrichsberg.

Mit den anderen zusammen und unter dem immensen Druck der anderen, Älteren mich erinnert, mich erinnern. Müssen notwendigerweise, und auch später regelmäßig in diversen Komponierhäuschen dann nicht nur für mich. Meine eigene Wirklichkeit komponieren wollen, und bis heute unter anderem als Gedächtnisverantwortlicher im Komponierhäuschen wenn Sie so wollen meiner Vierteljahresschrift für ein wesentlich breiteres Publikum alle nötigen Harmoniefäden und Tonspuren gezogen, wenn Sie unbedingt so wollen: Als Kind schon immer wieder versucht, mein eigener Memorizer, wie Sie sagen würden nicht wahr, zu sein, später neben den Arbeiten auf den Feldern in den Ställen Scheunen Werkstätten Wäldern Fabriken Freiheitskämpfen der ausschließliche Tonsetzer, Wirklichkeitsmixer, Erinnerungskomponist, Träger siebenfarbiger Kleidung, Gedächtnisverantwortliche der Heimatschutzbunddreivierteljahresschriftleserschaft auf einem Platz zur Seite des alle Erinnerungsinhalte oberbefehlenden Königs, lacht Pflügler mich an, bei sich nun, gewesen, zurückgekehrt: So würden Sie sagen, nicht wahr. Das sind Worte nach Ihrem wissenschaftlichen Geschmack, eine Wissenschaftsschlagzeile schwarze riesige Lettern: Rechtsradikaler Herausgeber der Vierteljahresschrift des Heimatschutzbundes, Wirklichkeitsmixer Erinnerungskomponist Pseudomemorizer selbsternannter Gedächtnisverantwortlicher siebenfarbige Kleidung tragender Neonazi wahrscheinlich: Neonazi Ihrer Meinung nach, aber hüten Sie sich, Pflügler: Paradebeispiel und Wunschuntersuchungsobjekt eines vollkommenen Aufgehens des Einzelnen im, lassen Sie mich raten: entsubjektivierten, überindividuellen Kameradschaftsgestus eine Traumvorstellung für Sie jede Nacht wenn Sie alleine wach liegen und noch immer nicht neben Kogoj wach liegen können dürfen nicht wahr weiß ich doch. Lacht Pflügler, Sie lassen Ihre albernen Notizen hier recht achtlos herumliegen, wissen Sie, Pflügler: Interessant, worüber Sie schreiben, was Sie so lesen, um darüber schreiben zu können: altwalisische Dichtersänger und ihr durchaus zweifelhaftes siebenfarbiges Privileg der Gedächtnisverantwortlichkeit über ein ganzes Königreich, wenn Sie an der Tür bei und mit der Kogoj stehen und. Sich die Zeit nehmen, mit ihr zu plaudern, während ich hier vor Ihrem offenen Notizbuch sitzen und auf Sie warten darf, wissen Sie: Die Zuweisung einer slowenischen Beichtmutter und eines slowenischen Aufnahmeleiters vermutlich Möchtegerntherapeuten offensichtlich vom ersten Moment meiner freiwilligen Meldung zu diesem Gespräch an als die größtmögliche Zumutung und Demütigung empfunden, murmelt Pflügler, ehrlich gesagt. Heute spät am Abend Pflüglers Angaben zum Moment des Kennenlernens Rahns und Pflüglers vor bald zwanzig Jahren zusammengefaßt. Eine durchaus beliebige Stelle in einer Stadt oder auf einem Dorf, diktiert Pflügler, irgendwas irgendwo irgendwann irgendwie wissen Sie lacht. Weder wisse er, was ich von ihm wolle, noch, wo und wann er Rahn kennengelernt habe. Noch wisse er selber genau, was Rahn genau gewollt habe, beides sei ihm durchaus ein Rätsel. Sie und Rahn, sagt Pflügler. Ohne mich zu erkennen, im Grunde, sagt Pflügler, sind Sie und Rahn sich sehr ähnlich. In ihrer Wirkung auf mich, ihre Wirkung auf mich: abwesend. Ich weiß schlicht nicht, was Sie wollen. Darin gleichen Sie Rahn. Sie fragen und reden den Großteil der Sitzung über vor sich hin irgendwas, und ich antworte nur, plappere ein wenig, ohne daß Sie je merken, daß ich nicht wirklich etwas sage geschweige denn erzähle, allenfalls auf Nachfrage irgend etwas für Sie und für Kogoj und irgendwelche Studien oder Untersuchungen Statistiken möglicherweise Bedeutsames, damit Sie dann endlich zufrieden sind was soll ich sonst tun, wo ich schon einmal da bin. Rahn hat gemacht, ich habe mitgemacht hin und wieder, genau wie hier bei Ihnen. Er habe nie gewußt, was Rahn je genau gewollt habe, er selber sei Demokrat und Anhänger des Rechtsstaats, Rahn vermutlich nicht, er selber habe sich nie etwas zuschulden kommen lassen, jeder Versuch, etwas anderes über ihn, Pflügler, zu behaupten, müsse ins Leere schießen. Was er wolle, welche Ziele er, Rahn, noch habe, wisse er, Pflügler, heute ebensowenig wie irgendwann sonst, neunzehnhundertfünfundachtzig, neunzehnhundertneunzig, neunzehnhundertfünfundneunzig oder sonstwann, und deshalb könne er mir auch heute nicht sagen, wo und wann er Rahn zum ersten Mal getroffen habe, das könne neunzehnhundertzweiundachtzig gewesen sein, neunzehnhundertsiebenundachtzig, überlegt Pflügler, neunzehnhundertfünfundachtzig vielleicht schon, neunzehnhundertneunundachtzig dann hätten sie sich bereits eine Zeitlang gekannt, überlegt Pflügler, er und Rahn. Sein erstes Treffen mit Rahn müsse also an einem durchaus beliebigen Ort zu einem beliebigen Datum vor neunzehnhundertneunundachtzig stattgefunden haben, ich dürfe im nachhinein entscheiden, wo, wann genau, Pflügler auf der Suche nach historischen Kontinuitäten im Mai neunzehnhundertneunzig anonym in der Vierteljahresschrift: Fast achtzehn Jahre nach dem blutigen Kampf um Einheit und Freiheit hatte der damalige Sieg mit unserer Heimkehr ins deutsche Stammland eine letzte Erfüllung gefunden: Als der südlichste eines großdeutschen Reiches hatte die Kärntner Heimat mit stets gegen Süden gezückten Waffen, wachem Blick auf die Grenze von allen Gauen der beste und verläßlichste zu sein, Grenzland und weiterhin und auf immer hier im Süden eben dasjenige Bollwerk zu bleiben, zu dem wir seit allen Zeiten bestimmt sind und auch heute noch verpflichtet: dem deutschen Volk die Karawankengrenze nachhaltig zu sichern vor allem Art- und Wesensfremden. Pflügler immerhin zögernd: Gesagt, und Pflügler noch zweitausendzwei: Die Liebe zu Volk und Heimat ist eben alles andere als eine leere Phrase, das Kunstgebilde die Zwangform: österreichischer Staat ändert daran nichts. Sie ist im Blut verankert und im deutschen Boden, in der Heimaterde, die wir ewig zu erhalten haben für eine deutsche Jugend der Zukunft. Diese muß sich solcher Opfer würdig erweisen, sie gläubig annehmen, den für sie Gefallenen ewige Dankbarkeit und Schuldbewußtsein entgegenbringen, auf diese Weise die Unsterblichkeit der im Kampf für den Erhalt des heimatlichen Bodens dahingemetzelten Helden erhalten. Pflügler: Gesagt, und Pflügler in einer Aussendung über die laut Wiener Zeitung vom zweiten zehnten neunzehnhundertsechsundneunzig von zwei bis dahin noch unbekannten Attentätern nur wenige Minuten nach ihrem Überfall auf die: Wehrmachtsausstellung von einem: Unterstützungskomitee österreichischer Bauern per Fax in Umlauf gebrachte Botschaft: Lügen- und Haßausstellung des antifaschistischen Hamburger Instituts für Sozialforschung beschlagnahmt und im Namen aller Österreicher geschlossen, Pflüglers Aussendung: Gefallen im Kampf gegen niemals blutsatte südslawische Partisanen. Nicht ein Verbrecher, nicht ein Lügner, nicht ein Feigling, nicht ein Ehrloser, nicht ein Untreuer, nicht ein Heuchler, nicht ein Verlierer, nicht einer, der nicht alles gegeben hätte. Die Schließung der Ausstellung gerade noch rechtzeitig vorgenommen. Pflügler: Gesagt, und an solchen, geradezu außerordentlichen Tagen: Andauernd schmerzlich und tagtäglich seit Anbeginn des unnachgiebigen Nachkriegsvaterkampfes gegen jedwede antideutschen Unterdrückungs- sowie Ausrottungsmechanismen daran erinnert worden, daß uns Heimattreuen der Krieg erklärt worden ist, und also mich als Kind bereits tagtäglich im Komponierhäuschen befunden, murmelt Pflügler, und komponiert, sozusagen.

Im frühen Juni kehre ich zurück in das Land und die Stadt, zu dem seit drei Jahren leerstehenden Haus meiner Eltern, vom Flughafen aus in die Stadt hinein, dann wieder hinaus in Richtung Kohldorf, zwei niedrige Gebäude rechts von einem Steinweg, auf der linken Seite die zerfallende Scheune, den Weg gingen die Kohldorfer, wenn sie mit ihren Hunden austraten, Spaziergänger nahmen den Weg, um zu einem nahe gelegenen Schloß zu gelangen. Hinter Haus und Scheune, einer Pappelreihe, fünf Platanen endete der Weg in einem Trampelpfad in einer Wiese, es ging über Kieswege durch ein Wäldchen, das Schloß stand mit Blick über den See in der Sonne, der Schloßpark hinter dem Tor, man durfte nicht hineingehen. Rechts vom Haus der an die Hauswand gerückte Stall, die ineinandergreifenden Dächer von Stall und Haus sind mit Efeu überwuchert, schließen das letzte bißchen Raum zwischen sich mit Reisig und Laub und Vogelnestern, wachsen ineinander und über die Stelle, wo das Fenster meines Zimmers war. Die verzogene Haustür liegt ebenerdig und läßt sich nicht öffnen, die Fenster aus der Küche heraus und in der Haustür sind zerschlagen, drinnen sichtbar: ein halb geöffneter Kleiderschrank, eine Garderobe, ein Ledermantel hängt dran, Laub und Müll, Schmutz und Staub, Möbel liegen umher, der Herd steht von der Wand abgerückt mitten in der Küche, der Küchentisch auf die Plattenkante gedreht und auf zwei Beine einer kürzeren Seite im Eingang vor einem blinden Spiegel an der Wand. Das Polster des Küchensofas ist aufgeschnitten, der verbliebene Inhalt der Schränke samt der Regalbretter auf das Sofa geschüttet, ein Topf, eine Pfanne, Tassen, Teller in einem offenen

Plastiksack an der Küchentür, Besteck auf dem Holzboden verteilt unter der herausgerissenen Lade, ein zerschlagener Telefonapparat. Ich teile mir ein winziges Büro mit Mara Kogoj, der zweiten Gesprächsführerin oder ersten, wer wem vorsteht und ob überhaupt jemand irgend jemandem, werden wir ein ganzes Jahr lang nicht klären. Sie grüßt kurz, stellt sich von ihrem Bürotisch aus ohne aufzustehen vor, ein Vorhang trennt den einen Teil des Raums mit leeren Archiv- und Aktenschränken von jenem, in dem sich unsere Schreibtische gegenüberstehen, Kogoj deutet auf den Schreibtisch, sagt: Da sind Sie ja, Lebonja, und dirigiert mich auf eine bereitliegende Liste mit Namen und Telefonnummern, Adressen, biographischen Daten zu. Wir haben schon vorgearbeitet, sagt sie, fünfzig Personen aus der Landeshauptstadt und dem näheren Umkreis haben sich im Anschluß an eine noch wesentlich umfassendere Fragebogenaktion auf Nachfrage freiwillig gemeldet, weitere zwanzig hatten sich entweder aufgrund früherer Gespräche in ähnliche Richtungen, begangener Straftaten, sonstiger Auffälligkeiten, zum Beispiel, weil in relevanten Zusammenhängen ihre Personalien aufgenommen worden waren, unter vielen hundert anderen auf unseren Wunschlisten befunden, ohne daß wir je wirklich Kontakt mit ihnen gehabt hätten, wir wußten oder konnten nicht ganz unbegründet vermuten, daß wir diese Personen würden gebrauchen können für auch dieses Gespräch, nun, sagt sie, es muß und wird sich zeigen. Über die Vorgehensweise muß ich Ihnen hoffentlich nichts erzählen, Sie sollten wissen, worum es geht, ein Gespräch, das kein Gespräch ist in Wahrheit, natürlich nicht ein Monolog viel mehr idealerweise, aber auch das sollten Sie wissen, und wissen also wie ich hoffe was zu tun ist, Kogoj: Etwa siebzig Personen alles in allem, maximal fünfzehn Treffen pro Person, maximal einhundertzwanzig Minuten pro Sitzung, die eine oder der andere mag noch abspringen oder hinzukommen.

Abgesprungen jetzt schon, sagt sie, ist der erhoffte erwartete Finanzierungsanteil der Landesregierung, bleiben, sagt sie, werden wir bis auf weiteres zu zweit. Haben Sie noch Fragen, Kogoj: Ein Haufen Arbeit. Glauben Sie, Sie schaffen das. Wolfgang Folt, achtunddreißig, Handwerker, verheiratet, drei Kinder, Kogoj nimmt das Tonbandgerät an sich, sagt: Diesen Folt als ersten, sagt: Lassen Sie ihn sprechen, sagt: Trauen Sie sich das zu. Eine Wohnung am Stadtrand: Küche, Schlafzimmer, Wohnzimmer, Balkon, das ein oder andere Möbelstück aus einem Kaufhaus, ein Fernseher aus dem Elektrofachhandel taucht die leere Wohnung in die Farben des Abendprogramms, sobald ich aus dem Büro komme bis weit nach Mitternacht, ich sehe hin und höre zu und gehe zur Arbeit und sehe Mara Kogoj jeden Tag, ich halte Balkontür und Fenster geschlossen und mich selber für ausreichend geschützt, ich lebe mich ein: im selben Monat zweiundvierzig Jahre nach dem Beschluß, mich von nun an nur noch herausleben zu wollen. Ich tue nichts weiter vier erste Wochen lang als dazusein, ganz formal ein Gespräch zu führen: mitzuschreiben, zuzuhören nichts weiter, und lasse noch jeden einzelnen Gedanken vor dem Fernseher liegen, ich erinnere mich nicht. Im frühen Juli zum ersten Mal Ludwig Pflügler, sechzig, Journalist, Politiker, verheiratet, zwei Kinder, vorbestraft, nach mehreren Jahren ohne juristische Komplikationen zur Zeit zum zweiten Mal angeklagt wegen wiederholter publizistischer Verstöße gegen das NS-Verbotsgesetz, er sieht an mir vorbei instinktiv vielleicht gleich im ersten Moment. Sieht und erkennt mich offensichtlich nicht oder schauspielert gut, ihn hingegen unauffällig und, wie alle anderen auch, möglichst freundlich gegrüßt, reserviert, ganz ruhig gewesen während der ersten Unruhe, Überraschung, sein Gesicht zuzuordnen versucht, Momente gesammelt mit und zu diesem Gesicht, Zeiten und Orte, Gedanken. Platz genommen, sein Name auf der Gesprächsteilnehmerliste fügt sich dem Gesicht hinzu und das Gesicht samt Name einer Person gegen Ende der fünfziger Jahre, dem doch vergessenen Ludwig Pflügler gegenüber. Der in ihrer Ekke bereits wartenden Kogoj zugenickt, Pflügler um seinen Paß gebeten, den Paß entgegengenommen, das Tonbandgerät aufgebaut, gefragt: Können wir anfangen, den Paß Kogoj gereicht, gefragt: Wo fangen wir an, und Pflügler lacht, sieht und erkennt mich nicht, ruft: Ich mache das schon, ich weiß ja, was Sie hören wollen, und Pflügler beginnt: An einem Sonntag im Juni sechzig diesem überheblichen Großmaul Kall widerwärtiger Mensch gegenübergestanden diesen Kall getroffen wenn man so will mit Janez Šorl gemeinsam eines Tages im Wald dort oben erinnern Sie sich an Tomaž Kall. Stand in allen Zeitungen damals Sie müßten sich erinnern vielleicht konnten Sie damals schon lesen. Fünfzehn immerhin sei ich neunzehnhundertsechzig gewesen, erwidere ich, und: daß ich mich durchaus erinnern könne, aber das kann ich nicht, ich will es auch nicht. Denn Zeit vergeht und Zeit vergeht, der Name Kall sagt mir etwas, aber was, der Name Šorl steht im Weg, den Namen Šorl beiseite gelegt, den Namen Kall sich klären gesehen, nach: weit über vierzig Jahren als Bild nach und nach wieder vor mir: Der flüchtige Brandstifter Tomaž Kall springt an einem Junisonntag neunzehnhundertsechzig aus dem dichten Unterholz auf den Waldweg, steht vor uns mit einem Mal, völlig zerzaust, verängstigt, sieht sich hastig nach einer Fluchtmöglichkeit um, bleibt schließlich mutlos stehen, muß sich bestaunen lassen von Pflügler und mir, und Pflügler: Mit fünfzehn konnten Sie vielleicht tatsächlich schon ein wenig lesen. Mit dem Slowenen Šorl so etwas wie befreundet gewesen während eines Sommers während dieses einen Sommers allein und noch ein wenig in den Frühherbst hinein damals mit Šorl vergleichsweise freundlich umgegangen während einiger Wochen oder Monate, ich weiß nicht, warum, fragen Sie nicht. Wohl habe ich mich dabei nicht gefühlt, völlig verkrampft gewesen, immerzu auf der Hut, wann immer mein: Freund Šorl in der Nähe war. Minimales Vertrauen allenfalls besessen für nur kurze Zeit, ein Freund, ja, das hat er ausgenutzt und mich so bald nicht wieder gehen lassen mich schwer und nachhaltig enttäuscht mich ausgenutzt, verraten, davon hören Sie noch, zu erwarten wäre von ihm nie etwas anderes gewesen. Beinahe hätte man sagen können: ein Freund, aber momentweise könnte ja ein jeder ein Freund von jedem sein, wenn man jung ist und nur gutmütig genug selbst gegen den in Wahrheit ärgsten Feind, ohne daß man begreift, mit wem man es da zu tun bekommen hat. Šorl in einer Art jugendlicher Unbekümmertheit als Freund angesehen und leider auch ansehen müssen, Sie glauben es nicht, einige Wochen lang. Ich weiß also sehr gut, wovon ich spreche, wenn ich von ihm spreche. Das ist in etwa das, nicht wahr. Was Sie sich zu hören erhoffen in diesem Gespräch, so etwas wollen Sie hören von mir notieren können über mich, nicht wahr, lacht, soll ich so in etwa weitermachen, soll ich. Rechnen, denke ich, hätte ich vielleicht damit müssen, den doch vergessenen Pflügler nun ausgerechnet hier wiederzusehen, wenn ich denn überhaupt in zweiundvierzig Jahren noch einmal einen Gedanken an ihn verschwendet hätte. Wundern jedoch, wundern darf ich mich im nachhinein vielleicht kein bißchen, daß er sich im Kreis der für das Gespräch als relevant angenommenen Personen befindet. Kogoj erteilt mir per Fingerzeig das Wort, ich sage: Wir möchten Sie bitten, der Reihe nach zu berichten, so daß wir wissen, wo und wann wir uns in Ihren jeweiligen Lebenszusammenhängen befinden, damit wir jederzeit wissen, worum es da genau geht, wenn Sie berichten, auch dann noch, wenn wir uns nachher die Bänder anhören und bei Miß- oder Unverständlichkeiten nicht ohne weiteres noch einmal Rücksprache mit Ihnen zu nehmen in der Lage sind. Erzählen Sie bitte sehr gerne von Ihrer Kindheit und Jugend, das wollen wir tatsächlich hören, uns interessiert kein bestimmter Themenkomplex, sondern Ihr Leben. Beginnen Sie bei Ihren Eltern und deren Leben, gerne auch schon vor Ihrer Geburt, und wie sind Sie aufgewachsen, und aber auch: Ja, mit wem haben Sie gesprochen, von wem haben Sie was und in welcher Form erfahren und gelernt, mit wem waren Sie befreundet. Berichten Sie uns, was und wie Sie möchten aus Ihrer Kindheit und Jugend, wir melden uns, wenn wir glauben, daß Sie zu weit abschweifen, werden Sie vorsichtig zurückbringen, und wenn Sie nicht mehr weiterwissen, werden wir sicherlich die ein oder andere Frage in Reserve haben, ansonsten fragen wir nichts. Sie haben genug Zeit zu erzählen, was Ihnen wichtig erscheint. Nur bitten möchten wir Sie: Berichten Sie der Reihe nach und immer so, daß erkenntlich ist, wovon Sie reden, wo wir uns in Ihrem Leben befinden, zeitlich, örtlich, das würde uns helfen. Am selben Abend nach zwei Stunden vor dem ausgeschalteten Fernseher diesen ersten Tag des Gesprächs mit dem Teilnehmer Pflügler zu transkribieren begonnen bis spät in die Nacht. Der Name Kall sagt mir inzwischen etwas, der mir unbekannte Name Šorl steht im Weg und verrät mir nicht das Geringste, den Namen Šorl beiseite gelegt, den Namen Kall sich weiter füllen gesehen, während ich schrieb, den Namen Šorl wieder hergenommen als Teil des Versuchs einer mich selber ganz bewußt und dauerhaft meidenden Notiz außer der Reihe über jene Jugendbekanntschaft, die Pflügler mehrfach erwähnt hat: Janez Šorl, der mir unbekannt ist. Der in Pflüglers Erzählung an meiner Stelle zu stehen scheint, ich weiß es nicht, den Pflügler in der Erinnerung vielleicht mit mir verwechselt, Stifte kratzen Papier raschelt ein nächtliches Echo in die leere Wohnung, ganz vorsichtig notiert: Heute die mit dem Wissen um seine biographischen Eckdaten leicht zu durchschauenden Bemühungen des Teilnehmers Ludwig Pflügler, einundsechzig: Journalist:

Politiker, verheiratet, zwei Kinder, vorbestraft, nach mehreren Jahren ohne juristische Auffälligkeiten zur Zeit zum zweiten Mal angeklagt wegen wiederholter Verstöße gegen das NS-Verbotsgesetz, sich über die Schilderung ihm nahegehender persönlicher Erfahrungen Freundschaften vor dem Verdacht zu schützen, unlauter zu pauschalisieren, nur allzu eindimensional zu urteilen, obwohl doch derartige Simulationen kaum je hinwegtäuschen können über ein Basisreservoir tatsächlicher, mehr oder weniger untergründiger und irrationaler Feindschaften Vorurteile selbst in den besten Freundschaftsmomenten. Es geschieht vielleicht im besten Wissen um diese Unglaubwürdigkeit, die um so energischer auf der unumstößlichen Gültigkeit der Erfahrung beharren läßt. Entsprechend war Pflügler während dieses ersten Gesprächs ungeachtet meiner Bitten unserer Hinweise fortgefahren ohne Zögern, ich höre und suche und warte, was mit dem Namen Šorl geschieht und was mit mir in der Erzählung und ob überhaupt irgend etwas, ich warte und suche vergebens: Der Name Šorl bleibt wie und was er ist, ich erinnere nichts und tauche nicht auf, und nichts anderes will ich: untergetaucht bleiben und kein bißchen erinnern: nichts wissen nichts hören, aber Pflügler: Ich weiß genau, wovon ich spreche, wenn ich von Šorl spreche und von Šorl in meiner Umgebung während jener wenigen Wochen in jenem kurzen Sommer. Wie aus dem Nichts diesen Kall unweit des Komponierhäuschens direkt vor uns stehen sehen, in den Händen einen noch brennenden Scheit und im Rucksack, den er mit sich trug, Zündhölzer, Papier, Ölkanne, Sie wissen und ahnen es schon, erinnern sich vielleicht: Der Brandstifter Kall, murmelt Pflügler, Tomaž Kall, murmele ich. Unangenehm aufdringlicher und selbstdarstellerischer Mensch, sagt Pflügler, trug eine schöne dicke, wahrscheinlich gestohlene Trachtenjacke, sie rauchte noch vom Brandherd, und Šorl als slowenischer Partisanen- und demnach ebenfalls Brandstifterauswurf war erwartungsgemäß sofort verliebt in Kall, können Sie sich ja auch selber denken, nein, können Sie nicht, was also sonst: Als Sippengleiche haben beide einander vom ersten Moment an verstanden, waren blutsverwandt auf eine Art, wenn nicht gar auf erschreckende Weise miteinander vertraut, kaum daß sie sich sahen: Janez Šorl, Tomaž Kall: Ein überaus gefährlicher Brandstifter, berichtet Pflügler: aus Völkermarkt, an seinem fünfzehnten Geburtstag gegen Mittag aus der geschlossenen Abteilung des Landeskrankenhauses entwichen. Die Gendarmerie war sofort in Alarmzustand versetzt worden, schließlich hatte der Pyromane im Sommer des vorangegangenen Jahres in der Umgebung von Völkermarkt eine Serie von vier Großbränden verursacht. Durch Rundfunkaufrufe war die Bevölkerung an jenem Sonntag nachmittag einige Male vor Kall gewarnt worden. Die Gendarmerie vermutete, daß Kall entweder nach Völkermarkt oder in Richtung Ferlach geflüchtet war. Er trug Anstaltskleidung, einhunderteinundsechzig Zentimeter groß, blond, untersetzt, niedere Stirn, am dreizehnten sechsten markierten dann zwei gelegte Brände in der Umgebung von Wolfsberg seinen Fluchtweg, in der Zeitung: Fieberhaft fahnden die Sicherheitsbehörden nach dem aus der geschlossenen Anstalt des Landeskrankenhauses entsprungenen fünfzehnjährigen Pyromanen Tomaž Kall, Pflügler: Kall hatte jene zwei Brände in der Nacht zum Montag gelegt und damit die Bevölkerung in erhebliche Aufregung versetzt. Wild kam er uns vor einen Moment lang, gesetzlos und daher heroisch, wie ich zugeben muß: auch mir für einen Moment. Die Trachtenjacke noch rauchend von zahllosen Bränden, die er gelegt hatte in den Tagen zuvor, das Gesicht rußgeschwärzt, die Hände blutrot, flackernde Augen, Kall durfte ein Held sein. Für den Bruchteil eines Moments nur: für mich. Über Jahre hinweg noch im nachhinein, kein Zweifel: für Šorl. Nach nur einem Augenblick der zugegeben obskursten Bewunderung für den Brandstifter Pyromanen Widerling Schädling geradezu: Kall, der Šorl so mir nichts dir nichts, während ich noch ungläubig skeptisch so bin ich daneben stand, um den Finger gewickelt hatte, bei mir hingegen sofort nichts weiter mehr als bloße Verachtung, blanker Ekel gegenüber Kall widerwärtiges Element. Zu dritt nebeneinander auf der Stufe des Komponierhäuschens Platz genommen, Šorl Kall ich, die beiden Brände hat der Pyromane sofort zugegeben. Was heißt zugegeben. Maßlos stolz war er auf jeden einzelnen seiner zahllosen Brände und geprahlt hat er geprotzt, gar nicht mehr herausgekommen ist er aus der Angeberei und maßlosen Begeisterung darüber, wie vielen Bauern er schon die Scheunen und Häuser über dem Kopf angezündet hatte, wie vielen Hirten die Ställe. Widerwillig zugehört, wie er mit roten Augen von den Flammen, ihren Farben Formen Figuren stammelte, davon, daß er sich hatte rächen wollen, wofür, konnte er nicht sagen. Vollkommene Willkür, bestes Beispiel: Destruktivität nach Lust und Laune, widerwärtiger Mensch und sichtlich erfreut darüber, wie sehr Janez Šorl ihm schon im ersten Moment an den Lippen gehangen hatte, während er selber großspurig zu berichten begann: von einer ganzen Reihe gefährlicher Fluchtversuche abenteuerlicher Ausbrüche immer wieder neuen, anstrengenden, mühevollen Versuchen, an Brennmaterial zu gelangen nach jedem neuen Ausbruch, ein nichts als der blanken Zerstörungswut geschuldetes Verlangen, der Umgebung zu schaden, wie es nur irgend geht. Partisanenkampf und völlig willkürliche wilde Brandstiftung sind so verschiedene Dinge nun auch nicht, im Gegenteil: letztlich nur leicht unterschiedliche Ausprägungen ein und desselben niederen zügellosen Instinktes, vielleicht sogar gleich ganz dasselbe. Wie zu erwarten verstand sich Šorl auf Anhieb blendend mit dem: äußerst gefährlichen Tomaž Kall, der schon einige Fluchtversuche unternommen und wie gesagt im vorangegangenen Jahr in der Umgebung von Völkermarkt hintereinander vier Großbrände gelegt hatte. Mich damals an jene Brände noch gut erinnern können, tagelang mit der Familie zusammen um den Hof der Großeltern mütterlicherseits gezittert und gehofft, er würde nach Möglichkeit verschont bleiben. Alles andere als überrascht gewesen über den slowenischen Vornamen des Brandstifters, als man ihn erwischt hatte, ebensowenig, als dann bekanntgegeben wurde, daß Kall sofort in eine geschlossene Anstalt gehöre und eines Aufenthaltes in der geschlossenen Anstalt im Grunde schon seit Jahren bedurft hätte: Nach seiner Einlieferung in das Landeskrankenhaus hatte Tomaž Kall mehrere Fluchtversuche unternommen, nach denen er jeweils hatte wieder aufgegriffen werden können, gelungen war ihm die Flucht schließlich an jenem Sonntag. Es war sein fünfzehnter Geburtstag, er war in unserem Alter, Šorl war Anfang Mai fünfzehn geworden, ich Ende April, weiter: Kall arbeitete auf dem Krankenhausgelände auf einer Baustelle. Von dort war er Sonntag mittag geflüchtet. Die Sicherheitsbehörden gaben sich überzeugt, daß sich Kall in die Nähe seines Heimatorts begeben hatte. Selbstverständlich hat Šorl dem Pyromanen sofort und ohne nachzudenken oder zu zögern helfen wollen, ich natürlich nicht. Im Gegenteil, kaum war eine erste nur Sekunden andauernde Faszination verschwunden, hatte es Šorl viel Überreden und eine ganze Reihe gemeiner Drohungen gekostet, bis er mich soweit hatte, daß ich ihm dabei half, dem Brandstifter im Komponierhäuschen eine Schlafgelegenheit und Unterkunft einzurichten aus lauter selbstloser Menschenfreundlichkeit, und also mit Janez Šorl gemeinsam, was heißt gemeinsam: auf Šorls unerbittliches Geheiß und zugleich lachhaft abstoßendes Betteln, eine unerträgliche, für Šorl typische Verbindung, mit Šorl zusammen das verschlossene Komponierhäuschen aufgebrochen. Der von seiner Begeisterung schon über den bloßen Gedanken an seine Wesensverwandtschaft mit dem Brandstifter Kall längst völlig ohnmächtige Šorl gab das Kommando: ein Bett zu bereiten für den mich anekelnden Kall. Stellen Sie sich so etwas nur vor: Von einem Partisanen- und Brandstifterabkömmling und also ebenfalls Brandstifter mir scharf befehlen lassen müssen, einem anderen Brandstifter eine Schlafgelegenheit zu errichten, der das Willkürwerk und willkürlich ziellose Haßwerk beider Vorfahren über zwei Sommer hinweg rund fünfzehn Jahre später fortzuführen bemüht war, eine groteske Vorstellung nicht wahr: Von dem einen Brandstifter gezwungen worden, dem anderen ein um ein vielfaches bequemeres Bett im Komponierhäuschen herzurichten, als ich und irgend jemand in der Stadt es jemals daheim gehabt hatte, mir wird heute noch ganz anders, wenn ich daran zurückdenke, ich sollte es gar nicht erst tun. Aber ich tat es und tat damals alles, was Šorl mir befahl, fragen Sie mich bitte nicht, warum, denken Sie nicht einmal daran, es schlicht auf mich nehmen müssen, für Kall ein Bett herzurichten aus herumliegenden Notenheftchen, meiner Jacke, Laub, das Šorl mich zusammensammeln hieß, widerwillig zwar aber ohne Widerworte, müssen Sie wissen, es war Šorls Befehl gewesen, der Befehl eines Banditen und Brandstifters. Das wenigste in diesem Land, wie Sie wissen, geschieht ohne Minderheitenbefehl seit vielen Jahrzehnten schon und vielleicht schon seit Jahrhunderten. Kall galt Šorl als verfolgt, für mich war er ein Jäger, das hatte ich sofort durchschaut, am Morgen in der Zeitung: Panik unter der Bevölkerung. Zwei Großbrände in der Nacht zum Montag in der Umgebung von Wolfsberg haben nun in der Bevölkerung Panik hervorgerufen. Sie dürften den Fluchtweg des Pyromanen markieren. Beide Brände waren in der Gemeinde Sankt Margarethen im Lavanttal ausgebrochen. Ungefragt hat er zu prahlen begonnen mit seinen Bränden, ohne daß wir ihn darauf hätten ansprechen müssen, Šorl hätte sicher gewollt, ich ebenso sicher nicht: Von der Stufe zum Komponierhäuschen aus sah er uns protzend zu, wie wir sein Nachtlager zusammensammelten. Später hockten wir vor ihm auf dem Boden, neben sich auf der Stufe ließ Kall schon niemanden mehr zu, und Šorl tat auch dies so bereitwillig, wie er später am Fuß der sorgfältig für den Brandstifter bereiteten Schlafgelegenheit im Inneren des Komponierhäuschens niederkniete, eine Schlafgelegenheit für einen gemeingefährlichen Brandstifter, das muß man sich einmal vorstellen, was für ein Leichtsinn, können Sie sich das vorstellen, ich mir jedenfalls bis heute noch nicht. Aber Šorl wollte nichts wissen von irgendwelchen Einwänden, wollte Kall nur bedingungslos verehren und vor Begeisterung über Kalls vermeintlichen Heldenmut und seine Großtaten überhaupt gar nicht mehr aufhören zu strahlen, Kall verschwand noch in derselben Nacht aus dem Komponierhäuschen. Am Nachmittag hatten wir Kopf und Kragen riskiert, um ihm ein Dach überm Kopf zu verschaffen, in der Nacht verschwand er ohne ein Wort, als wir am nächsten Morgen in aller Frühe noch vor der Schule hinkamen, um ihm Verpflegung und Kleidung zu bringen, war er schon verschwunden. Am fünfzehnten sechsten wurde gemeldet: Der Pyromane festgenommen. Er war in der Anstalt versteckt. Überraschend gelang es Dienstag mittag, den seit Sonntag aus der geschlossenen Anstalt des Landeskrankenhauses geflohenen fünfzehnjährigen Tomaž Kall festzunehmen. Er hatte sich im Keller des Krankenhauses in einem Luftschacht versteckt eineinhalb Tage lang, Pflügler: Noch am Sonntag ohne jeden Dank und ohne jeden Kommentar aus dem Komponierhäuschen verschwunden mitten in der Nacht vermutlich, um in der ersten Nacht die Brände nahe Wolfsberg zu legen, um sich in der zweiten Nacht dann im Luftschacht des Krankenhauses einzunisten da gehört er auch hin kein einziges Dankeswort, gemeldet wurde: Ein Wärter, der Geräusche gehört hatte, stieg mit einem zufällig anwesenden Polizisten in den Keller und fand Kall in einer Ecke des Luftschachtes kauernd. Schon am gestrigen Montag hatte der Zimmerkollege Kalls in der Anstalt am Morgen gemeldet, der Bursche habe in der vorigen Nacht an sein Fenster geklopft. Als er erwachte, habe Kall am Fenstergitter hängend eine Feile hereingehalten und ihn aufgefordert, es ihm nachzutun, zu flüchten. Zugleich verriet ihm der Pyromane, daß in der kommenden Nacht die Anstalt in Flammen aufgehen werde. Den Vernehmungsbeamten im Polizeipräsidium erklärte Kall, bei seiner Flucht einen Haken geschlagen und sich gleich im Keller der Anstalt versteckt zu haben, während die Gendarmerie im ganzen Land suchte, Pflügler: Diese Erklärung war auch das mindeste, die war er mir schuldig. Nicht auszudenken, hätte man mich als willenlosen Helfershelfer eines slowenischen Pyromanen belangen können aufgrund des Befehls des Slowenen Šorl, zum Gespött aller wäre ich nicht zu Unrecht geworden, nicht auszudenken, für den Rest meines Lebens. Dann begann Pflüglers Schweigen. Gut fünfzehn Minuten baten wir ihn und fragten ihn, ob er noch etwas zu sagen hätte, er sagte nichts, er ging. Kam wieder zum nächsten vereinbarten Termin, sagte nichts oder stammelte nur, ging, kam wieder, redete ein wenig, lachte, ging, kam wieder, lachte uns herzlich aus und schwieg beharrlich über Wochen, redete und kehrte zurück zu uns für Momente jeweils nach Belieben oder überhaupt gar nicht, amüsierte sich gut über uns und schien zu spielen auf seine Art mit jemandem oder mit etwas oder dagegen, wir wußten noch nicht, mit wem oder was, wogegen. Kogoj verweigerte sich gleich im Anschluß an den ersten Gesprächstermin kategorisch und fiel in vollkommenes Schweigen, wann immer Pflügler auftauchte, las, während er sprach, und schien sich nicht weiter zu stören an uns. Ich beschloß nach einer Weile, anzunehmen und. Zuzuhören, mitzuspielen. Seitdem sind wir im

Gespräch mehr oder weniger. Mit Ludwig Pflügler ein Gespräch nach so vielen Jahren, und ich sitze und höre, wenn er entweder redet ohne daß man ihn stoppen könnte oder sich ganz grundsätzlich verweigert, beginne mir meine Gedanken zu machen mit Hilfe dessen, was ich weiß inzwischen, was ich vor Jahrzehnten nicht verstehen konnte: warum er was sagt und denkt ohne jede Chronologie und Ordnung zuweilen oder rein gar nichts sagt, weil er damit beschäftigt ist, sich zu verweigern, auszubrechen und zu toben, zu brüllen, zu schweigen, ich notiere mehr und mehr und notiere dann bald regelmäßig jeden Abend an Pflügler-Gesprächstagen, nachdem ich Pflüglers Gespräch gehört und wieder gehört und transkribiert habe, das wenige, das ich untertags herausfinde und mir nach Jahrzehnten übers: reine Zuhören nun ansatzweise erklären kann und bin mit Ludwig Pflügler im Gespräch. Wenn auch notwendig seinem Gespräch, ich höre zu: Pflügler, der davon spricht, daß stets zwischen deutschen, windischen und slowenischen Kärntnern zu unterscheiden sei, die beiden ersten seien durch: Blut- und Geistesmischung eng zusammengehörig, letztere blieben fremd und verstockt, weil sie sich einem Bekenntnis zur Kärntner Heimat und vor allem zur deutschen Sprache seit jeher verweigerten, und seien daher fernzuhalten oder durch Zwangseinschluß anzupassen, solange sie sich nach einem Bündnis mit den Krainern südlich der Grenze sehnten, obwohl doch die natürliche Grenze der Karawanken mehr als lediglich eine geographische sei: Nördlich der Karawanken habe man sich stets nach Norden zu orientieren, südlich der jeweiligen Veranlagung entsprechend in Richtung Süden. Pflügler, der wiederholt vom niemals schlafenden Grenzerblut spricht und von dessen Bestimmung: Grenzland hier im Süden des Deutschtums zu bleiben. Pflügler, der mehrmals nachdrücklich beteuert, daß ihm jedweder nationale Haß so fremd wie zuwider sei, daß es aber keine andere Möglichkeit gebe, als stets wachsam zu bleiben und sich mit allen Mitteln zur Wehr zu setzen gegen die Friedensstörer, die ohne Unterlaß von südlich der Karawanken heraufdrängten. Pflügler, der festgestellt hat, daß die Forderungen der Kärntner Slowenen in Hinsicht auf ihre nationalistischen Bedürfnisse völlig maßlos seien, chauvinistische Bedürfnisse, für die man in Wien und in den: einschlägigen Wiener Medien seit jeher größte Sympathien hege, natürlich. Pflügler, der nachdrücklich daran erinnert, daß gerade die Penetranz, mit der diese Bedürfnisse geäußert würden, immer wieder verhinderten, daß jemals Ruhe einkehren könne in die geliebte Heimat. Pflügler, der wissen und immer schon gewußt haben will, daß: sämtliche fremden Friedensstörer restlos hinaus gehörten, weil sich alle friedliebenden Heimattreuen rasch zu finden und viel besser ohne sie zu verständigen wüßten, der zu verkünden hat: Alle müßten das Ihre erhalten, wir hingegen bräuchten lediglich die: Segnungen deutscher Kultur. Pflügler, der genauestens darüber informiert ist, daß erst nachdem das Land sehr lange zu den germanischen Reichen der Ostgoten, Franken und teilweise der Langobarden gehört hatte, gegen Ende des sechsten Jahrhunderts die ersten Slawen und Awaren auftauchten, um Unfrieden zu stiften, zu plündern und zu zerstören, wie es ihnen möglich war. Zuvor hätten die Deutschen Städte und Märkte gegründet sowie sich als Bauern niedergelassen. Zahllose Gebiete, die heute eine slowenische Mehrheit aufwiesen, seien vor Jahrhunderten deutsch gewesen, was schon daran ersichtlich sei, daß es noch heute überall im gemischtsprachigen Gebiet zahllose Slowenen mit deutschen Namen gebe, die genauso wie die deutschen oder verdeutschten Ortsnamen, die selbstverständlich vielfach älter seien als die slowenischen, darauf hinwiesen, daß dort einst deutsche Siedler gewohnt hätten. Pflügler, der weiß, daß seit jeher schon die Deutschen in den Städten die Lehrmeister jeglicher Kulturarbeit gewesen seien, die Slowenen auf dem Land, wo sie hingehörten und bleiben sollten, nichts als deren mehr oder weniger begierige Schüler, Pflügler, der sich als ein solcher Lehrmeister nur deshalb von Šorl überhaupt Befehle gegeben lassen haben will, weil er keine andere Wahl gehabt habe, mehrfach bemerkt habe, daß Šorl in jenem Sommer Frühherbst bemüht gewesen sei, ihm ein schlechtes Gewissen einreden zu wollen aufgrund gelegentlicher Reibereien am Seeufersandstrand während der Jahre zuvor, davon wolle er uns schon noch berichten wir sollten abwarten. Der nicht dabei habe zusehen wollen, daß Šorl sich derart habe entwürdigen müssen, es für nötig zu halten, ihm ein solches schlechtes Gewissen einzureden. Also sei er Šorl entgegengekommen und habe Šorl eine enorme Blöße erspart, indem er getan habe, was von ihm verlangt worden sei: Kall geholfen, und auch dann noch geschwiegen, Pflügler: Als Kall uns schon verraten und betrogen und außerdem noch über die Maßen belogen hatte, Pflügler: Ein Fehler sicherlich, mein Fehler, da hätten Sie recht, Schädlinge wie Kall gehören rücksichtslos entfernt. Mich von Šorls Drang, mir ein schlechtes Gewissen abzuringen, sicherlich nicht derart beeindrucken lassen dürfen. Kall statt dessen sofort ausliefern, preisgeben müssen anstatt ihm Unterschlupf Sicherheit zu gewähren für eine Nacht. Ein Fehler, nicht wiedergutzumachen, natürlich nicht.

Im August geht Pflügler in Berufung, sein Verfahren wird an die nächsthöhere Instanz verwiesen, Kogoj: Schon als Kind habe ihn seine Familie zu den Treffen am Ulrichsberg unter dem Stahlkreuz zwingen, zu jedem einzelnen Treffen dort oben unter Gewaltanwendung zerren müssen. Kein einziges Mal sei er freiwillig aus eigenem Antrieb dorthin gegangen, niemals, so Pflügler, hätte er sich ohne die massive Einflußnahme seines Vaters seiner Familie seiner gesamten Umgebung schon als Kind gegen ihm in irgendeiner Form: anders erscheinende Mitschüler gewandt. Kogoj dann eines Morgens, als sie eintritt: Heute könne er nicht mehr anders als zu gehorchen. Symptome von Schizophrenie, gottähnliche Erscheinungen, angeblich mystische Visionen, Reue-, Bußanflüge, Wahnzustände, Todes- und Foltersehnsüchte, Schlachtvisionen, Angstanfälle, chronische Paranoia, seine Beteuerungen dann immer wieder: Er sei sehr gesund und Demokrat außerdem und niemals in eine Schublade mit: Rechtsradikalen zu werfen, keineswegs, und Kogoj: Das lasse er sich nicht bieten, Kogoj: Dann wieder sei er sehr krank. Er erwähnt nur Sie, mich nicht, ich höre weg, wenn er spricht, nur bei Ihnen funktioniert sein Gespräch. Sie hätten während unserer Sitzungen all das bereits mehrfach an ihm erlebt, es seien nur mehr einige wenige Sitzungen mit Ihnen nötig, bis Sie diese jüngste Entwicklung seiner Krankengeschichte aufgrund unserer Erfahrungen mit ihm im Gespräch bestätigen würden und Ihre Einschätzung sich mit der seinen nahtlos decke. Diese würden Sie dann ohne jeden Zweifel bestätigen und vor Gericht womöglich sogar eine Aussage machen, die seinen Antrag unterstützen wird darauf also will er hinaus wenn man Sie aufforderte, Zeuge zu sein, Kogoj: Deswegen allein hat er sich überhaupt erst zum Gespräch gemeldet, da bin ich mir sicher, und Kogoj: Er spricht von Ihrem Vertrauensverhältnis von nichts anderem und von Ihrem Vertrauensverhältnis als der ersten und besten und gültigsten also schlagkräftigsten Referenz von Ihrem Vertrauensverhältnis.

Den Verhandlungssaal vorzeitig verlassen, am Abend nach der Verhandlung am Küchen- und noch immer zugleich Schreibtisch eine Einschätzung über den Verlauf unseres Gespräches versucht: Wieviel könnte ich bestätigen, was nun tatsächlich aussagen, am nächsten Morgen auf einer Handvoll Notizbuchseiten vorgefunden: Mir die gröbste Summe dessen, was Pflügler seit Beginn des Gesprächs von sich gibt und seit kurzem als aufgezwungenes Schema erklärt, er könne gar nicht anders, ihm bleibe bis heute keine Wahl: Das muß ich einräumen, gibt er dem Tonband zu Protokoll, mir die gröbste Summe all dessen im Bemühen, die Dichte und konstruierte Unumstößlichkeit des Gesagten zu fassen, versuchsweise als: Block vorgestellt, den: Block bald darauf verworfen und statt dessen, Pflügler selber hat mich darauf gebracht, als Lied bezeichnet und als: Komposition heißt: eine Idee auszudrücken, sie steckt im Lied selber. Um mir über diese Umwege einen sich annähernden Begriff zu machen von denjenigen Bildern, über welche Pflügler sich und all sein Denken und Reden als Ergebnis präsentiert einer angeblich zwanghaft vererbten Erfahrung dessen: Was war und zu sein hat. Einen Begriff demnach von der kompakten, überschaubaren Geschlossenheit eines solchen vermeintlich restriktiven Konsensgedächtnisses. In das ein nicht minder zwingendes, von seinem übergeordneten Rahmen gut gefüttertes Familiengedächtnis eingebettet gewesen sein soll, innerhalb dessen wiederum alle Wahrnehmungen Handlungen Erinnerungen, Bestimmungen nicht zuletzt: auf welche Weise Vergangenes erzählend vergegenwärtigt werden muß, vorgeprägt sind von den Erforder- und Bedürfnissen eines geschlossenen und überschaubaren Wir: Miterzählen darf, wer nur das erzählt, was sowieso schon bekannt ist und nicht stört. Derlei ewig gleiches und aus unveränderbaren semantischen, lexikalischen Versatzstücken zusammengefügtes Berichten muß bis zur Mythologie nur immer und immer wieder und letztlich häufig genug erfolgen und vererbt werden, um auch über die Generationen hinweg eine verbindende, verbindliche Erzählung entstehen zu lassen, die für sich zu beanspruchen hat, dauerhaft und umfassend gültig zu sein, um nicht etwa andere Versionen oder gar Nachfragen aufkommen zu lassen: die von oben herab instrumentierte Gleichschaltung eines atomisierten Gedächtnisses vor dem Wunschbild eines möglichst geschlossenen Geschichts- und Gegenwarts- und Selbstverständnisses, wissen wir: Insofern scheint mir zumindest technisch nachvollziehbar, was Pflügler meint: Pflügler, der über sein Kärntner Lied zu berichten weiß, daß schon die: größten Kunstwerke aller Zeiten bodenständig gewesen seien und fest im Volkstum gewurzelt hätten, in der Landschaft und in dem geistigen Gehalt ihrer jeweiligen Zeit, erst die: neue Zeit und das Durchsetzungsvermögen ihrer musikalischen und künstlerischen Erscheinungen entwurzele die heimatliche: echte Kunst und das Liedgut und mache beides für echte Volkstumsarbeit unbrauchbar, notiert: echte Volkstumsarbeit als: mechanisiert gültige Kunstware gerinnt über die repetitive Inszenierung von Volks- und Brauchtumsbestandteilen während einer ganzen Reihe regelmäßiger Aufmärsche, Feste, Feiern, Huldigungs- und Gedenkversammlungen: fixer Kalenderbestandteile: Wiederholungen des immerzu Gleichen zu dem fortwährenden Bemühen um Identität stiftende und Identität sodann zäh verteidigende Traditionen, die keinerlei neue, meint: überdachte oder aktualisierte Inhalte jemals mit einzubeziehen bereit sind. Das als Chor gestaltete Lied integriert zentrale Botschaften fächert sie leicht verständlich und liebenswürdig auf transportiert sie gebündelt als im Auftrag der Volkstumsdefinition agierende Irrationalisierung mit Konsequenz und Intention: für den eindeutigen Sieg des Gefühls über die Vernunft, der begeisternden eigenen Zugehörigkeit über die Einsicht und bloße Vorstellung, daß andere, alle, die nicht mitsingen dürfen oder können, während jedes Zugehörigkeitsbekenntnisses definiert und ausgeschlossen werden. Keinerlei Wissenschaftlichkeit Beweisführungen Analysen Interpretationen neue Erkenntnisse könnten ein derart festgezurrtes Bild voller Legenden jemals beeinflussen verändern, die Verhinderung jeder Bewegung, die zornige Ablenkung von jedweden Einwänden, seien es nur Ergänzungen, behaupten: Ewigkeit. Und dies so kompakt, bisweilen unerträglich repetitiv wie ihre momentweise Individualisierung: Pflüglers Gesprächsbeiträge, die aus kaum je etwas anderem bestehen als in ihrer Fülle und Eintönigkeit Verbissenheit bis zur Ohnmacht lähmenden Teilelementen dieser großen umgarnenden Erzählung und ohne jedes Argument: im Kleinen ein Lied, im Großen ein Refrain ohne Strophe, ein Klang in einer konstanten Höhe, einer einzigen Lautstärke und Farbe, entgegen anderer Behauptungen ungleich der Stille, die sein nicht-existentes Gegenteil ist: ohne jede Dauer. Sofern er nicht erneuert und immer wieder aufs jeweils Neue berechnet und so sehr berechnend hergestellt wird, aber wo kein anderer Klang ist und jenes ersten einzige Konkurrentin: Stille, sollte nichts einfacher sein als das. Dankbare Zuhörer gibt es zuhauf, hingegen nur sehr wenige Weghörer, von denen wiederum lediglich ein Bruchteil das Instrument gegen seinen eigenen Klang zu präparieren wagen würde: Man kann das Instrument präparieren, man muß aber nicht, und das beruhigt mich. Im Falle des Falles: den ein oder anderen Gegenstand zwischen die Saiten, und der Klang könne: im Hinblick auf die verschiedenen Merkmale des Instruments verwandelt werden, so daß es für die an ihn gewohnten Zuhörer nicht lange zu ertragen wäre. Die ihn gerade deshalb schätzen, weil seine Harmonien zumindest sie selber nicht und niemals verschrekken, im Gegenteil: das gemeinsame Singen und das gemeinsame Mitsingen als Vergessen ein bequemer Definitions- und Ab- und Verdrängungsmechanismus im: Land der Lieder, randvoll mit Riten und Mythen, der bequemste, weil er von den Zuständen schweigt und als Ritual wie noch jedes regionale Ritual: alles andere und jedwede Reflexion abwehrt. Die Totalität des berechnenden Klangs ebnet noch jede einzelne der wenigen widersprechenden Stimmen in sein Lautschema ein markiert oder eliminiert sie als Schädlinge Verräter soweit möglich: Die eifrigen Zuhörer werden aus guten Gründen alles tun, um noch die vorsichtigste Präparation zu verhindern. Soviel immerhin will ich festgestellt haben heute nacht und gewußt haben nur soviel, nicht viel mehr, denn das hier trifft mich noch nicht: Die groben Umrisse all dessen, was Pflügler aussagt, aber als das gegen seinen Willen Seine erkennt: ein Instrumentarium Sortiment zahlloser vorgefertigter Gedächtnisschablonen, Mythen, Klischees, Abgrenzungen, Umkehrungen, Verstellungen, Verschiebungen, Überhöhungen, standardisierter Erzählungen, diffamierender Topoi, schiefer Metaphern und überbemühter Bilder an den Grenzen des gerade noch legal Sagbaren. In die repressive lautliche Charakteristik des Instruments will Pflügler für mich grundsätzlich durchaus nachvollziehbar so früh wie dann auch zeit seines Lebens verstrickt worden sein, nachhaltig Sicherheit, Überzeugung und absolute Zweifelsfreiheit, hier ein Beispiel: ein Beispiel außerdem und insbesondere für Pflüglers aus Prinzip eingenommene Verteidigungsposition gegen unausgesprochene und aber doch jederzeit erwartete Vorwürfe: Nach der Arbeit an den langen Sommerabenden in jenem für uns alle bedeutsamen achtundfünfziger Jahr bis spätabends am See gewesen mit Freunden mich um den See herumgetrieben bis weit in die schönen Abende hinein und diesen Sommer achtundfünfzig aufgrund der wenigen Andeutungen des Vaters in größter Neugier verbracht auf den Oktober und einfach nicht müde werden wollen während des Sommers auch trotz der harten Arbeit untertags, mich maßlos gefreut auf den Herbst, für den sich etwas anzudeuten versprach, nichts weiter. Im selben September ergab sich das Problem des Schulstreiks. Vermehrt spricht Pflügler von: Problemen, um, wie wir wissen, über diesen Begriff den Anschein eindringlicher und verantwortungsbewußter Überlegung zu suggerieren, immer wieder ist er bemüht, sich von sich selber zu distanzieren und uns zu vermitteln, er urteile und berichte mit bestem Willen soweit es ihm möglich sei objektiv und so frei wie möglich von allzu persönlichen Wertungen. Dabei, wie wir wissen, erlaubt gerade diese Bewegung mit einem einzigen Handstreich Vorurteile zu rationalisieren: Es wird der Eindruck erweckt, als sei die eigene Haltung nichts anderes als das Produkt sorgfältigen Überlegens und gereifter Erfahrung. Pflügler will empirisch belegen, was er zu sagen hat, läßt sich sogar zu der ein oder anderen Differenzierung herab, die natürlich an der Oberfläche bleiben muß. Die vorsichtige, scheinbar rücksichtsvolle Diagnose eines Problems verweist deutlich auf die zumindest unterschwellig ungebrochene Präsenz des Vorurteils, sie wird offenbar spätestens immer dann, wenn Pflügler trotz aller Bemühungen sich zu beherrschen, wieder einmal nicht länger an sich halten kann und ganz von selber demonstriert, was er so unfreiwillig gelernt haben will, weiter das Beispiel: Im September ergab sich dann das Problem des Schulstreiks. Die Vertreter der Elternschaft der Gemeinden mit zweisprachigem Unterricht gründeten eine Elternvereinigung, um sich diesem Problem beratend anzunähern. In einer Entschließung dieser Vereinigung wurden alle Eltern im Bereich der von der Schulverordnung über die Zweisprachigkeit des Unterrichts des Jahres neunzehnhundertfünfundvierzig betroffenen Pflichtschulen, unsere Schule in Eisenkappel gehörte dazu, aufgefordert, am neunzehnten und zwanzigsten September sowie am ersten Oktober neunzehnhundertachtundfünfzig ihre Kinder nicht in die Schule zu schicken, aus Protest dagegen, daß trotz unserer jahrelangen Forderungen der jedem Recht widersprechende slowenische Sprachzwang nicht beseitigt worden war. Teilweise siebenundneunzig Prozent der Eltern meldete bis zum neunten zehnten seine Kinder vom Slowenisch-Unterricht ab, das müssen Sie sich vorstellen: ein klares Urteil und eine klare Absage an die erzwungene Unterwerfung unter das unter dem Druck der illegalen englischen Besatzungsmacht erlassene Sprachgebot im Land. Belgrad sandte sofort eine Protestnote nach Wien: eine weitere unzulässige Einmischung in innerösterreichische Angelegenheiten, wir haben, soweit sie es verdient hatten, die Rechte der Minderheiten in Reich und Staat seit jeher respektiert. Die Bestimmungen des Staatsvertrags, auf die sich der Protest berief, waren völlig überflüssig gewesen und hatten damals schon sämtliche offene Türen eingerannt, zu Recht mußte sich die slowenische Minderheit den Vorwurf gefallen lassen, wie so manch anderes bis dahin der Mehrheit nun auch diesen Unterricht aufzuzwingen. Die jugoslawischen Zeitungen, die wir tagtäglich zu lesen gezwungen wurden, waren voller Schauergeschichten über Terror und Druck, obwohl von unserer Seite nicht der geringste Druck ausgeübt wurde, sondern die Elternschaft lediglich eingehend belehrt. Die Vertreter der slowenischen Organisationen hatten sich bemüht, ihre Leute zu sammeln, aber es zeigte sich bald, wie gering der Einfluß dieser Organisationen in Wirklichkeit ist. Das Ergebnis der Abmeldungen konnten wir besten Gewissens als weiteren Abstimmungssieg des Kärntner Volkes und ein neuerliches eindeutiges Bekenntnis der Mehrheit zu Österreich ansehen, eine nur natürliche Fortsetzung dessen, was neunzehnhundertzwanzig begonnen hatte und inzwischen schon selbstverständliche demokratische Tradition geworden war. Slowenisch unterrichtete man teilweise als Freigegenstand weiter, um so der Minderheit gegenüber eine noble Geste im Geiste der alten österreichischen Toleranz zu zeigen: eine unnötige Geste, wenn Sie mich heute fragen, aber nun gut, es ist geschehen, notiert: Nicht die geringsten Zweifel, ein Anfang, ein sauberes Ende, eine kompakte Erzählung: Auf das Erkennen von Ursache und Wirkung wird keinerlei

Wert gelegt. Auf die Frage, warum man sich so sehr gewehrt habe gegen das Erlernen des Slowenischen, weiß Pflügler nichts zu antworten als: Man habe diese Sprache nicht gewollt. Aber warum, und Pflügler: Man habe sie nicht gewollt. Ganz einfach, notiert: Identifikation mit ausschließlich dem, was hier ist und jetzt, es wird notfalls für dauerhaft erklärt, sobald diese Identifikation bequem erscheint und keine andere Wahl gelassen wird, ein Beispiel: Schon in jenem Sommer und solchermaßen siegreichen Frühherbst des achtundfünfziger Jahrs sicher gewußt, daß sich im Oktober etwas verändern und dann immer verändert bleiben würde. Worum es nun genau ging, konnte ich noch nicht wissen. Die vagen Andeutungen des Vaters reichten meiner großen Neugier bei weitem, für jenen Tag im Oktober versprach er uns nicht weniger als das, wie er formulierte, Geschenk eines Gedächtnisses können Sie sich das vorstellen. Nein können Sie nicht, wie denn auch, schon sehr früh, im Mai neunzehnhundertsechsundvierzig hat sich unser Vater im kurzlebigen christlichsozialen Heimkehrerbund engagiert. Dessen Nachfolgeorganisation, der Heimkehrer-Hilfs- und Betreuungsstelle hat er dann nicht beitreten können, weil er ab Juni neunzehnhundertsechsundvierzig für gut dreizehn Monate selber inhaftiert wurde aufgrund eines angeblichen Kriegsverbrechens, Sie wissen ja, wie das funktioniert hat, erklärt Pflügler: Hat jemand seine Heimat bedingungslos gegen Banditen verteidigt, war er Verbrecher, verbrochen jedenfalls hat unser Vater nichts, kein Zweifel. Am neunten zehnten siebenundvierzig war unser Vater dann aus der menschenverachtenden, auch das eine jener Ungereimtheiten, die ja glücklicherweise inzwischen zur Genüge urkundlich belegt und gründlich wissenschaftlich erforscht sind, Gefangenschaft unter den Alliierten Kommandos entlassen worden. Gerade rechtzeitig. Ich war kaum drei Jahre alt, und aufgrund der späteren Erzählungen des Vaters und derjenigen vieler anderer um uns herum erinnere ich mich noch sehr gut an jenen Tag der Rückkehr und den darauf folgenden, an dem auf dem Zollfeld Zehntausende Versammelte den siebenundzwanzigsten Jahrestag der Volksabstimmung über die Zugehörigkeit des südlichen Teils unserer Heimat zu Österreich oder Jugoslawien und also der auf denkbar demokratischstem Wege aufrechterhaltenen heimatlichen Einheit feierlich begingen. In einem Feldgottesdienst statteten die Heimkehrer Gott den nötigen Dank für die glückliche Heimkehr ab und ehrten das Andenken der Gefallenen, Pflügler: Es war dies die erste derartige Kundgebung im deutschen Raum, notiert: Erst auf zweifache Nachfrage den Teilnehmer Pflügler ungewollt dazu bewegt, seine Aussage auf den: deutschsprachigen Raum zu beschränken, Pflügler: In jedem Fall faßten wir auf dem Zollfeld neuen, den nötigen gemeinschaftlichen Mut, daß die damals noch offen ausgesprochenen jugoslawischen Gebietsansprüche endgültig zurückgeschlagen würden früher oder später. Was dann ja auch geschah, und womöglich, so hofften wir: würde einmal vollendet werden können, was am zehnten Oktober neunzehnhundertzwanzig hier im gemischtsprachigen Gebiet von der deutschtreuen Bevölkerung gegen Kommunismus und Jugoslawien begonnen und erkämpft worden war, und Pflügler: Den eigentlichen und tatsächlichen Höhepunkt jemals zu erreichen: die uralte Personalunion mit Verona, Friaul, Istrien-Krain wiederherzustellen, davon wage ich gar nicht mehr zu träumen. Sie würden jetzt sicher gerne einzuwenden wagen, ich solle dennoch aufpassen, was ich sage, ich tue es und passe auf, beruhigen Sie sich. In jedem Fall: Mit der Errichtung einer Heimkehrergedenkstätte hier auf dem Zollfeld, dem: Schicksalsboden Kärntens, hatte dieser Entwicklung neue Kraft verliehen werden sollen über das sammelnde Gedenken der Kämpfer des Zweiten Weltkriegs, genau dies gelang. Mit jenem ersten Treffen auf dem Zollfeld wurde der Grundstein gelegt, notiert: Es folgt ein für Pflügler durchaus typisches Gespräch, das sich aus einem harmlosen Anlaß speist, einem einzigen Satz und sich in der Folge allmählich steigert, dann rasant fortspinnt und einer haltlosen Tirade immer ähnlicher wird, in der es keinerlei logische Argumentationsketten gibt, nichts als Thesen statt dessen und diejenige lose Folge von unvermittelten Brüchen, Widersprüchen sogar, mehr oder weniger drastischen Sprüngen, die einer Brandrede eigen ist, jener archaischen Logik entspringt, nach der assoziative Übergänge viel näher liegen als irgendeine vernünftige Folgerung. Die zu Beginn noch maßvollen Anschuldigungen, bloßen Feststellungen, mitunter nicht unrichtigen Behauptungen führen auf erschreckend direktem Weg zu wildesten Schlüssen, ein typisches Pflügler-Gespräch, dessen Dynamik ihn wiederholt völlig vergessen läßt, daß er sich doch hatte zügeln wollen, Distanz wahren, zeigen, hatte er mehrfach betont: Wer ich wirklich bin, ohne den Vater. Er vergißt es, weiter das Beispiel: Erst im dreiundfünfziger Jahr konnten sich um unseren wie gewohnt besonders aktiven Vater herum die Ansätze einer Gesellschaft finden zum Gedenken und der Hoffnung auf baldige Befreiung derjenigen, die sich nach wie vor in feindlicher Gefangenschaft befanden. Die von dort aus die Heimat ungebrochen und auch weiter repräsentierten verteidigten als Märtyrer und wenn zwar zum Leidwesen ihrer Familien so doch auch zu ihrem Stolz: eine Gesellschaft außerdem zur Errichtung eines Ehrenmales, die alle nötigen organisatorischen Vorbereitungsarbeiten in Perspektive auf die Errichtung eines solchen Ehrenmales vorantreiben sollte für unsere heldenhaft Gefallenen, die Gefangenen, die Heimgekehrten. Von der Kundgebung auf dem Zollfeld selber natürlich kaum etwas mitbekommen, mit anderen Kindern gedankenlos vermutlich unter den Erwachsenen herumgetollt und meine Freude am Tag gehabt, sonst nichts. Erst im nachhinein festgestellt, schon damals mit kaum drei Jahren gewußt zu haben, es geht etwas vor sich etwas geschieht etwas Besonderes passiert. Etwas deutet sich an, Sie verstehen, warum das so war. Die Aussicht auf einen Rahmen, der der Gemeinschaft jener glücklich heimgekehrten, unglücklich empfangenen Männer, die nach der Kriegsniederlage und nachfolgend mangelnder Anerkennung in der Heimat, daher Demütigung an jeder Gerechtigkeit zweifeln mußten, Geborgenheit verleihen, einen sicheren Halt und Orientierung bieten sollte, in der Folge als den Hauptantrieb des Vaterlebens und damit ganz automatisch auch unseres Lebens verspürt. Nach seiner Haftentlassung war unser Vater allein betraut worden mit der Aufgabe der Sicherung des Zollfeldes, damals zu Teilen kirchlicher Grund, als erwünschtem Rahmen des Ehrenmals, ein hochgradig symbolischer Ort, ein historisch deutscher Besitzstand, eine Aufgabe, die den Vater ganz und gar erfüllt hat über lange Zeit. Über viele Tage hinweg wurde im Haus nur ein einziges Gespräch geführt. Tagelang kein anderes Gespräch als dasjenige über das Ehrenmal, und über Tage unseren Vater jede Nacht wach auf seiner Decke liegend oder den Vater schlaflos im Haus umherlaufend bemerkt die Treppe hinunter die Treppe hinauf aus dem Haus ins Haus hinein in den Wohnzimmersessel vom Wohnzimmersessel auf einen Küchenstuhl vor dem Zimmer unserer Mutter stehend und wartend. Tage- und nächtelang dasselbe Spiel, so groß war die Aufregung Anspannung am Morgen kein Gesprächsbeginn ohne das Startsignal des Vaters, der das Gespräch begann, wenn er über die Gesellschaft zur Errichtung eines Ehrenmales in Kärnten sprechen wollte und die Weiterentwicklung ihrer Arbeit ihre Erfolge, kein Gesprächsbeginn ohne ein Gespräch über die geplante Errichtung eines Ehrenmales auf dem Zollfeld und nur auf dem Zollfeld, nirgendwo sonst. Diese unheimlichen und zugleich wunderschönen Morgen, wie mir damals schien und scheinen mußte, schon bald so sehr lieben gelernt und lernen müssen wie nichts sonst, spannend waren sie und aufregend, wir liebten sie alle und liebten unseren Vater für seinen Eifer und sein großes Einstehen für die Kameraden sein überbordend großes Herz, das mußten wir tun: In der Folge diese Morgen geliebt und lieben müssen wie gezwungenermaßen in meinem späteren Leben nur annähernd die ersten Sonntage eines jeden Oktobers unter dem Stahlkreuz. All das geliebt bis zuletzt, allein, ich wußte und weiß, so mußte es sein, denn es geschah etwas, und wir alle wollten, daß etwas geschah, wir hatten es zu wollen, auch ich, darauf mußte alles hinauslaufen, das hatte es schon immer getan. Unser Vater nahm später alle Schuld auf sich, daß das Ehrenmal nicht auf dem Zollfeld hatte errichtet werden können. Errichtet wurde es erst Jahre später auf dem Ulrichsberg, zunächst war unser Vater in großer Verzweiflung: das gleiche aufopferungsvolle Bemühen wie als Soldat, der gleiche selbstlose Kampf um die Sache, das gleiche ernüchternde, verstörende Ergebnis. Nicht allein hatte unser Vater das Vertrauen des Vorstandes der Gemeinschaft verloren, nachdem sein Bemühen um das Zollfeld zurückgewiesen wurde. Auch die bevorzugte Deutung des Zollfeldes als ein ausschließlich deutsches Heiligtum konnte nicht gehalten werden: Das Zollfeld ist ein so zentraler wie bedeutender Schnittpunkt mehrerer zu Teilen jahrtausendealter Nationen, wenn Sie so wollen, ein Schnittpunkt, der die verschiedensten Völker schon immer zusammen und zueinander geführt, zugleich immerzu voneinander getrennt hat. Das ist ja die Tücke des Zollfelds, wie man weiß: trennen und einen zugleich, schon immer gewesen. Von dem in unmittelbarer Nähe gelegenen Maria Saal ist zudem die Christianisierung des Fürstentums und der Umgebung ausgegangen, ein geschichtsträchtiger bedeutender Ort, doziert Pflügler vor sich hin: Ursprung einer Zivilisation, Pflügler: ein einzigartig kostbarer Ort. Ob ich ihm tatsächlich zuhöre oder nicht, ist belanglos: Aber solange Pflügler sich nicht zumindest einbilden kann, ich oder irgend jemand sonst tue es, befindet sich der Klang im Stillstand und verfehlt seine Absicht: gehört werden wollen, und hören will ich ihn. Wissen, wovon er spricht, was ihn treibt und warum getrieben hat, und: verstehen, notiert: Will man dem seit einigen Tagen in diesem Zusammenhang endlos ausweichenden Erzählstrom Pflüglers allein um des Gehörtwerden willen zuvorkommen, läßt sich in der ausführlichen: Ulrichsbergdokumentation des Gründungsmitgliedes und langjährigen: Kulturreferenten der Gemeinschaft Norbert Rencher das nachlesen, was sich unter dem Stahlkreuz zugetragen hat während der Jahrzehnte meiner Abwesenheit und in den Jahren davor, notiert: Die mich als Kind damals nicht interessiert hatten: Die Diözese hatte dem Bestreben der Gesellschaft zur Errichtung eines Ehrenmals eine Absage erteilt, die keineswegs sowohl Pflügler als auch Rencher zufolge, für letzteren allerdings viel weniger eindeutig, aufgrund irgendwelcher Vorbehalte des Diözesanbischofs gegenüber dem geplanten Ehrenmal erfolgt sein soll, sondern allein des Drucks wegen, unter dem der Diözesanbischof gestanden habe und dessen treue Vertraute innerhalb der Diözese: entstanden durch den enormen Einfluß der slowenischen Mitglieder des Ordinariats, Pflügler: Der unausrottbare Einfluß einer Minderheit, wir kennen das ja, Sie vermutlich nicht, verschließen Sie ruhig auch weiterhin die Augen, aber außerhalb des Ordinariats ist es nicht anders, nie anders gewesen. Nicht einmal der Diözesanbischof, von Anfang an zu hundert Prozent auf unserer Seite, hatte gegen den scharfen Protest der slowenischen Mitglieder des Ordinariats etwas auszurichten vermocht. Der für die Errichtung des Ehrenmales vorgesehene Birkenhain, der im Zollfeld liegt, das wiederum den slowenischen Mitgliedern des Ordinariats zufolge ein ausschließlich slowenisches Nationalheiligtum ist, könne nicht für das geplante erhoffte Ehrenmal freigegeben werden, ein solches Ehrenmal auf dem Grund eines schon ursprünglich ausschließlich slowenischen Nationalheiligtums sei undenkbar. Keine Spur mehr von Universalbesitz und Universalbedeutung des Zollfelds für alle heimischen, vom Zollfeld über die Jahrhunderte zusammengebrachten und wenn auch getrennten, so aber doch über das Zollfeld immerzu auf eine Art verbundenen Völker, der verlogene Druck der Slowenen im Ordinariat hat sich letztlich durchgesetzt, die linkische Macht einer verschwindenden Minderheit hat wie immer gewonnen, man hätte sich längst daran gewöhnen sollen, erregt sich Pflügler und entschuldigt sich sofort halbherzig, knurrend weiter: Ich jedenfalls habe mich längst daran gewöhnt, es bleibt einem ja nichts anderes übrig als sich einzugestehen und letztlich einzusehen, daß man rest- und hilflos ausgeliefert ist und bleiben, niemals etwas dagegen zu unternehmen in der Lage sein wird. Aber unternehmen muß man doch etwas, nicht auszuhalten ist schon die bloße Vorstellung, nun, ich denke nicht mehr dran. Derlei sollte ich inzwischen längst nicht mehr sagen nicht wahr, ich nehme es zurück, es wird mir ja gleich wieder zum Verhängnis, solange Sie noch nicht wissen, worauf ich eigentlich hinauswill, und aber diesen zornigen Blick bekommen, über den ich immer so lachen muß, hören Sie: Ich sage schon nichts mehr, schauen Sie nicht so, und fortan befand sich das Zollfeld in ausschließlich slowenischem Besitz und slowenischer Bedeutungsprägung. Übermittelt bekommen hatte unser Vater diese Niederlage vom Diözesanbischof, zu einer solchen Übermittlung wären die eigentlichen, im Hintergrund agierenden Entscheidungsträger zu feige gewesen. Der Diözesanbischof war ein edler Mensch und ist es immer geblieben, das wußten alle: Ihm konnte weder Einsatz noch Unterstützung für unser Anliegen abgesprochen werden. Dennoch: eine weitere Niederlage, erfahren durch die Destruktivität und Freiheits-, Gleichheits-, Demokratiefeindlichkeit einer Minderheit, der es einzig und allein darum geht zu schaden, nicht die erste Niederlage dieser Art, alles andere als die letzte sicherlich. Unsere einmal mehr bestätigte Feststellung, die slawischen Völker einerseits: das Deutschtum betreffend, die Slowenen andererseits: insbesondere das Kärntnerische betreffend, schlagen immer genau dann auf die brutalste gemeinste verschlagenste Weise hinterrücks zu, wenn sich der Heimattreue in einem Zustand der Schwäche befindet. Nicht daß uns eine solche Bösartigkeit in irgendeiner Form überlegen wäre, nicht daß das Slawische uns etwas voraushätte. Im Gegenteil: Es ist uns unterlegen. Es müßte uns unterwürfig sein bedingungslos, würde es je wagen, mit gerechten Mitteln zu kämpfen anstatt mit Heimtücke und Verschlagenheit und Verlogenheit und Abscheulichkeit zu taktieren allein. Würde es also kämpfen endlich mit jener soldatischen Würde, die ein rechter Kampf benötigt, besäße es den Ansatz eines Begriffes von Ehre, Stolz, Mut, Kameradschaft, anstatt zu kriechen ausschließlich seit so vielen Jahrhunderten schon dieses ekelhaft kriechende Unterwürfige als die überhaupt größte Geißel des ganzen Landes. Ich weiß, so etwas darf ich neuerdings nicht mehr sagen, nun, ich tue es nicht, halten Sie die Luft an, Sie können sehen, wie sehr mich diese mehr als bedauernswerten Vorgänge immer noch mitnehmen und immer schon mitgenommen haben, schrecklich, nicht wahr, bis heute, und so können Sie sehen: wie sehr ich eingesponnen bin und immer gewesen bin in das Schicksal unseres Vaters und meiner Familie ganz unweigerlich bis heute und immer schon. Erkennen mögen Sie dieses mein Eingesponnensein von mir aus nun sehr gerne als ein weiteres Symptom jener vermeintlichen, angeblich so kollektiv wie pauschal diagnostizierbaren: Kärntner Urangst, äußerst wissenschaftlich fundierte Ergebnisse, wie ich vermuten darf, ich weiß, Urangst, sicherlich: So heißt es, ich verstehe: Sie haben mich verstanden, wie und warum sollten Sie dies als der Wissenschaftler, der Sie sind, auch nicht. Nennen Sie meine Befürchtungen, die nichts anderes sind als Produkte meiner unserer Liebe zu meiner unserer Heimat, gerne Urangstsymptome, tun Sie es von mir aus also, tun Sie es, damit können Sie mir nichts. Denn eben dieser Rückschlag sollte sich ja trotz der persönlichen Niederlage, die unser Vater erlitten hatte, zu einem außerordentlichen Glücksfall wandeln. Sie glauben es gar nicht, eine derartige Erleichterung und Genugtuung, viel mehr als das: ein Ausgleich und ein Auferstehen, wiewohl das Zollfeld für uns als uraltes Erinnerungsgut verlorengegangen war, ein Sieg nichtsdestotrotz, daß sich das Ehrenmal doch noch hatte realisieren lassen: in jenem Oktober im achtundfünfziger Jahr, den ich den ganzen Sommer über so sehr erwartet hatte, auf dem Ulrichsberg, unser großer Vizebürgermeister Blasius Scheucher damals, ich weiß es bis heute, zur Grundsteinlegung: Nicht Verherrlichung kriegerischer Auseinandersetzung, sondern Gedenken an die Toten der Kriege und Dank für die glückliche Heimkehr ist der Sinn dieser Gedenkstätte, und Pflügler: Da können Sie anderes behaupten, so viel und so lange Sie wollen, ich höre nicht hin. All dies war zwar ohne die direkte Beteiligung unseres Vaters geschehen, der sich seiner übergroßen Sensibilität wegen der Notwendigkeit seiner selbstlosen uneitlen Rücksichtnahme zum Wohl der Gemeinschaft sehr bewußt gewesen war und daher nur allzu gut wußte, er würde sich aus dem aktiv organisatorischen Teil der Gemeinschaft zurückziehen müssen, die Gemeinschaft ging vor, der Einzelne stand hinten an. Der Gemeinschaft blieb er als Mitglied zeit seines Lebens treu, selbstverständlich als noch viel mehr als nur das, notiert: Der Klang gilt und genügt sich selber zur Erklärung, er will nichts anderes als dasein allein und umfassend Geltung beanspruchen, er bekommt sie. Selbst die auffälligsten Widersprüche, Pflügler zum Beispiel: Mit Janez Šorl in der direkten körperlichen Auseinandersetzung am Seeufersandstrand selbstverständlich nie auch nur eine einzige Schwierigkeit gehabt, eine unfaßbar schwächliche Gestalt, Pflügler andererseits: Jede einzelne Einschüchterung, nötigenfalls auch durch körperliche Gewalt, war und ist in Konfliktsituationen mitunter unerläßlich, um Šorl und ähnliches im Griff und nur irgendwie und mit Mühe jederzeit unter Kontrolle behalten zu können, selbst solcherlei absurdeste Widersprüche lassen sich auf der Basis und mit dem Schutz des ewig gleichen vorgegebenen Grundtaktes als korrekt holpernd behaupten, vor diesem Hintergrund, nur dort allerdings, sind sie das auch: korrekt, und notiert: Gegen Abend, an vielen Abenden des bisherigen Sommers ist Pflügler lachend und scherzend in verschiedensten Restaurants gesehen worden in jenem Ort, in dessen Nähe er seit bald dreißig Jahren auf einem alten umgebauten Bauernhof wohnt, kommen lassen wir ihn weiterhin zum Gespräch, vielmehr: Ich lasse ihn kommen auch bis weit über den fünfzehnten verabredeten Termin hinaus, obwohl noch nicht klar ist, wohin das führen könnte und soll und ob überhaupt je irgendwohin, ich streiche Termine anderer Teilnehmer, um Platz zu schaffen für Pflügler, Kogoj kann sich nur schwer beruhigen, als sie davon erfährt. Šorl gerät in den Hintergrund, mehr und mehr spricht Pflügler über seinen Vater, die erweiterte Familie, deren unnachgiebige Einflußnahme, Kogoj: Das tut er in Perspektive auf Ihre Zeugenaussage und auf Ihre Zeugenaussage allein in der Erwartung Hoffnung: Sie über seine Gesprächsbeiträge ausreichend für sein Werden und Gezwungen-worden-Sein und daher auch für ihn selber eingenommen machen zu können. Mit einigen, vielleicht nur versehentlichen Ausnahmen, zum Beispiel dem Hinweis auf die lose Mitgliedschaft sowohl des Vaters als auch des Onkels in verschiedenen Sängerrotten schon seit Anfang der dreißiger Jahre, einige Mitglieder deren sich schon früh wenigstens einmal in der Woche auch im kleineren, privaten Kreis zum gemeinschaftlichen Gesang getroffen hätten, verliert er kaum je ein Wort über das Leben seines Vaters vor dem Mai neunzehnhundertsechsundvierzig, dem Heimkehrerbund, seiner Inhaftierung, er weiß nichts, glaube ich, Er sagt nichts, entgegnet Kogoj, und weiß im Gegenteil alles und das allermeiste, in jedem Fall: Er sagt nichts, er spricht nichts aus, und eben das macht uns um so neugieriger. Mehrmals bin ich bemüht, das Gespräch sachte in die entsprechende Richtung zu lenken, Pflügler weicht ab und aus, wo es nur geht und steuert seinen Vortrag über das Leben des Vaters als den wichtigsten Teil seines eigenen Lebens sorgfältig um alles herum, was mich aufmerksam machen, durch Nachfragen hin zu jenen Jahren leiten könnte, wenn er nicht sowieso ausschließlich von ganz anderen Dingen berichtet: Zuweilen werde er von Passanten auf der Straße erkannt, zumeist bleibe er für sich. Interviews, offizielle Gespräche hätten sich in den letzten Jahren nur einige wenige ergeben, zum Glück, er rede nicht gerne, obwohl entsprechende Fähigkeiten und die Wirkung der Sprache gegenüber dem Volk nicht zu unterschätzen seien, seine Erkenntnis: Sprache allein könne und von der Sprache allein nur lasse sich das Volk lenken, und rede schon gar nicht gerne über sich oder seine und Rahns gemeinsam verbrachte Zeit geleistete politische Arbeit, Verständlich, nicht wahr, sagt er und achtet genau darauf, daß ich alles Gesagte ins Protokoll übernehme, das ich nicht schreibe, daß das Tonbandgerät seinen Vortrag pflichtbewußt ins dauerhaft Magnetische verdoppelt, Pflügler: Rahn gestern bei Gericht nach langer Zeit zum ersten Mal wieder bewußt gesehen. Zuvor und während der letzten Monate verschiedentlich vielleicht mancherorts unbewußt, bewußt erstmals seit wirklich sehr, sehr langer Zeit erst gestern wieder, und am Morgen vor der Gerichtsverhandlung nach all der Zeit mit Rahn zusammen nicht allzuviel zu reden gehabt, aber das wissen Sie ja. Immerhin haben Sie uns beobachtet und zugehört währenddessen, nicht wahr. Natürlich hätte ich das, zuhören jedoch würde ich ihm genauso gerne, während er von dem Leben seines Vaters vor neunzehnhundertfünfundvierzig berichtete. Ob er sich nicht zum Beispiel vielleicht doch noch daran erinnern könne, was seinem Vater vorgeworfen worden sei, verbrochen zu haben während des Kriegs als Wehrmachtssoldat, ob nun gerechtfertigt oder nicht, wisse er da etwas. Deutlicher war ich bisher noch nicht geworden, Kogoj segnet nickend ab. Notiert: Er wird sich gut überlegen, was er tut, etwas treibt ihn, er hat etwas vor, aber er sieht und sieht mich nicht, sein Zwiespalt unterdessen: Verriete er seinen Vater als den Kriegsverbrecher, der er aufgrund seiner Inhaftierung gewesen zu sein scheint, und distanzierte er sich von dessen Aktivitäten, könnte es ihn womöglich sogar wirklich retten vor Gericht. Verraten und aufgeben würde er seinen Vater auf diese Weise müssen, und eben deshalb sein Bemühen bisher: kein Wort über die Zeit des Vaters vor sechsundvierzig. Die betont gewaltfreie Einflußnahme und Einflußnahme allein über den engagierten Aktionismus hohen Organisationsgrad des Vaters auf den jungen Ludwig nach dem Krieg, eingebettet in die ideologische Mobilisierung der Familie, die allgemeine Nervosität im Bundesland angesichts der bis neunundvierzig aufrechterhaltenen jugoslawischen Gebietsansprüche, dürften, so wird er spekulieren, als Erklärungsmuster ausreichen. Daher sein so selektives Schweigen: Den Vater als Gewalttäter zu denunzieren, muß nicht einmal unbedingt nötig sein, notiert: Dabei wissen wir doch längst, daß sich grundsätzliche Aufnahmebereitschaft, Verbalideologie und Ideologie in Aktion stets auf die exakt selbe Basis berufen und einander sehr ähnlich sind, wenn nicht gar gleich ganz dasselbe. Aber das zählt vermutlich nicht. Verriete er rein gar nichts oder bekennte er sich vorbehaltlos zu seinem Vater als mutigem Helden, weisem Mann, großem Vorbild, wie es immer dann durchscheint, wenn er wieder einmal nicht an sich halten kann, würde er damit kaum durchkommen. Dann könnte auch ich ihn nicht stützen. Wenn ich denn wollte.

Ende August dann erstmals. Gut zweieinhalb Monate nach meiner Ankunft und Rückkehr in das Land und die Stadt und eineinhalb Monate nach dem Beginn des Gesprächs mit dem Teilnehmer Ludwig Pflügler Ende August dann erstmals. Zeit, ein Morgen mit Kogoj zusammen auf ihrer Terrasse mit Bergblick. Von der ich weiß allein deshalb, weil sie sie erwähnt aus Versehen in einem Nebensatz, und Kogoj an diesem vorgestellten Morgen neben mir mit Blick über die Herbstfarben der Stadt, das gegen Morgen und Vormittag, gegen Abend dann wieder ähnlich diffuse Licht über dem Pfad zur Stadt hinunter, ihre Frage an einem solchen Morgen: Warum nur, könnte sie fragen, und: Warum, Lebonja, tust du dir diese erbärmliche Gestalt nur an das verstehe ich nicht. Spielst du den teuflischen Kohlberg und überläßt deinem Spielkameraden Pflügler den guten Awetis oder umgekehrt. Soll, daß du Pflügler im weitesten Sinne bedienst, in Wahrheit nur Pflüglers und Kohlbergs Niederschlagen meinen, deine Flucht, meine Skizze: Er nannte sich Awetis, könnte sie vorlesen, und: Kohlberg nannte ihn Achilles, er war Armenier und von Beruf Friseur am Theater von Mariupol, und fragen: Nimmst also du als der gute Awetis das Rasiermesser in die Hand, Pflügler als den teuflischen Kohlberg zu rasieren, um ihm den Pinsel voll Seifenschaum in die Augen zu stoßen, den eisernen Leuchter über den Schädel zu ziehen, weil dir dein zehn Jahre altes Rasiermesser für Pflügler viel zu schade erscheint, die Feststellung: Dann ist es gut so, die Feststellung: Aber gut so vielleicht im Buch nur bei

Paustowskij, ihr Vorlesen, so könnte es sein: Er schrie auf, doch ich schlug ihn voller Wucht mit dem eisernen Leuchter auf die Schläfe, ihre Feststellung: Gut so, wenn es so ist. Aber wenn es so sein soll: warum, ich könnte entgegnen: Gute Frage, Mara Kogoj, ich weiß es nicht, aber warum eigentlich: du. Flüstern könnte sie an einem solchen Morgen ganz früh, und flüstern: Weißt du, vielleicht steht ja in Wahrheit längst Pflügler als der gute Awetis, Rasierpinsel, eisernen Leuchter, englisches Rasiermesser in den Händen haltend, hinter dir in aller Ruhe abwartend, ihr Flüstern: Weil du ihn läßt und. Viel zu weit gehen läßt. Immerhin kommt der Frühherbst verläßlich darauf also will er hinaus: Kindheitstrauma, was ich über der Stadt zu erkennen glaubte: schlagartige Weite: nach ein paar Monaten schon all diese Fotos, all dieses unerträgliche Geschwätz, könnte sie sagen: Gedruckt und aufgenommen, verteilt, berechnet, gesammelt von dir, die Frage: Daß du ihn überhaupt und immer noch kommen und reden läßt, was immer er will, ihre mögliche Frage: Kannst du, können wir ihn nicht loswerden. Es gibt genug andere Gesprächsteilnehmer auf unserer Liste, die uns mit Handkuß viel umfassender über ihr wenn auch krudes so doch vergleichsweise ungefährliches Weltbild aufklären würden, ihre Frage, wenn es sie gäbe, diese Frage: Warum tust du dir das nur an. Kannst du. Können wir ihn nicht einfach herausnehmen aus dem Gespräch, damit es weitergeht, Warum, könnte sie fragen, läßt du ihn überhaupt noch teilnehmen, und: Eine Sache nur, eine einzige ganz kurz, mehr will ich überhaupt gar nicht sagen, was geht mich das alles schon an. Ich für meinen Teil sitze nur da, mache meine Arbeit, nicht mehr und was mehr noch sollte ich sonst wollen. Was geht ihr zwei mich schon an, du, Pflügler, nun was schon, jene eine Sache, dann nie wieder etwas von mir in diese Richtung, könnte sie sagen, und: Du wirst ihn nicht etwa stützen nicht wahr. Du würdest seinen Antrag nicht etwa stützen vor

Gericht, seine Einschätzung nicht bestätigen nicht wahr. Als Zeuge womöglich sogar für ihn Partei ergreifen, Lebonja. Es ist Pflügler, Mara Kogojs Frage: Du glaubst nicht etwa, daß er nicht ganz genau weiß, was er da tut, ihre Frage: Eine Frage noch: Wie wirst du damit nun umgehen.

Mir diese Zeit mit Kogoj und jenen Morgen neben Kogoj auf ihrer Terrasse nach und nach ausgemalt, meine Antwort und den Umriß zusammengestellt einer: Rechtfertigung für sie und für mich, mir vorgestellt: Es könnte sie etwas angehen. Denn ich glaube zu wissen, was ich zu denken habe über das, was Pflügler für gültig erklärt, ich vermute, es ist etwas anderes. Das reicht mir, ich muß und will nichts kommentieren ihm gegenüber, ich muß mich nicht einmal dazu zwingen, nichts zu denken und erst recht nichts zu sagen ist das Beste für mich. Ich höre zu: reines Zuhören, und ahne währenddessen, die Wahrheit ist eine andere, welche auch immer. Die meine hingegen in den Monaten bei der Arbeit an und mit und bewußt kein bißchen gegen Pflügler fände, findet sich wieder auf dem Tonband als Stille, denn nur in von mir ausgehender völliger Leere kann während der Aufnahme alles andere als das meine gleichzeitig stattfinden und möglichst viel davon zudem, das gehört sich so: Darum geht es mir. Meine Stille: Ich lasse mich von Pflügler nicht treffen, ich lasse ihn reden, etwas anderes will er nicht und nichts anderes ich: keinerlei Gefahr für mich, meine Stille: nichts bruchsicher in überschaubar klare Maße Gegossenes, vor dem Klang wohl statt dessen: etwas Ungültiges, ein krauses Gebilde aus jeweils in sich und für sich allein zwar eindeutigen Schachteln Kistchen Bruchstücken Laden Stückwerk Momenten, ein von weitem dann wieder unüberschaubares Gegengewühl, als ein: Spiel aus Resten, Kapiteln, Überschriften, Tabellen, Notizzetteln, Dokumenten, Recherchen, Skizzen, Aufzeichnungen, Eindrücken, meine kleine Materialsammlung: Fragmente, als ein Bündel und loser Strukturversuch zwar nur zur Anleitung und Grundlage für mich im stillen und nur für mich. Eine in sich dauerhafte Struktur, die nicht über Generationen zwanghaft besungen werden muß und wiederholt immerzu, um nur ein bißchen zu gelten. Sondern dauerhaft und gültig ist aufgrund des ihr eingeschriebenen Wissens um ihr selbst bei größtmöglicher Strenge niemals zulängliches Verhältnis zur Realität. Allein, ich bin mir dessen bewußt, da liegt der Unterschied zu Pflügler, nur so bin ich ihm nicht völlig ausgeliefert: Indem ich ein wenig recherchiere nicht allzu viel weiß ich, was statt dessen zu gelten scheint, das reicht mir. Wohingegen Pflügler zwar auf alles eine Antwort ohne Frage hat, an der nicht und niemals zu rütteln wäre, eine reißfeste Kette aus Phrasen und Märchen ohne jede faktische Grundierung, aber nicht mehr: das leicht verläßliche Bild der absoluten Gewißheit, das davon zeugt, daß jemand noch den letzten Kontakt zu einer Erzählung außerhalb derjenigen für ihn selber gültigen aufgegeben und nie etwas anderes gewollt hat, ein Kontakt, der unter Umständen sogar irgendeine Art der Differenzierung formelhafter Endgültigkeitsaussagen hätte nötig erscheinen lassen. Vielleicht ist es eben diese Sicherheit, die Pflügler fasziniert, der sich unsicher fühlt und also angezogen von der Wucht des Klangs und dessen unlösbar mit ihm verbundenen monolithischen Konkretisierungen: des Stahlkreuzes zum Beispiel, diese Sicherheit ist nicht zu hinterfragen, benötigt daher auch keinerlei Begründung. Ich könnte ihr antworten. Mein Spiel, zum Beispiel, könnte ich antworten, und: Ein Spiel immer dann, wenn du nicht einmal spielen willst sondern weghören allein und lesen im Gespräch nicht viel mehr, der schweigend bastelnde Versuch gerade über Zweifel und Skepsis standhalten zu können, denn ich weiß ja selber nicht, was richtig ist, woher denn auch, und was weiß ich schon, mir vorgestellt, wir wissen ja nicht, weißt du, wir wissen ja auch nicht. Eine absolut und endgültig festgezurrte in sich geschlossene Erklärung gegen Pflüglers bruchsichere Überzeugung wenigstens für die Dauer des Gesprächs zu vermeiden, um Pflügler über die Suggestion: Ich ließe mir alles bieten, was er mir nur an den Kopf zu schleudern bereit wäre, wenn er denn endlich schleuderte, zum Reden zu bringen und reden zu lassen, was immer er will in meine Stille des Tonbands. An schlechten Tagen verlangt Pflügler in schöner Regelmäßigkeit störrisch etwas zu trinken zu essen, stets nach etwas anderem als dem, was er schon hat. Nach einer Unterhaltung oder Ablenkung, ohne könne er nicht weitermachen, flüstert er kalt, obwohl wir bis dahin jeweils höchstens fünfzehn Minuten lang überhaupt irgend etwas gemacht haben. Die Arme schmollend vor der Brust verschränkt. Weiter entfernt von mir denn je, ein Gutes: Er will ja nur zurückgeholt werden. Von mir, lerne ich, er will ja, finde ich heraus: reden. Dieses Wissen allein erhält mich aufmerksam und fordernd und zuversichtlich, während wir sprechen, denn er will ja alles andere als: aufspringen, weggehen, endgültig schweigen. Ich tue ihm den Gefallen, hole ihn zurück zu mir. Er will nur gebeten werden, auch das tue ich inzwischen gerne, wenn es denn sein muß, Teil seines Spiels offensichtlich muß es sein. Natürlich gibt es ausreichend andere Gesprächspartner. Allesamt sicherlich wesentlich weniger schwierig gefährlich aggressiv aufbrausend bedenklich, könnte ich antworten: Aber wir sollten ihn behalten und ihn auch behalten wollen, was denkst du ich kann dir versichern: Ich bin ihm kein bißchen ausgeliefert, ich halte ihm etwas entgegen und wenn auch nicht viel mehr als ein paar Zweifel. Noch spiele ich und spiele notwendigerweise Opfer, zugegeben. Aber ich habe die Kontrolle und spiele nur, mein bisher erfolgreiches Opferspiel: eine Möglichkeit, ihn seinen Vortrag stattfinden zu lassen in aller Ruhe alles der Reihe nach, um zu erfahren: Wie sehr oder wie wenig ist der Vortrag meines Spielkameraden nun tatsächlich der seine. Ich kann zuhören, mir in aller Ruhe meinen Teil zu allem denken, er sieht, er erkennt mich nicht, mehr ein Spiel also für mich, meine Regeln, ich liege in Führung, und. Ein Opferspiel, zugegeben: das allerdings kaum zu verlieren ist, die Regeln: Pflügler muß reden können wie er will. Ich muß nur zuhören, aufzeichnen, um dann alles gesammelt gehört zu haben, ob Kohlberg ob Awetis ist Pflügler Kohlberg ist er Awetis ich weiß nicht wer das Rasiermesser hält. Er hält es, und vielleicht will ich es ihm abnehmen, vielleicht aber auch nicht. Vielleicht hast du recht, Mara Kogoj, und Pflügler steht: tatsächlich irgendwann oder längst als der gute Awetis mit Rasierpinsel, eisernem Leuchter, englischem Rasiermesser in den Händen hinter mir in aller Ruhe abwartend, wer weiß, was weiß man schon.

Daher vielleicht tue ich mir das an, meine Bedingung: Ich erinnere mich nicht, ich will nur wissen, und alles andere bleibt unbedacht, nichts kann mich treffen, ich weiß: Eigentlich dürfte ich nicht hier aufgewachsen sein und ich sein und dann auch noch wiederkommen: Ich rüste mich aus daher und hole an Fakten nach über vier Jahrzehnte, was dringend zu überblicken ist und zu wissen jenseits von mir: Ich selber tauche nicht auf und bleibe dauerhaft untergetaucht, meine Bedingung: Entfernung, auch weiterhin. Daher vielleicht kann ich mir das antun, denn: Loswerden will ich ihn auf keinen Fall. Im Gegenteil: meine einkreisend reisende Annäherung an diese vielleicht präsenteste Manifestation, in Stahl gegossene Ewigkeit dessen, was wir als Klang festgehalten haben, daran, wie beides zusammenhängt. Mein wiederholtes Anschleichen unermüdliches Zurückkehren über Monate, seitdem Pflügler das Stahlkreuz auf dem Ulrichsberg zum ersten Mal erwähnt und mir genauso wie jenen Tomaž Kall überhaupt erst wieder in Erinnerung ruft, meine Rückkehr aus einer ganz anderen Richtung an einen Tatort, und so, Mara Kogoj, gehe ich damit um: schlagartige Weite, Zurückgezogenheit der Landschaft und Stille, die Gebäude scheinbar unbewohnt, jeder einzelne Landstrich im Moment des Überquerens von Landesgrenzen menschenleer und unbetreten unbewohnt, schon früh am Morgen bald nach Sonnenaufgang abendliches Zwielicht: Ich kehre dann einkreisend zurück für Augenblicke, wohin ich nichts mehr kenne und wovon ich nichts weiß, während das eine überschaubar wird und aneinanderrückt, das andere wieder weg von mir, wird es schlagartig still im Zug in Übertrittsmomenten ganz still vor den Fenstern, und an die Fenster fällt Regen. Jedes andere Außen meint sich verloren zu haben für uns und mich in Zügen, immerhin wissen wir: Das Land braucht nach oben hin ganz besonders viel Platz weiter unten: hell leuchtende Spielzeuglandschaften kunterbunt, liebevoll hoch- und aufgezogen Stein auf Stein Balken für Balken, im festen Glauben bestem Wissen um die eigene Zutraulichkeit: putzig-düstere Arrangements aus Buchenhain und Lerchenwald, Bauernkate Pferdestall, Mähdrescher, Feldwaldwiesenensembles, das Land: überzogen mit Strommasten und Tiefe im Gegensatz zu den einfachen, breiten weiten starren, kaum Halt bietenden Raps- und Sonnenblumen- Tagebaumondlandschaften nördlich der zwar Bundes-, wenn aber auch anscheinend längst nicht Nationsgrenzen. Gedacht und dann nacheinander die mich zum ersten Mal herzlich auslachende Kogoj in der Tür zum Flur lehnend und sogar Pflügler gefragt: Heißt es deshalb nur Bundeshymne. Wo seit jeher schon nichts mehr sich heran-, und alles sich noch weiter weg bewegt mit heraufeilendem Zugschritt durch das Niemandsland im Süden von Friedhof und Flughafen in Richtung Norden. Dort in etwa überqueren die Gleise die Durchlaßstraße, die, wie wir erfahren haben und jetzt wissen, ihren Namen nicht etwa von dem Spiel hat, in dem die Räuber durchmarschieren, obwohl doch viele der in der Straße aufgewachsenen Kinder lange gedacht haben sollen, das wäre so. Erst später hätten sie die kleine Unterführung entdeckt, über die der Zug zuerst nach Sankt Veit an der Glan und dann nach Wien fährt, genau auf diesem Durchlaß kurz vor dem Flughafen: einkreisend und immer schon wieder weg-, abfahrend läßt das Stahlkreuz sich zum ersten Mal auf jeder Nordfahrt eben dort seinen unter Zugfahrenden nur eingebildeten Schatten an den Boden legend finden, es steht auf dem Berg neben einem hellgrauen Fleck Ruine und von dort aus über der Stadt, und was ich zu erinnern gehabt hätte und zu bedenken: daß das Stahlkreuz bereits existiert hatte, bevor ich mich herauszuleben begann. Das Stahlkreuz, der Ulrichsberg: nicht einmal auf jenem ersten Weg vom Flughafen nach Kohldorf hinaus von mir mit einem Blick nach rechts oben bedacht worden, ob es denn noch da sei, ich dachte gar nicht daran, vom Zug aus sah ich nun mehrmals: Da war es im Zug und vom Zug aus nach Norden genau über dem Durchlaß zum ersten Mal vor tiefschwarzen Alpenwolken eingedunkelten Bergen aufklarendem Himmel und frischen Wäldern Matten Sonnenstrahlen im Zwie- und Orchesterlicht der dunkelgrüne Ulrichsberg mit Stahlkreuz oben drauf ein Jubel, hellgrauer Fleck Ruine und aller, läßt sich zusammenlesen, Erzählung: der Ulrichsberg: früher auch Kernberg oder Kärntner Berg genannt, der: Heilige Berg Kärntens, eintausendfünfzehn Meter hoch, zweiter von insgesamt vier Bergen des: Vierbergelaufs, eines Rituals, von dem man vermutet, daß es noch aus heidnischen Zeiten stammt, und über vierzig Kilometer weit mit symbolischem Holzkreuz auf dem Rücken vom Magdalensberg über den Ulrichsberg, den Veitsberg zum Lorenziberg führt. Der Ulrichsberg liegt neben dem Zollfeld auf halber Strecke zwischen Klagenfurt und Sankt Veit an der Glan und befindet sich im

Besitz der Familie Goess, einer alten Adelsfamilie. Die hübsche Ortschaft Karnburg am Fuß des Berges mit Blick auf das wunderschöne Maria Saal ist vermutlich die Namensgeberin gleich des ganzen Landes gewesen, und sogar noch viel mehr: Sie gilt als seine historische Wiege aufgrund des dort gefundenen Fürstensteins und dem um sechshundert unserer Zeit hier gegründeten karantanischen Fürstentum, auch der Ulrichsberg selber wird immer wieder lateinisch als: mons carantanus geführt, als der: Kärntner Berg schlechthin, carantos soll keltisch: der Befreundete heißen, was sonst. Auf den Berg führen eine befestigte Forststraße sowie mehrere Wanderwege durch die Wälder. Vereinzelte Funde lassen auf eine prähistorische Besiedelung schließen, ein keltisch-römisches Kulthaus auf der Bergkuppe, dessen Fundamente noch heute etwas abseits vom Weg im Feld gesehen werden können, wurde wahrscheinlich im ersten Jahrhundert unserer Zeit errichtet und der Erdsegens- und Fruchtbarkeitsgöttin Isis Noreia gewidmet sowie dem Gott Casuontanus. Offensichtlich hat es bis in die Spätantike hinein hier oben eine größere Siedlung rund um eine frühchristliche Kirche gegeben. Diese Kirche ist von Slawen gegen Ende des sechsten Jahrhunderts zerstört worden, im Jahr vierzehnhundertfünfundachtzig wird am südlichen Rand der Bergspitze eine dem heiligen Ulrich von Augsburg geweihte Kirche erbaut, seitdem: Ulrichsberg. Diese Kirche wiederum ist siebzehnhundertsechsundachtzig von einem Blitzschlag stark beschädigt worden und in der Folge immer mehr zerfallen, immer schon eng verbunden mit dem Ulrichsberg: Kulte, eine ganze Reihe Heiligtümer und die mit ihnen verbundenen religiösen Riten. Schon in den neunzehnhundertzwanziger Jahren soll auf dem Ulrichsberg der deutschen Toten des Abwehrkampfes neunzehnhundertachtzehn bis neunzehnhundertneunzehn gedacht worden sein, deutschbewußte Kärntner und Studenten aus ganz Österreich trafen sich mit freiwilligen

Kampfgenossen aus Tirol, feierten ihr: Kärnten frei und ungeteilt, notiert: Was befreit und aufgeräumt meint von allem zur Unreinheit beitragenden, eine echte Kontinuität und somit nur allzu nachvollziehbar, daß man sich seit bald fünfzehnhundert Jahren bis heute zweitausendfünf mehr oder weniger tagtäglich gegen unermüdlich plündernde oder nur plündern wollende Slawen vielfacher Sorte zur Wehr zu setzen hat, daß neunzehnhundertachtundfünfzig unweit der nur mehr als Ruine erhaltenen Kirche ein zwanzig Meter hohes Stahlkreuz errichtet wurde und rund um die Ruine herum seitdem das jährliche Treffen der Ulrichsberggemeinschaft mit freiem und erleichtertem Blick über das Zollfeld hin zu den Karawanken, der Grenze im Süden, stattfindet, um zu feiern und beschwören ihr: Kärnten frei und ungeteilt. So weit, und hierhin will Pflügler jährlich in den Nebel verschleppt worden sein: Zu einem reinen SS-Veteranentreffen, lese ich, scheinen die einen zu behaupten, das die Kriegsverbrechen und -ziele des Dritten Reiches konsequent und sträflich ignoriere, Opfergruppen aufmache, wo nur Täter waren und sind, systematisch verharmlose, selektiere und verherrliche, wo es mit Nachdruck anzuklagen, zu betonen, historisch-politische Kontexte zu berücksichtigen gälte, die anderen sind sich sicher: eine ehrenwerte Soldatenzusammenkunft gegen den Krieg und für den Frieden, für: europaweite Versöhnung, das Gedenken der Kriegstoten. Für erstere scheint der hohe Anteil bundesdeutscher Beteiligung zu belegen, daß hier offensichtlich frei gedacht und gefeiert werden kann, was zu Hause verachtet werden muß, zu Hause, schreiben die einen, dürfen sich die Besucher aus dem Norden hier sowieso nach wie vor sehen, notiert: So folgt der eine archaische Ritus auf den anderen: Vierbergelauf, religiöse Zeremonien, ritualisiertes Totengedenken: Auf diese Weise, könnte man sagen, werden uralte sakrale Traditionen über Jahrhunderte hinweg aufrechterhalten bis in die

Gegenwart hinein fortgesetzt, offensichtlich, notiert, hat sich, gemessen an dem wenigen, das ich erinnere aus der Gründungszeit der Ulrichsberggemeinschaft, seitdem ich den Berg vergaß mit meinem Wunsch des Herauslebens, nicht viel verändert, ein wenig immerhin: Das Innere der Kapelle ist für Privatpersonen heute unterm Jahr nicht mehr zu betreten, offenbar Grund: ein unbekannt gebliebenes: kommando z.a.l.a., das im August neunzehnhundertsiebenundneunzig die Gedenkstätte gestürmt geschändet zerstört hat, um: zu zeigen, daß die Geschichte uns gelehrt hat, unser Wissen nicht als Erkenntnis, sondern als Pflicht zu verstehen, Pflüglers Stahlkreuz ganz im Gegenteil: Es möge ein Sinnbild sein dafür, soll der Erzbischof unter einem Provisorium aus Holz an jenem legendären zehnten Oktober neunzehnhundertsiebenundvierzig auf dem Zollfeld der Zeitschrift Die Kameradschaft vom dreizehnten neunten neunzehnhundertdreiundfünfzig zufolge versprochen haben: daß unser Vaterland und Tausende, die so viel Hartes durchmachten, auferstehen werden zu wahrem Glück und Frieden, der aus Gott geschaffen ist, und

Kogoj: Die werden schon wissen, was sie zu tun haben für ihr Glück und ihren Frieden. Sie steht über meine Notizen gebeugt noch weit nach den abschließenden Gesprächen des Tages, anstatt noch mit dem jeweils letzten Gesprächspartner zusammen aus dem Büro zu eilen wie üblich, schnellstmöglich zu verschwinden, ich hätte nichts anderes erwartet. Sie ist einfach sitzen geblieben, mag mich an meiner Schreibtischhälfte dabei beobachten, wie ich den Tag zusammenschreibe, meinen Eindruck von den Gesprächen, einmal ganz kurz sehe ich auf und sie an, sie erhebt sich und beginnt zu blättern hinter dem Vorhang hinter mir in meinen Unterlagen, die ich angelegt habe während der vergangenen Monate, um zu erfahren und zu wissen, was ich über mehr als vierzig Jahre hinweg verpaßt habe, ich bleibe sitzen. Sah Lebonja schreibend mir gegenüber zu und dann wieder nirgendwohin, Lebonja an seiner Schreibtischhälfte mir gegenüber schrieb er den Tag zusammen, das Gespräch und sah schließlich fragend auf, ich war noch immer da. Hinter ihm der Vorhang, dahinter Lebonjas Materialsammlung, die er angelegt hatte über die Monate, wie getrieben hatte er damit begonnen und immer häufiger ohne meinen Einspruch die Gespräche zu lenken begonnen auf der Basis dessen sicherlich, was er wußte aus seinen Materialien. Er fragte dann Pflügler auffällig gezielt und wollte offensichtlich auf etwas hinaus wußte etwas Bestimmtes von irgendwoher, aber wollte etwas hören aufnehmen und für etwas Tonband sein nichts anderes am liebsten als aufsaugende Stille. Glaubte, das könne ihm nichts anhaben, lenkte unbekümmert und lenkte zumeist auf direktem Weg dorthin, wo es am gefährlichsten ist, wo mir schlecht wird und der Zorn aufsteigt vom: reinen Zuhören allein, Lebonja nur reglos saß und hörte und aufnahm, still war, lenkte, aber niemals führte, das war der Haken. Wehren, das hatte er gelernt über die Wochen, würde ich mich nur noch halbherzig dagegen. Ich stand auf und öffnete Lebonjas Vorhang, auf dem Weg dorthin stolziert sie unsere Tische entlang an mir vorbei, streicht mit den Fingern im Vorbeilaufen über herumliegende Papiere, verschwindet aus meinem Blickfeld in meinen Rücken, das Reißen des Vorhangs, Blättern, Kogoj liest, und Kogoj: Wofür all der Aufwand, den Sie sich hier machen ganz außer der Reihe ohne erkennbaren Grund, taucht auf der anderen Seite wieder auf, lächelt, streicht über meine Unterlagen, füllt: die Zeit, während deren wir allein sind und schon über Pflügler sprechen müßten, um ein Thema zu haben, keines suchen zu müssen, womöglich das falsche zu finden, und: Lächeln, Schlendern, Öffnen und Schließen des Vorhangs, sie läßt ihre Zigarette in mein Wasserglas fallen, eine zweite glühend auf dem Fensterbrett liegen, ich drücke sie aus, Kogoj: Wollen wir wetten. Sie stehen nicht auf der Teilnehmerliste weder für Glück noch für Frieden oder Vaterland, Lebonja, und Kogoj: Aber trösten Sie sich. Falls Ihnen das mißfallen sollte tut es das überhaupt. Mich nämlich. Werden Sie dort ebensowenig finden, Kogoj: Wer weiß schon, wie es Ihnen dabei geht, ich ahne es ehrlich gesagt nicht einmal. Mich jedenfalls stört diese Aussicht nicht mehr. Ich bin ausreichend abgestumpft, und Kogoj: Vielleicht sollten wir uns mehr anpassen. Oder uns als Anpassungswillige registrieren lassen, was denken Sie, ist so etwas wohl möglich, Kogoj: Wäre das nicht toll, Lebonja, glauben Sie nicht, würden Sie nicht mitmachen wollen. Ein Bekenntnis abgeben, wir beide, einmal etwas zusammen: Wir als zwei minderwertige Südslawen, sich mehr oder weniger und daher nur bedingt dessen bewußt, was sie sind und sollen und sein sollen und werden, wünschen uns unserer nationalen und vermutlich auch rassischen Verirrung zu stellen und bekennen uns hier und heute als mindestens Windische zur höherwertigen deutschen Nation und natürlich Kultur wenn denn irgend möglich, glauben Sie, das ginge, würden Sie nicht mitmachen wollen. Nicht einmal, wenn ich voranginge, kämen Sie mit, und Kogoj: Anders heißen würden wir selbstverständlich müssen. Wie ich befürchte, würde Ihnen das etwas ausmachen, Lebonja, Kogoj, das ginge beides nicht, aber ich befürchte: Selbst das würde nicht reichen. Sich einfach nur anpassen wollen und gleichmachen lassen ganz gründlich, guten bis besten Willen demonstrieren dabei, bekennen: Wir haben uns geirrt, als wir glaubten, wir sind zwar im besten Fall nur teilweise deutschnational interessiert, wenn überhaupt, könnten zugleich aber dennoch lebenswert sein, ein Fehler, großer Fehler, denn das reicht vermutlich nicht, das ist wohl zu wenig, sagt sie, lächelt, setzt sich, sieht aus dem Fenster, nimmt das Wasserglas vom Tisch, läßt es fallen, tritt in die

Scherben, sieht aus dem Fenster, flüstert: Fragen Sie nicht, Lebonja. Warum ich noch hier bin. Fragen Sie nicht. Warum ich nun plötzlich damit anfange nach Wochen und Wochen, Lebonja, und so etwas wie Interesse nun plötzlich und scheinbar an alldem, ich weiß es selber nicht, Kogoj: Aber vergessen, Lebonja. Vergessen müßten wir vermutlich anstatt nur zu verdrängen wie Sie, der Sie sich auszurüsten scheinen mit Wissen, nachdem Sie jahrzehntelang nichts gewußt haben, um gewappnet zu sein, wenn es darauf ankommt, sich nicht treffen zu lassen, aber das wird Ihnen dauerhaft nichts helfen, lassen Sie sich das gesagt sein, wissen können Sie niemals genug. Vergessen Sie, ich habe es längst, mich trifft rein gar nichts mehr. Das sollten auch Sie tun, in diesem Zusammenhang bin ich vorangegangen, und vergessen habe ich insbesondere all das, was mich hindern könnte zu vergessen, das erkennen Sie daran, daß ich hier sitze mit Ihnen, plaudere mit Ihnen anstatt zu Hause zu sein, wo ich allein wäre und in Ruhe, Sicherheit, Kogoj: Kommen Sie nach, und Kogoj: Ignorieren wir Figuren wie Pflügler und den Rest dieses Packs, das hierherkommt jeden Tag, um vor stummen Zeugen und Tonbändern heillos konfusen Stumpfsinn loszuwerden und noch die großartigsten Dummheiten mit vermeintlich schon aufgrund ihrer bloßen Existenz als fundiert bewiesenen Welterklärungsphrasen zu vertuschen: alles gesehen und verstanden alles erklärbar, Kogoj: Um immerhin hier ungestraft und unwidersprochen loswerden zu können, was woanders unter Umständen zuweilen auf Widerspruch stoßen könnte oder Einspruch, liest, blättert, vielleicht sollte ich aufstehen, sie unterbrechen und bitten, mir nichts durcheinanderzubringen, niemals wäre Lebonja aufgestanden, um mich daran zu hindern, seine Sachen zu durchstöbern, ich bleibe hinter ihr sitzen und sehe sie an und sehe sie ungehindert über meine Notizen gebeugt, er traute sich nicht, und Kogoj: Im Grunde, flüstert sie. Ein hübscher Gedanke des Erzbischofs, nicht wahr. Ein doch eigentlich ganz hübscher Gedanke, Lebonja, er macht mich ganz krank, ehrlich gesagt: Man muß offensichtlich nur ausreichend gebrandschatzt haben und nach Lust und Laune gemordet jahrelang. Sowie mit allen zur Verfügung stehenden Mitteln einen Gutteil der Bevölkerung unter widerwärtigsten Zuständen und mit grauenhaftesten Zwangsmaßnahmen germanisiert haben, sogar diejenigen, bei denen es nie sonderlich viel zu entslawisieren gegeben hat, oder die schlicht keine Lust hatten, sich irgendeinem Blut anzuschließen. Aber eine Möglichkeit, im Zweifelsfall selber entscheiden zu können, wohin man gehört und wem angehören will, ist nicht vorgesehen, das war es noch nie: auch unabhängig davon, ob man nun selber ganz genau wüßte, wohin, noch unentschieden ist oder schlicht desinteressiert, man selber entscheidet derlei natürlich immer zuallerletzt, immer am wenigsten, keinerlei Nachfragen, das war nie anders, und nichts darf unberührt bleiben, ein recht hübscher Gedanke des Erzbischofs, finden Sie nicht: Man muß nur im wirklich allerweitesten und insbesondere prophylaktischen Sinn ausgelöscht und dem eigenen, starren Ideal gleich gemacht haben lange genug, eine ewige Herausforderung, als könnte man einfach nicht schlafen, bevor man nicht die ganze Welt, aber mindestens die nächste Alltagsumgebung umgeformt und gepreßt hat in jenes paranoide System, das das eigene ist und unbedingt sein muß ohne auch nur eine einzige Ausnahme, Kogoj: Und schon kann man kaum zehn Jahre später und im Anschluß daran immer und immer wieder Jahr für Jahr bei der stets selben und am liebsten noch jeder anderen verfügbaren Gelegenheit mit gutem bestem Gewissen von sich behaupten, man habe als Mehrheit: so sehr Hartes durchgemacht, was steht da noch mal genau: daß unser Vaterland und Tausende, die so viel Hartes durchmachten. Natürlich, wer versteht das nicht: Das Andere gründlich möglichst vollständig ins Eigene hinüberrutschen zu lassen, ist harte Arbeit, das kann ich mir vorstellen. Glauben Sie das etwa, Lebonja, und glauben Sie Pflügler, wenn Sie ihm zuhören aufnehmen und mitunter zuviel zuhören und auf- und annehmen von alldem. Glauben Sie das womöglich. Was steht denn da noch. So mag ein Segen ausgehen von diesem Kreuz zu den Gefallenen, zu allen ihren Lieben, zu allen in der Heimat, damit wir mit den gefallenen Soldaten, den Opfern der beiden Weltkriege, des Abwehrkampfes sowie des Luftkrieges in der Heimat und den Opfern der Volksdeutschen in der Fremde den Ostermorgen erleben. Muß ich das kommentieren, fragt Kogoj, nein doch, man müßte eigentlich und man muß immer, aber wissen Sie: Tagtäglich seit Jahrzehnten derlei, ich will es nicht mehr hören. Dieses ewig elende Gruselkabinett kruder Faktenverwischungen, Opfer-Täter-Umkehrungen, Ausblendungen, haarsträubender Aufrechnungen und Verharmlosungen jeden Tag, die ganz selbstverständlich jeweils und immer wieder so zynisch wie nur irgend möglich kommentiert gehörten in der Hoffnung: auf diese Weise etwas zu erreichen, bloßzustellen und dabei allenfalls bloßzustellen: die eigene Hilflosigkeit Verzweiflung, vom Zynismus nur hauchdünn verschleiert für überhaupt einen winzigen Moment, seit Jahrzehnten schon das ewig selbe Problem. Bewirkt oder verändert hat es ebenfalls noch nichts, was ändert sich schon, haben Sie etwas bemerkt, Lebonja, Kogoj: Wer kann all das schon noch hören, habe ich etwa gesagt, ich hätte vergessen. Nun: Ich habe es nicht, und Kogoj: Aber was nützt es schon. Wenn ich zu wissen glaube, was gilt, und. Wenn ich ganz genau zu wissen mir sicher bin, was auf welche Weise wie sehr zu kritisieren und richtigzustellen, wer zu beschimpfen ist inwiefern und warum, Kogoj: Wenn ich das hier im besten Fall noch Ihnen sagen könnte, und dies auch nur, weil Sie keinerlei Lust verspüren, sich zu interessieren für das, was ich sage, geschweige denn interessiert sind daran, sich zur Wehr zu setzen, egal gegen wen, das ist ja das eigentlich Schlimme an Ihnen, dafür allein schon Lebonja gehörten Sie auch weiterhin nichts als ignoriert, aber: Sie sind so ziemlich der einzige, dem ich all das noch sagen kann und das auch nur deshalb, weil Sie nicht hinhören, wissen Sie: Allein schon, weil ich ganz genau weiß, ich müßte kommentieren, es aber keinen Sinn hat, zumal ich doch längst vergessen habe, ist mir dieser Pflügler ein Greuel. Obwohl ich mich jenseits dieser Arbeit nicht einmal betroffen sehe. Bin es natürlich dennoch, wie Sie sehen können, sonst wäre ich heute nicht mehr hier. Aber ich will es nicht sein. Vor mich hin leben will ich und vergessen haben, daran könnte ich mich gewöhnen, und an all die Pflügler der Umgebung keinen einzigen Gedanken verschwenden müssen, das wäre etwas, sehen Sie mich als unbeteiligt, in Ordnung, emotional, praktisch, in jeder Hinsicht wie bisher in Ordnung, ich gehe. Ich habe nichts mit alldem zu schaffen oder zu denken, seien Sie nur froh. Daß Sie wie lange genau. Vierzig. Zweiundvierzig Jahre. So lange weg sein durften, Abstand gewinnen, Kogoj: Ein wenig erschreckend, wie nüchtern Sie derart viel Zeit mit Pflügler zu verschwenden bereit sind, ihn sich und aber auch uns immer wieder antun, herkommen lassen, schweigen, stammeln, uns auslachen nach Belieben, gehen lassen ohne etwas zu erwidern, wiederkommen lassen immer wieder, und dann auch noch alles über ihn und alles Verwandte Verfüg- und Auffindbare sammeln, ohne eine Miene zu verziehen, als ginge Sie all das nichts an vielleicht tut es das auch nicht. Da ist doch etwas. Nicht wahr, irgend etwas ist da, Kogoj: Mein Ratschlag, seien Sie vorsichtig. Natürlich muß und sollte man kommentieren. Aber warum schlagen wir uns mit Pflügler hier bald tagtäglich herum, und Kogoj: Wenn er in derartiges Denken nur hineingeboren, zwanghaft darin festgehalten worden sein will und also sowieso längst geläutert zu sein behauptet vielleicht ist er das längst. Und Kogoj: Dann müßten wir uns auch nicht mehr mit ihm beschäftigen, nicht wahr. Während der an einem der nächsten Nachmittage anstehenden Berufungsverhandlung gegen Rahn und Pflügler unter anderem wegen ihrer Unterstützungskampagne für die beiden Burgenländer Attentäter Robert Dürr (vierzig) aus Nickelsdorf und Michael Gruber (achtunddreißig) sowie Pflüglers und Rahns auf diese Kampagne folgenden Aufrufe zum über denjenigen Dürrs und Grubers hinausgehenden gewalttätigen Widerstand gegen die Wehrmachtsausstellung zitiert ihr Verteidiger zum Beweis eines sich angeblich: geschlossen hinter meinem Mandanten sammelnden kollektiven Gedächtnisses, zu beider Entlastung eine am neunundzwanzigsten achten neunzehnhundertsechsundneunzig im Rahmen hitziger Debatten über Recht- und Unrechtmäßigkeit der Ausstellung und deren Gleichzeitigkeit zum Treffen unter dem Stahlkreuz und zu den Veranstaltungen rund um den Gedenktag an die Volksabstimmung getroffene Aussage des inzwischen ehemaligen Bürgermeisters: daß es eine Provokation sei, so etwas rund um den zehnten Oktober zu inszenieren, wenn man wisse, wie heilig den Kärntnern ihr Gedenken an die Volksabstimmung sei, um, ebenfalls zu beider Entlastung, im Anschluß einen Der Standard-Kommentar vom selben Tag anzubringen. Dem zufolge nicht die: linkslastige Historiker-Schickeria und ihre verbündeten Medien es auf die Verbiegung des Kärntner Bewußtseins abgesehen hätten, sondern die Enkelgeneration der Handy-Träger, Cabrio- und Motorbootfahrer, die am Wörther See den Begriff: Schickeria so nachdrücklich definiert habe. [...] Es gehe nicht darum, ein Bundesland in das rechte Eck zu stellen. Es gehe nicht darum, die Kriegsgeneration als Kollektivverbrecher abzustempeln. Es gehe um einen primitiven zivilisatorischen Akt: zunächst zuzuhören und dann zu antworten. Oder zu schweigen. Um also diesen Kommentar anzubringen als Beweis für die nach Meinung des Anwalts völlig überzogene, unsachliche Polemik der Wehrmachtsschaugegnergegner einer voreingenommenen und also keineswegs unabhängigen geschweige denn neutralen, im Gegenteil: durch und durch zentralistischen Wiener Tagespresse, um also mit diesem Kommentar die angebliche Sachmäßigkeit des gesamten seine Mandanten entgegen ihren Rechten und unseren Pflichten und ihrer letztlich unübersehbaren Unschuld, immerhin sprächen sie nur die Wahrheit aus und damit eben das, was alle anderen im Bundesland genauso dächten, weit im Vorfeld verurteilenden Verfahrens grundsätzlich in Frage zu stellen. Alles Lüge, ruft Pflüglers und Rahns Verteidiger, alles Lügner, Kogoj: Warum lassen wir ihn nicht gehen, Lebonja, warum lassen Sie ihn nicht gehen. Sich einen Zeugen zu verschaffen für seine angeblichen Traumata, das ist der einzige Grund für ihn herzukommen, da können Sie nicht mitspielen, Lebonja, das dürfen Sie nicht. Warum nehmen Sie ihn nicht aus dem Gespräch, und Kogoj: Glauben Sie etwa, daß er recht haben könnte, und Kogoj, sie fällt auf ihren Stuhl murmelt: Ich will das alles nicht mehr, und: Es gibt so etwas wie Stille nicht, Lebonja. Das kann es gar nicht, keine Stille. Etwas geschieht immer, das einen Klang erzeugt, flüsterte ich und sah auf und sah Lebonja an, flüsterte: Ich will nicht mehr, Kogoj: Und werde aber wohl müssen nicht wahr.

Wir gingen ein Stück weit den Weg hinunter, meine Hand in der des Vaters, um von einer anderen Stelle aus über die Gipfel zu sehen, ich finde es schön, Tone Lebonja, daß Sie mir vertrauen. Ist das Ding noch eingeschaltet. Nimmt es noch auf, hören Sie: Vielleicht zweiundfünfzig, vielleicht etwas später mit dem Vater zusammen wenige Meter östlich von Eisenkappel, in etwa vom Riepl-Wirt aus über die Gipfel gesehen bis weit, gut sechzig Kilometer weit kann man schauen von dort aus an klaren Tagen. Am Morgen des vierundzwanzigsten oder fünfundzwanzigsten April, wenige Tage vor Kriegsende, befand ich mich mit meiner Kompanie auf einem unserer letzten Patrouillewege: vom Vater als vielleicht Siebenjähriger und also etwa zweiundfünfzig während dieses Waldspaziergangs berichtet bekommen. Eben hier in den Bergen und Wäldern östlich von Bad Eisenkappel waren wir unterwegs, wir kamen von Koprein Petzen, das war unsere Strecke, wie üblich, und genau hier, berichtet bekommen, haben wir Rast gemacht auf eben diesem Baumstumpf ausgeruht einige Momente, die Stille genossen auf eben diesem Baumstumpf, auf dem wir auch jetzt sitzen, und um diesen Baumstumpf herum haben wir damals nicht zum ersten Mal ausgeruht, einer unserer Lieblingsplätze mit der Zeit. Den Vater von unserem Baumstumpf aufstehen beobachtet, sich umsehen in der Gegend, sich dann zurück und neben mich auf den Baumstumpf setzen, den Vater sich zu voller Größe und ganzer Stärke aufrichten beobachtet, niemals, hören Sie, Tone Lebonja, hören Sie. Niemals davor oder danach den Vater jemals so gesehen. Vom Vater ihm auf den Schoß gesetzt worden oder neben ihn auf den uralten Baumstumpf, der an einem Waldpfad stand, vermutlich noch heute steht, ein Scheideweg weiter links, zwei riesige Bäume, knorrige Monster irgendeiner Sorte zu beiden Seiten des Wegs. Zugehört, hohes Licht und stiller Widerschein, als wir sitzen, Gegenlicht durch die Blätter und über die Laubteppiche abseits des Pfades, Vogelgezwitscher, Blätterrauschen, Windpfeifen, Mähdreschen in der Ferne, eine erschreckt vor meinem Fuß zur Seite springende Kröte. Oberhalb die Glocken einer kleinen Kuhherde, die zum Čemer gehört, die Leitkuh schaut zu uns herunter, ein Kamerad geht Milch holen. Gerastet haben wir zu dritt oder viert hier auf dem Baumstumpf, gegessen, getrunken, kein Geräusch in der Umgebung, keine Bewegung, in völliger Stille ausgeruht, gut siebzig Kameraden, nichts hat sich gerührt, eine Idylle, möchte man bald sagen. Hörst du, mitten im Wald. Ganz ähnlich wie heute, wir beide hier zusammen, sieben Jahre später, damals habe ich hier mit den Kameraden zusammengesessen, heute mit dir, ebenso ein Kamerad nicht wahr ein dankbarer Erbe, so soll es sein, und auf diesem Baumstumpf ausruhend in aller Stille ist ein Großteil der Kompanie mit der Zeit ein wenig weggedämmert und eingeschlafen mitten an einem bis dahin so friedlichen Tag nahe dem Frieden, den wir alle ersehnten. Die Sonne schien, nachdem wir gegessen hatten und getrunken, einer nach dem anderen schliefen wir im Gras liegend oder auf dem Baumstumpf oder an die Bäume der Umgebung gelehnt ein. Ein gutes Dutzend Kameraden mußte Wache halten währenddessen, es war ja sehr gefährlich in dieser Umgebung, man wußte nie, wo die Banditen lauerten, auch wenn es noch so friedlich schien, konnten sie überall sein. Viele der umliegenden Höfe arbeiteten mit den Banditen zusammen, von manchen wußten wir es, vom Čemer, auch vom Peršmanhof zum Beispiel, ein großer Bauernhof gleich unterhalb dieses Wäldchens, das die Wiesen des Čemer voneinander trennt, die Wiese, den Hang hinunter: Schon ist man da in knapp zehn Minuten, ein Hof, der die Partisanen mit allen ihm zur Verfügung stehenden Mitteln unterstützte unterstützen mußte, was von ihm übrig ist, liegt ja gleich dort drüben, die ganze Gegend war, wie wir wußten, voll mit Räubern und Mördern, das waren wir so gewohnt. In den Wäldern lagen wir immerzu auf der Lauer, angespannt, auch wenn wir schliefen. Die wachehaltenden Kameraden habe ich immer ein wenig beneidet, wenn ich nicht selber dran war und statt dessen kurz davor einzuschlafen. Sie mußten zwar wach bleiben, konnten jedoch in aller Ruhe und nur für sich ganz allein die Umgebung genießen, wie sie Lust hatten, die herrliche Landschaft den Ausblick die Vögel den Duft die Ruhe den Moment, von Schüssen ganz aus der Nähe sind wir dann plötzlich aufgeschreckt, kaum daß wir ein paar Minuten geschlafen hatten, und waren schlagartig wach, die gesamte Kompanie befand sich sofort in größtmöglicher Alarmbereitschaft, wie wir es seit Jahren gewohnt waren und gewohnt sowieso schon immer: jederzeit sich aller möglichen Gefahren bewußt zu sein im ewigen Schatten der andauernden Bedrohung für unsere Städte Dörfer Höfe Familien Frauen Kinder noch im Moment des plötzlichen Wachwerdens sprang die gesamte Kompanie kampfbereit aus dem Schlaf heraus auf, rannte zielsicher los durch das Wäldchen den Hang hinunter die Wiese hinab in jene Richtung, aus der die Schüsse kamen, um zu retten wie so oft in den Jahren zuvor: was an Menschenleben noch zu retten war. Mit der flachen Stimme des Vaters an jenem Tag berichtet bekommen: Wir haben nichts so recht glauben wollen von dem, was wir, angekommen, sahen. Wir kamen atemlos dort unten am Peršmanhof an, der Schußrauch hing noch in der Luft, das Feuer an der Herd- und Feuerstelle zwischen den Häusern brannte, nichts und niemand war mehr zu retten, wir waren umsonst gerannt, daß uns die Brust aufspringen wollte, wir kannten die Wiesen und Bäche und Zäune den Wald und waren zielsicher gelaufen, so schnell wir konnten, wir kannten den Hof, aus dessen Richtung die Schüsse gekommen waren, er lag ja kaum zehn Laufminuten entfernt von dem Baumstumpf beim Riepl-Wirt, auf dem wir eben noch gerastet hatten, vom Vater angesehen worden: Auf dem auch wir zwei bis eben gesessen und gerastet haben, sieben Jahre später oder acht, alles geht immer weiter und weiter. Atemlos kamen wir am Hof an, durch den Rauch hindurch war rein gar nichts zu erkennen, nichts, das möglicherweise noch zu retten gewesen wäre. Das Hauptgebäude stand in Flammen, die meisten anderen Gebäude ebenfalls, einige aus der Kompanie machten sich sofort an die Löscharbeiten, der Vorhof lag völlig verwüstet, Tote überall, elf insgesamt, eine Bauernfamilie, Männer, Frauen, Kinder, alte Menschen, junge Menschen, alles durcheinandergewirbelt ein Knochenknäuel und Körperknäuel, und sämtliche Wände und Böden Gegenstände Körper: Alles war über und über mit Blut beschmiert, gehört: Du kannst dir so etwas nicht vorstellen, versuch es besser erst gar nicht. Alle innerhalb der Kompanie haben bei diesem schrecklichen Anblick sofort denselben Gedanken gehabt. Siebzig Mann, aber alle haben sofort gewußt: Sogar sie, vom Vater berichtet bekommen, haben ein gewisses Maß Ehre verdient. Alle gleichzeitig gedacht: Im Tod immerhin als Tote ein Mindestmaß an Ehre, darüber waren wir uns innerhalb der Kompanie sofort einig und wie immer gleich tatkräftig dabei, diese Einigkeit schnellstmöglich umzusetzen. Jemand brachte eine jugoslawische Uniform und einige Titomützen, deutete auf herumliegende britische, zur Unterstützung der Banditen über den Bergen abgeworfene Ausrüstungsgegenstände, kommunistische Hetzschriften, Propagandaflugblätter, eine Technikeinheit und sogar Waffen, britische, jugoslawische, die zurückgelassen worden sein mußten von einem Partisanenbataillon, das in Angst und Panik geflohen war, als es uns aufgrund seines Mordlärms mitten am Tag nahen befürchtet oder gehört hatte. Zum ersten und letzten einzigen Mal haben wir nachweislich Partisanenhelfern Banditenhelfern, slowenisch-nationalistischen Strauchdieben und Bolschewisten ein letztes bißchen Menschenwürde im Tod bewahrt, das sie zu Lebzeiten niemals verdient gehabt hätten. Jedweder Respekt ausschließlich für die uniformierten Gefallenen feindlicher Armeen, die die Bezeichnung Armee verdienten und also mehr waren als lediglich Verbrecher-, Lustmörderhorden: Sicherlich war es der sogar für die damaligen Zustände, an die wir längst gewöhnt waren, ungewöhnlich schreckliche und daher sogar uns schockierende Anblick, der uns für zivile Partisanenhelfer eingenommen und betroffen machen konnte über die ungeheure Brutalität Bestialität muß man sagen dieses Massakers: beispielhaft für das große unfaßbare Willkürwerk und willkürlich ziellose Haßwerk kommunistischer Banditen gegen alles, das sich nicht zu fügen vorhatte, denn nicht um Menschlichkeit ging es den kommunistischen Banditen in den Kärntner Wäldern, nicht um die Zukunft. Schon gar nicht um den Kampf gegen den Nationalsozialismus, sondern allein um die Vernichtung Deutschlands. Ein Reflex, natürlich, ein Schockmoment, nichts sonst, dessen enorme Wirkung, von den Mördern sicherlich beabsichtigt: Die gesamte Kompanie stand über Minuten sprachlos und bald trauernd vor der ungeheuren Zerstörung. Viele äußerten sich aufgebracht. Bemerkten später, daß sie sich in einem impulsiven Anfall erzwungener Trauer und Schwäche ausgeliefert gefühlt hätten gegenüber den tot Herumliegenden, deren Anblick. Daher hätten sie die elf nicht einfach dort lassen können, wo sie lagen, und daher allein hätten sie geholfen, alle elf sofort zusammenzutragen und nebeneinander vor dem Wohnhaus liegend aufzureihen, gehört: Die Toten schweigend betrachtet über Minuten eine menschliche Regung des Respekts, vom Vater gefragt worden: Glaubst du nicht auch.

Eines Nachmittags kehrt Mara Kogoj noch einmal zurück. War sie in der Woche zuvor länger mit mir zusammen im Büro geblieben, anstatt davonzueilen wie üblich, so ist sie heute zwar sofort gegangen. Langsamer allerdings, sie bleibt eine gute Stunde weg und kehrt zurück ohne Gruß oder sichtbaren Grund, zum überhaupt ersten Mal betritt sie das Büro am Abend, ich sehe auf. Ich sagte nichts, blieb stehen, Lebonja sah von seinen Papieren zu mir auf, es ist ihr dort in der Tür sichtbar unangenehm, so ganz außer der Reihe. Sie tritt ein, wundert sich zu Recht kein bißchen, daß ich noch da bin, setzt sich auf ihren Stuhl. Stand sofort wieder auf und trat an die Wand hinter den Vorhang an Lebonjas Unterlagen, nimmt den herumliegenden Villacher Stadtplan und markiert mit zielsicherem Griff die Lage des Gebäudes der ehemaligen Kürschnerei Pflügler. Hier also beginnt Pflügler. Er habe nie etwas anderes gelernt, lernen müssen habe er jedoch ohne zu wissen, was er tat, sehr gerne. Ob ich ihm das nicht glauben wolle. Ich weiß nicht, aber Pflügler: Noch im September und im Oktober des wie erwähnt so schönen und erwartungsfrohen achtundfünfziger bis weit in den Februar des neunundfünfziger Jahrs hinein, noch weit darüber hinaus mit gerade einmal dreizehn beziehungsweise dann vierzehn Jahren bis zu sechs Stunden jeden Tag nach der Schule mit dem Vater zusammen in der nagelneuen Werkstatt gestanden, der Vater und ich gemeinsam als ein letztes Werkzeug unser daher gemeinsames Schneiden, gleitender Klang, Tierkörper, müssen Sie bedenken, stammelt Pflügler aufgeregt, schnappt nach Luft und spuckt, während er schnappt, flüstert: Keine Klangkörper, noch nicht, lautlos, brüllt: Noch und ohne jede Möglichkeit eines Geräuschs. Beruhigt sich. Dann erst gehäutet, die Häutung der Tierkörper in der neuen Werkstatt des Vaters mit dem Vater gemeinsam vorgenommen als Schaffensprozeß denken Sie nur und Kreation daher nicht allein nur bloße Häutung, sondern Weiterverarbeitung vormaliger Tierkörper hin zu Dopplungen und aber auch jenseitigen Fortbeständen. Ein Buchstabe, ein Wort, eine Note als Dopplung, nein: die Häutung und anschließende Sezierung als ein teilendes im Sinne von aufbewahrend doppelndes Schaffen, als Anstoß nun endlich zum Erklingen unserer Messer unserer Gehilfen, die Arbeit an der Dopplung aufzunehmen, unserer Häutung unserer Komposition, sagt er lacht, spuckt fällt auf den Boden lacht schreit lacht. Erzählt: Nur konsequent daher als Kind an einem einzigen Tag ein Rudel erfrorener Rehe in die Senke unweit des Komponierhäuschens zusammengeschleift, jedes der Tiere ein Buchstabe, ein Wort, nein: eine Note, und nur konsequent: einer ganzen Reihe in der Grube mitten im Winter über mir erfrorener Noten sozusagen, auch Buchstaben sozusagen Wörtern Hautstreifen schneidend ritzend stechend eine Melodie eingegeben, wenn man so will, aber das hatte ich damals noch nicht verstehen können, so geht das nun mal lacht, verstehen Sie. Zwei oder drei Jahre hintereinander am Vormittag des jeweils ersten Oktobersonntags die parfümierte Seife des Vaters in den See zugeworfen bekommen, ein großes Stück, um mich abzureiben gegen den Kürschnereigestank, um statt dessen den Kürschnereilavendelkernseifenduft anzunehmen, der uns beide dann später am Tag umwehen sollte, dort oben unter dem Stahlkreuz in unsere Kärntneranzüge gehüllt, denn unsere Anzüge sind Kärntneranzüge und keine Anzüge, die mit Naphthalin besprüht werden müssen, damit sie erhalten bleiben, denn sie werden das ganze Jahr über von uns Heimattreuen gebraucht und verwendet. Ich will sie fragen, was sie hier tue, aber er fragte nicht. Ich lasse sie da sein, was hätte er auch sonst tun sollen, wundere mich, bin froh, daß sie da ist, Kogoj: Ich weiß nicht. Was Sie treiben, Lebonja. Ich weiß nicht, was Sie hier treiben, warum das ganze Zeug hier herumliegt, ich weiß es immer noch nicht wie gesagt. Sie raschelt mit einem Papier, legt es zurück, nimmt ein anderes, geht ein paar Schritte, blättert in meinen Notizen, Abschriften, Kogoj: Sie haben den gesamten Pflügler offensichtlich schon transkribiert und transkribieren Pflügler sofort nach der jeweiligen Sitzung, Lebonja, Kogoj: Was für ein unglaublicher Aufwand, warum tun Sie das, und Kogoj: Da ist doch etwas, und ich sehe es nicht, und Kogoj: Weder verstehe ich, was Sie da tun oder was Sie vorhaben oder was da ist und sein könnte, was Sie vorhaben, mit Pflügler vielleicht sogar mit mir, ich habe nicht die geringste Ahnung, Kogoj: Irgend etwas ist da, das mir bisher verborgen geblieben ist, ich weiß nicht, was. Lebonja hob abwehrend die Hände, und Kogoj, wieder den Villacher Stadtplan in der Hand: Sagen Sie, kennen Sie den: In Klagenfurt steht ein Mann mit Hut vorm Schalter und sagt: Nach Laibach will ach. Darauf der Beamte: No was jetzt. Wollen Sie nach Laibach oder wollen Sie nach Villach. Ein Witz, sagt sie, geht so oder ganz ähnlich, kein sonderlich guter, habe ich aus einem Roman, werden Sie nicht kennen, jüdisches Wien, Anfang der achtziger Jahre, hätte ich gerne selber geschrieben. Kärnten sei ohnedies ein sonderbares Land, heißt es da weiter, ich weiß ja nicht. Im Buch: immer wieder die Betonung der Zwangsläufigkeit einer jeden identitären, wenn Sie so wollen, Verortung, Gebürtigkeit als Stichwort, deren Unentrinnbarkeit interessant, nicht wahr: so viel Glaube an etwas Endgültiges, dem nicht und niemals zu entkommen wäre, beeindruckend, ist da etwas dran was meinen Sie. Glauben Sie nicht auch, daß Pflügler daher recht haben könnte, wenn er ganz Ähnliches behauptet und hineingeboren sein will in das, was er denkt und weiß, zu denken weiß, zu wissen: niemals etwas anderes sein und denken zu können.

Kogoj: Das ist vielleicht gar nicht so weit von dem entfernt, wie mir scheint, was ich selber gelernt habe und weiß: daß sich noch jedes Persönlichkeitsbild individuelles Denkmuster unter dem Druck der Umweltbedingungen entwickelt und niemals vom gesellschaftlichen Ganzen isoliert werden kann, innerhalb dessen es existiert. Hieße das nicht, Pflügler wäre Glauben zu schenken, wenn er behauptet, niemals eine andere Wahl gehabt zu haben, damals nicht, heute nicht, Kogoj: Hat er dann nicht etwa gar recht mit dem, was er sagt, da stimmen Sie nun sicherlich gleich wieder zu, nicht wahr, und Kogoj: Wollen ihm eine faire Chance geben und offen sein sicherlich, die Möglichkeit, jemand ist so geworden und allein deshalb so geworden, weil sein Vater so war, immerhin in Betracht ziehen, wollen Sie, nicht wahr und verständig sein, nicht wahr etwas in dieser Art und so Merkwürdiges wie Verständnis sogar für jemanden wie Pflügler anstatt des allerweitesten Bogens größten Ekels. Ich ahne und befürchte es schon, daß Sie ihm glauben könnten, ihn verstehen, ich lese Ihnen nur einmal kurz vor, was Sie hier mitten in der Nacht und wie im Rausch, darf ich vermuten, geschrieben haben wollen, um Himmels willen: kompakten, überschaubaren Geschlossenheit eines solchen vermeintlich restriktiven Konsensgedächtnisses. In das ein nicht minder zwingendes, von seinem übergeordneten Rahmen gut gefüttertes Familiengedächtnis eingebettet gewesen sein soll, innerhalb dessen wiederum alle Wahrnehmungen Handlungen Erinnerungen, Bestimmungen nicht zuletzt: auf welche Weise Vergangenes erzählend vergegenwärtigt werden muß, vorgeprägt sind von den Erforder- und Bedürfnissen eines geschlossenen und überschaubaren Wir: Miterzählen darf, wer nur das erzählt, was sowieso schon bekannt ist und nicht stört. Derlei ewig gleiches und aus unveränderbaren semantischen, lexikalischen Versatzstücken zusammengefügtes Berichten muß bis zur Mythologie nur immer und immer wieder und letztlich häufig genug erfolgen und vererbt werden, um auch über die Generationen hinweg eine verbindende, verbindliche Erzählung entstehen zu lassen, die für sich zu beanspruchen hat, dauerhaft und umfassend gültig zu sein, um nicht etwa andere Versionen oder gar Nachfragen aufkommen zu lassen: die von oben herab instrumentierte Gleichschaltung eines atomisierten Gedächtnisses vor dem Wunschbild eines möglichst geschlossenen Geschichts- und Gegenwarts- und Selbstverständnisses, wissen wir: Insofern scheint mir zumindest technisch nachvollziehbar, was Pflügler meint, noch einmal, Lebonja, sosehr Sie recht haben: um Himmels willen. Das ist die denkbar voreingenommenste Parteinahme, damit winkten Sie ihn ja geradezu ohne jeden Widerspruch durch, hätten Sie genug zu melden vor Gericht, ich kann es nicht glauben, das dürfen Sie doch nicht schreiben. Kogoj: Obwohl ja zunächst und grundsätzlich sogar ich zustimmen muß, emotional mit den Fakten verquirlt sehe auch ich mich immer wieder viel zu oft und viel zu sehr. Aber woher kommt das. Die Nähe schlicht und ergreifend, denken Sie nicht. Die Nähe, der Blick zurück als eine, und das soll wohl auch so sein, das gehört sich wohl so, wird man sagen, eine notwendigerweise vollkommen subjektive, wird man sagen, und deshalb emphatische Angelegenheit nichts weiter, mehr bitte nicht, solange nicht gleich zurückgeschaut wird eines Schlußstrichs wegen allein. Sie sehen das nicht so, nicht wahr. Für Sie, lassen Sie mich raten, gibt es keinerlei Notwendigkeiten außer der einen: zu überleben, die einen so, die anderen so und alle immerzu irgendwie, Stille und Tonband zu sein, Ihre Worte, ist Ihnen auf diesem Weg der einzige Weg, wahrscheinlich halten Sie es sogar für durchaus möglich, daß Pflügler tatsächlich gezwungen sei wenn auch nicht unbedingt gezwungen worden sei, das ist ein Unterschied: zu denken, was er denkt, daran zu glauben, dementsprechend zu handeln.

Dies zu überprüfen im Gespräch mit ihm, soll Ziel sein und Anliegen zugleich, daran glauben Sie, deshalb sammeln Sie auch dieses ganze Zeug, um ihn, das bilden Sie sich vermutlich ein, möglichst objektiv beurteilen zu können, aber gerade hier ist Subjektivität wirklich vonnöten und Haß, Lebonja, das sage ich Ihnen, den brauchen Sie. Ihr dennoch gutes Recht, Ihr bestes: Glücklich, dem die Geschichte ein Scheißhaufen ist, heißt es in jenem Roman weiter, und bis zur letzten Woche dachte ich ein ganzes Leben lang, ich wäre glücklicher sogar noch als Sie, ein hartes Stück Arbeit: noch viel weniger beteiligt zu sein, kaum vorstellbar. Nur deshalb ertragen Sie Pflügler, das ist es, das haben Sie sich antrainiert über Jahrzehnte der Abwesenheit, fehlender Nähe, dabei geht es Ihnen noch nicht einmal um einen Schlußstrich, um viel weniger sogar noch: Sie wollen sicherlich nur Ihrem merkwürdigen Gerechtigkeitsbegriff entsprechend ausgewogen beobachten, sauber abwägen, vorsichtig urteilen, drüberstehen, frei allerdings, das wissen Sie, von alldem, sind Sie schon längst: Weil Sie sich sicher sind und daran glauben, ich habe es immer nur behauptet zu sein, Sie sind es tatsächlich, aber sollten es nie und niemals sein dürfen, da haben wir es doch. Gut gemacht: Sie. Schlecht gemacht: ich, die unser Gespräch und unser Gespräch mit Pflügler insbesondere bisher nur mit Mühe und sehr viel Maskerade ertragen hat, noch viel weniger jedenfalls als üblich, und über die vergangenen Jahrzehnte, in denen ich mich mehrfach guten Gewissens für endgültig unbeteiligt habe erklären können, weggeschaut hat wie Sie, aber glücklich gewesen ist, Lebonja, sagen Sie: Sind Sie glücklich. Pflügler heute feixend vor uns: Ich muß dann schon sehr an mich halten, eine nun wieder ganz persönliche Sache, sie sollte die Ihre vielleicht auch wieder sein: mein so uraltes Gefühl von Zeit zu Zeit taucht es auf immer wieder, anstatt einfach nur still zu sein wie immer, nun selber endlich irgendeine Art von Instrument benötigen zu wollen, Awetis' Rasiermesser, eine ganz andere Art, um mit Pflügler umgehen zu können, ihn und andere: Heimattreue abzuwehren und mich selber von mir außerdem. Derlei ganz zwangsläufig zu wollen, da kommen wir nicht raus nicht wahr. Sollte Pflügler recht haben, niemals und nicht einmal per amtlichem Bekenntnis kommen wir da wieder raus, egal wie sehr Sie daran glauben, frei zu sein, Wollen und Müssen: Das wird immer und ewig und in derselben Form und Position einen Kreis beschreiben um uns herum und über uns hinweg, um nicht von einem Meridian zu sprechen einmal mehr, obwohl es natürlich ganz genau das ist: mit sich selber ohne andere Möglichkeit verbunden lückenlos und ohne Bruch verbunden sein das sollte es vielleicht auch und diese Verbindung erhalten nichts weiter, da kann ich nichts gegen tun. Pflügler scheint es ganz ähnlich zu gehen, zu behaupten jedenfalls versucht er es, Erfolg scheint er bei Ihnen zu haben bei mir: kein Stück. Glauben Sie denn nicht auch: egal ob man will oder nicht, und Kogoj: Ich glaube es, das alles mag möglich sein, aber ich habe nachgedacht und herumgelesen eine Woche lang, denn etwas stört mich: Der Kreis scheint mir ein ausschließliches Wollen viel mehr zu sein als ein Müssen, denn schließlich ist es ja nicht so, daß das ganze Bundesland zum aggressiven Revisionismus gezwungen wäre und dementsprechend handelte alles andere als das. Daher vielmehr: Warum nun. Akzeptieren die einen die wüstesten Ressentiments einfach so und. Die anderen nicht, obwohl doch noch jedes Ressentiment verbunden ist mit einer ganzen Reihe anderer und verbunden ist außerdem mit allerlei ähnlichen eliminatorischen Denkmustern, die auch von den Aufgeschlossensten grundsätzlich geteilt werden. Obwohl doch jedes Ressentiment nur ein Teil ist unter vielen anderen, Teil eines breiteren ideologischen Rahmens großen Ganzen, in dem sich sowohl die einen als auch die anderen befinden. Die denkbar einfachste Sache: eine individuelle Entscheidung, welche Ideen akzeptiert werden, welche nicht, und die Persönlichkeit liegt immer noch hinter dem Verhalten. Bestehen bleibt die Beziehung zum Ganzen allein schon aufgrund des Bedürfnisses, sich anzupassen, an etwas Vorgegebenes glauben zu können, sich anzuschließen unbedingt und nachahmend zum Beispiel, alles die erhoffte eigene Zugehörigkeit Charakterisierende mehr oder weniger unbesehen zu übernehmen. Doch wie wir gelesen haben, gelernt: Man selber erkennt die eigenen nichtrationalen Kräfte und übernimmt die Verantwortung für sie, man sollte sie erkennen, möchte man verbessern, sollte Verantwortung übernehmen, denn trotz allen Anpassungsdrucks: Für das jeweils individuelle Handeln: alle Verantwortung wieder bei einem selber, so sollte es sein, das Müssen: viel mehr nur ein Potential als ein tatsächliches Verhalten, der Filter zwischen Denken und Anlagen und Sagen und Tun: man selber, da liegt die Verantwortung, und die Verantwortung nun gerade darin, alles objektiv Irrationale nicht blind zu rationalisieren, dem Klang, um Ihr Wort zu benutzen, Lebonja, wenn ich darf, nicht willenlos in absoluter Stille zu lauschen und aufzunehmen, nichts weiter, Kogoj: Das wissen wir alles schon lange, Lebonja, Ihr Bemühen daher um so mehr, Verständnis aufzubringen, zu erklären: ein Fehler. Ich sage es Ihnen, egal, ob Sie mich fragen oder nicht: keinerlei Verständnis für jemanden wie Pflügler niemals. Zwar mag er wohl alle ideellen und idealen Voraussetzungen zu Hause erhalten haben, in einem derart penetranten Konsensklima jenes subtilen Drucks, der zu Anpassung unfreundlich bestimmt auffordert und aufgefordert hat ein ganzes Leben lang und seit Jahrhunderten. Verantwortlich jedoch muß er letztlich selber gemacht werden dafür, was aus ihm wird und geworden ist, um es ganz platt zu sagen: wie er mitspielt, Lebonja, wissen Sie: Es gibt da einen Unterschied zwischen Erziehung und Trauma, zwischen

Indoktrination und deren Umsetzung Anwendung Ausübung, Kogoj: Aber ich will ihm den Gefallen tun für nur einen Moment und zuhören, das tue ich ja sonst nie, wenn er denn schon einmal spricht, worauf will er denn eigentlich hinaus, sie liest: Dabei als Kind schon regelmäßig. Freue mich auf den Winter, gehört, ohne daß etwas geschah, wird wohl Winter bis er heimkehrt als Kind schon wie gesagt und damals schon, wenn Sie so wollen, operierend Töne erzeugt immer. Wieder von Zeit zu Zeit, am Rand der Senke im Schnee gesessen, wohlklingende schrille, falsche richtige, was Sie wollen, alles, und lange gekauert im Schnee gefroren, wissen Sie Tone Lebonja Mara Kogoj viel zu lange. Mit Ästen und Moos die Rehe sorgsam bedeckt, mich frierend und weinend zu den eiskalten Körpern gelegt ohne zu erfrieren, mich zugedeckt mit den Tieren gegen Winter und Schnee, mich auf den Winter schon im Sommer gefreut. Bis zur Heimkehr, hatte es geheißen und zugedeckt mit den Tieren die Tiere von unten nach oben ganz allmählich Stück für Stück zu häuten begonnen Stück für Stück und nacheinander langsam. Jedes der Rehe ein Buchstabe, ein Wort, eine Note, was immer Sie wollen jedes aus den Rehen herausgeschnittene Stück der Rehe jeweils ein Resonanzkörper und Buchstabe, ein Wort, eine Note, suchen Sie sich etwas aus für mich allein und vor mich hin seziert in aller Ruhe, mein Sezieren: Mir von unten unter den Tieren liegend die Hufe herabgezogen nacheinander zu mir vier Rehbeine auf einmal und mehr, mit dem dünnen Schabemesser ein Weihnachtsgeschenk als Lohn meiner guten Arbeit in der Werkstatt die in Zukunft mit dem Messer einem geschenkten Kürschnermesser noch wesentlich zu verbessern sei, Zukunft und Messer in meinen Händen und die Zukunft der Tierkörper, sagt Pflügler, in den Händen des Messers: mein Tonband, wenn man so will, sagt Pflügler lacht. Die Tiere langsam sorgfältig nacheinander Stück für Stück von unten von den Hufen die Unterschenkel entlang nach oben hin zu häuten begonnen, darauf bedacht gewesen: dünne Streifen kurze Sätze Stummellaute, größere Flächen großes Geschrei, begonnen ganz langsam die Rehhaut in Streifen soweit wie möglich von den Hufen an nach oben und die Rehhaut dann langsam und vorsichtig zu mir herabzuziehen. Mir die zerschnittenen Tierkörper hören Sie als Körperwehen zerstoben die von den Tieren herabgeschnittenen Hautstreifen als von meinem Kürschnermesser abhängig vorgestellt wie von nichts sonst und glücklich glücklicher darüber gewesen. Viel glücklicher als über selbständige Körperüberreste in der Werkstatt hören Sie mir überhaupt zu in der Werkstatt des Vaters. Das Wichtigste, gesagt, schnitt ich mit dem Messer, gesagt, dem Vatergeschenk, hören Sie, nehmen Sie das auch sicher auf. Von Termin zu Termin wird Pflügler nach seiner Etappenniederlage vor Gericht unruhiger. Immer häufiger fällt er zurück in Zustände, von denen er behauptet, daß er sie nicht steuern könne, in denen er zu fabulieren beginnt und vor sich hin und auf den Tisch starrt, wahnhaft irgend etwas nur zu reden scheint, in Wahrheit aber, will Kogoj beim Schwimmen im See eines sehr frühen Morgens verstanden haben: randvoll Kalkül. Kogoj: Sie glauben all das Gequatsche um Töne von sich gebende Rehe nicht etwa. Nichts als: selbstgemalte Bilder, ausgedachte Visionen, angebliche Ängste, damit glaubt er sich retten und Sie, weil er gesehen hat, wie leichtgläubig Sie sind, endgültig für sich gewinnen zu können, doziert sie, nichts sonst: in der Hoffnung, auf mich verweisen zu können, vielleicht auf Kogoj selber, auf das Gespräch, das Tonband, die Sicherheit: der magnetische Beweis für seine Anfälle und vermeintlich pathologischen Kontroll- und Selbstverluste existiert, der Beweis seiner Beteuerungen und wiederholten Verweise auf seinen nur besten Willen, seine mangelnden Möglichkeiten. Kogoj: Ein nur allzu billiges Bild, funktioniert es überhaupt als irgend etwas anderes als lediglich ganz bewußt eingesetzte wahnhafte Erscheinung und hintergründige Botschaft von dem, was er kann und will und wird, sowie als getarnte Chiffre für nichts weniger als schlicht Ideologie. Wirklich aggressiv dagegen oder nur ausfällig wird er seltener. Er nahm uns nicht ernst, keineswegs, Lebonja noch viel weniger als mich, im Gespräch allerdings wendet er sich vorzugsweise an mich, Mara Kogoj läßt er links liegen: Er hatte schnell gemerkt, daß er es einfacher haben würde bei Lebonja und gemerkt: Vor Gericht würde ich ihm rein gar nichts nutzen. Mara Kogoj zufolge habe er es schlicht mit der Angst zu tun bekommen nach dem Rückschlag vor Gericht und der noch ausstehenden letzten Verhandlungsrunde im Januar, und also berichtet er zwar wie gehabt, wie und was er will und wie er es für richtig hält, sehr viel nervöser zwar als zuvor, und erklärt sich um so nachdrücklicher damit, daß er nicht anders könne, er sehe, sagt er, und sehe sage voraus, er wisse genau, wie alles komme. Das Messer zu Beginn noch lange völlig falsch benutzt, mehrmals völlig fehlerhaft in die Rehe hineingeschnitten: das Fell nicht, wie es sich gehörte, unmittelbar unterhalb der obersten Fell- und Fettschicht von dem Rehfleisch getrennt, sondern mehrmals viel zu tief hinein in die Rehbeine geschnitten, bis in die Mitte auf den Knochen der Rehbeine hinab, ins Sprachzentrum Klangzentrum sozusagen mitten hinein, verstehen Sie. Mehrere Male dann sehr überrascht gewesen über das herabtropfende kalte Blut aus den doch gefrorenen Rehen über mir, denken Sie nur, mehrmals geschaudert über das aus den gefrorenen Rehen tropfende herausspritzende warme Blut, und das Schabemesser dann erst mit zunehmender Übung richtig zu gebrauchen gelernt, stundenlang unter und in den Rehen eingeklemmt gewesen, das Messer während dieser Zeit erst allmählich mit entsprechender Übung und aber immer schneller richtig und effektiv zu gebrauchen begriffen. Mit Erreichen der Rehknie und Überschreiten der Rehknie nach oben hin dann sehr genau gewußt, wie es weitergehen müsse, die Rehoberschenkel bei Erreichen und Überschreiten der Rehknie sofort vollkommen zerschnitten das mußte ja so sein und genauso passieren anders ging es nicht wie denn sonst. Mehrere Male überrascht gewesen über das aus den doch gefrorenen Rehen über mir in den Schnee herabtropfende und im Schnee dann um mich herum sofort gefrierende Rehblut, mit der Zeit dann zusehends größeren Gefallen gefunden an dem je weiter ich schnitt, desto schneller tropfenden Blut aus den rasch wärmer werdenden Rehbeinen über mir. Ein Muster in den Schnee zu tropfen versucht hören Sie immer schneller geschnitten und immer schneller zu tropfen versucht, ein Muster zu tropfen versucht interessanterweise um mich herum eine Reihe von Buchstaben in den Schnee, stellen Sie sich vor. Dabei nun eigentlich noch nicht einmal etwas Bestimmtes zu tropfen versucht sondern einfach nur getropft, dabei Buchstaben in den Schnee getropft der Reihe nach, was mir halt in den Sinn kam irgendwas. Manchmal direkt ins Ziel getroffen, denken Sie nur, manchmal nicht, hören Sie, manchmal getroffen, hören Sie, manchmal nicht, manchmal getroffen, manchmal ganz woandershin und dabei Buchstaben und einen lupenreinen Satz letzten Endes getropft, manchmal nicht, ein Satz, hören Sie, ohne daß ich es gewollt hätte, denken Sie nur, hören Sie wollen Sie ihn nicht hören, Kogoj: Pflüglers endloses Müssen: sein Beginn in der Werkstatt, denken Sie, Lebonja, diese Kürschnerei und all das angebliche Herumgeschneide an Rehen macht seine immer prägende Gebürtigkeit aus, eine grausige Metapher, nicht einmal die seine, ein wenig zu bemüht, wie mir scheint und doch eigentlich sogar für Pflügler zu billig, aber doch nur typisch. Aber wenn das dennoch die Wahrheit sein sollte. Dann wäre er doch kein Simulant. Der Villacher Schlächter im wahrsten Sinne des Wortes, erzählen Sie mir also, nein, ich weiß: der Villacher Kürschner, gerne auch das, Sie haben recht, glauben Sie also nicht auch: Pflügler als derjenige letzten Endes, der recht behalten könnte, Kogoj:

Vermutlich ist es nun an mir. Ein wenig zu erklären, weil ich so unangemeldet herkomme an einem Abend. An dem ich hier im Grunde nichts mehr zu suchen habe ich weiß das hat sich so eingefunden festgelegt wie ganz von selber. Am Abend ist das hier Ihr Revier. Ich beugte mich zurück über Lebonjas Unterlagen, sie liest vor sich hin, Kogoj leise: Ich weiß, ich habe das Büro am Abend überhaupt erst durch meine Abwesenheit zu ausschließlich Ihrem Revier gemacht, Kogoj: Ich will Ihnen etwas sagen, Lebonja. Ich drehte mich um und zu den Unterlagen zurück, schwieg, murmelte, Kogoj: Nein, ich sage nichts, sie dreht sich um, dreht sich zu den Unterlagen zurück, schweigt, murmelt: Wie Sie wissen, bin ich eigentlich tödlich gelangweilt von diesem Thema und damit zugleich natürlich auch von Ihnen, von Pflügler und den meisten anderen der Gesprächsteilnehmer auf ganz ähnliche Weise allem was dazugehört, ich kann nicht anders, ich kann es nicht mehr hören, wie oft denn noch das ewig selbe, es tut mir leid wie gesagt, aber nun gut. Ich bin zurückgekommen, vielleicht mit, vielleicht ohne jeden Grund, ich sollte Ihnen vermutlich wenigstens erklären, warum. Ich werde es nicht tun und rein gar nichts erklären, hören Sie. Vielleicht nur aus plötzlicher Neugierde. Vielleicht nur aus einem Gefühl heraus, einer angedeuteten Sorge vielleicht, nein: einem Bauchgefühl, vielleicht nicht einmal das, vielleicht, weil ich denke, daß Sie und ich und wir zusammen auf haargenau dasselbe zu spekulieren berechtigt wären wie Pflügler, wenn er es schon tut: das Recht hätten außerdem ihn zu täuschen, zu grinsen vielleicht wie Awetis, obwohl uns doch wie Awetis ein Unglück geschieht.

Aber ich will ihm den Gefallen tun für einen weiteren Moment und ihm zuhören gewissermaßen, nachträglich, Sie haben ja alles Nötige hier. Was will er denn eigentlich, wo kommt er denn nun wirklich her, sagt sie und liest laut vor, was sie über Pflüglers Vater vorfindet: Als Gründer der Werkstatt finden sich im Gemeindebuch eben dieses Jahres, zweiunddreißig, die kaum einundzwanzigjährigen Zwillingsbrüder Heinrich und Wolfgang Pflügler eingetragen. Pflügler selber: Die Neugründung der Kürschnerei in der Landeshauptstadt im neunundfünfziger Jahr war der Lohn jener harten Arbeit unseres Vaters insbesondere nach dem Krieg und der Zerstörung und damit erzwungenen Aufgabe der Villacher Kürschnerei, als der Onkel sich ja noch in Gefangenschaft befunden hatte und wir alle nach Eisenkappel hatten umziehen müssen. Dort hatte unser Vater als Handwerker arbeiten können, als ein Teil der großartigen sorgfältigen Wiederaufbauarbeit, die diese große Generation für uns alle verrichtet hat. Der wir deshalb zu nur denkbar größtem, allergrößtem Dank verpflichtet sind noch heute, sehen Sie, flüstert Pflügler: Schon wieder. Ludwig kommt im Frühjahr neunzehnhundertfünfundvierzig zur Welt als einziger Sohn des mutmaßlichen Kriegsverbrechers Heinrich Pflügler, Die Heimat verteidigender Soldat in der deutschen Wehrmacht, hatte Pflügler erklärt, Held, gesagt, und: Ehrenmann. Kogoj stöbert und blättert und liest, in Lebonjas Aufzeichnungen fand ich, worauf ich hinausgewollt hatte die ganze Zeit über, ohne je darauf hinauszuwollen, ich hatte gehofft und befürchtet, ich könnte es finden, ich fand es: zur Zeit der Geburt des Sohnes keineswegs Wehrmachtssoldat sondern SS-Polizist im Partisanenkrieg. Kogoj verdutzt: Das hat er gesagt, Lebonja. Das wußte ich ja noch gar nicht, und Lebonja: daß dies eine von ein oder zwei versehentlichen Aussagen gewesen sei, für die er sich sichtbar am liebsten die Zunge abgebissen hätte, viel mehr gebe es nicht über den Vater vor der Geburt des Sohnes. Ich trat einen Schritt zurück von Lebonjas Schränken, sie fällt auf einen Stuhl, und Kogoj: Aber warum erzählen Sie mir davon nichts, Kogoj: Das hätte ich doch wissen müssen, das ist doch schon beinahe etwas Konkretes. Lebonja zuckte mit den Schultern, schweigt, Kogoj: Nicht, daß ohne diese Information davon auszugehen gewesen wäre, wir hätten es tatsächlich mit einem unschuldigen Helden weil Wehrmachtssoldaten zu tun, aber wie sehr sich gerade die SS-Polizei gegen die Partisanen ausgetobt hat, weiß sogar ich, und Kogoj: Wissen Sie zufällig, wo wann wie genau das war. Hat er dazu etwas Genaueres gesagt. Das hätte er nicht, Kogoj steht auf, aufgestanden las ich weiter. Was in meinen Aufzeichnungen als private Kommentare gekennzeichnet ist, er ließ mich all das ungehindert lesen: Nichts Ranghohes, ein Scherge vermutlich eher, Kogoj: Einer der ganz armseligen wahrscheinlich. Mich schaudert es bei dem bloßen Gedanken schon an die üblichen, flüstert sie, mit dem Rücken zu Lebonja mehr zu mir selber als zu ihm: Haushaltsautoritären Mitläufer- und Kumpeleigewalttäter. Ein Kämpfer, hatte Pflügler betont, und gekeift: Andere haben die weitaus bessere Lobby besessen und sich nicht rechtfertigen müssen. Unser Vater hat nie ein schlechtes Gewissen haben müssen, aber Sie kennen das: Die Sieger schreiben die Geschichte und fällen die Urteile, das ist selbstverständlich das leichteste gewesen, das ist es heutzutage noch immer: Justiz und Weltöffentlichkeit damals wie heute am ausgestreckten Arm zappeln sehen zu können. Gekämpft, Pflügler: Gekämpft, wie noch nie ein Heer in der Geschichte gekämpft hat, Kogoj lesend, ich las auf etwas zu und hatte darauf hingelesen auf nichts anderes, ich fand es nicht: Was haben wir denn hier noch: Im Februar achtunddreißig hat Heinrich Pflügler mit nicht weniger als acht Freunden zusammen vor einem Gasthaus zwei damals noch illegale Nationalsozialisten aufgrund ihrer zwar abgedeckten, aber erkenn- und deutbaren Armbinden krankenhausreif geprügelt, die zwei haben sich dran erinnert und ihn exakt am dreizehnten März, kaum einen Monat später, obwohl er von Stunde eins nach dem Anschluß alle nötigen Binden und Abzeichen und Gebärden und was man sonst noch benötigte pflichtbewußt getragen hatte, im Lendkanal beinahe ertränkt, Kogoj liest: Anscheinend eher eine ganz widerwärtige Figur. Sie dreht sich um, das Notizbuch in der Hand: Sagen Sie ihm das eigentlich auch, Kogoj weiter, liest: Wenn nicht gar noch einer der wirklich ekelhaft armseligsten, Kogoj: Nicht, daß ich Ihnen nicht zustimmte, aber: Verraten Sie ihm eigentlich auch etwas davon, was Sie so denken und da aufschreiben jeden Tag, Kogoj weiter: Und damit nun leider auch gemeingefährlichsten, sie liest vor sich hin eine ganze Weile murmelt: Hat Pflügler etwas darüber gesagt, wo genau mit welcher Formation sein Vater gegen die Partisanen herumgesprungen ist. Das würde uns vielleicht etwas verraten über ihn. Vielleicht könnten wir ihn aufgrund seiner Einheit und dessen, was wir über diese herausfinden könnten, besser einschätzen, wer weiß, und Kogoj, laut: Warum haben Sie mir das nicht gesagt. Sie geht ein paar Schritte, ich wußte nicht, wohin und wo ich hingeriet währenddessen, sie kehrt zurück, da war ich wieder, Kogoj: Verraten Sie ihm, was Sie von ihm denken, oder schreiben Sie das wirklich ganz ausschließlich nur für sich auf, sehen Sie: Kaum bin ich da und zurückgekehrt heute abend, ärgere ich mich schon, daß ich mich mit so etwas beziehungsweise mit einem seiner Nachfahren ernsthaft abgebe, pure Zeitverschwendung, aber es hilft ja nichts, was denken Sie, Lebonja, aber wissen: will ich das alles gar nicht so genau, ich weiß schon viel zuviel und viel mehr als ich je gewollt habe. Sie trennen das ganz fein säuberlich voneinander, nicht wahr. Meinung hierhin, ins Notizbuch, das Interviewer-, Wissenschaftlergesicht dort, dem nichts anzusehen ist, nicht das geringste über Sie selber während der vergangenen Monate, wenn Sie Pflügler gegenübersitzen. Schutz oder Spiel oder Koketterie oder Risiko, was ist das, was Sie da treiben, liest: Von da an wird es still um Heinrich Pflügler, sowohl in Pflüglers Vorträgen als auch in Ihren Notizen. Dabei wäre genau diese Zeit diejenige, die uns zeigen könnte, von wem Pflügler, wenn er denn schon behauptet, von seinem Vater derart in die Pflicht genommen worden zu sein, da wirklich geprägt wurde: gegebenenfalls nicht allein nur von einem fatal einäugigen Revanchisten, sondern einem verbrecherischen Gewalttäter, nicht daß der eine grundsätzlich weniger abstoßend wäre als der andere, aber Pflügler macht eben hier einen Unterschied, mit dem er sich zu entschuldigen sucht, und eben da müßte er doch zu packen sein, Kogoj: Die Formation würde uns helfen, da gab es doch etliche Truppen im Partisanenkrieg, hat er nicht irgend etwas gesagt, und Kogoj: Dutzende Verbände, einer schlimmer als der andere, ich weiß nichts Genaueres darüber, aber wir könnten etwas herausfinden, denken Sie nicht. Etliche Kompanien und Regimenter, die sich um die Partisanen zu kümmern hatten und um nichts als um die Partisanen allein: eine Horde slowenischer Bergbauern, unfaßbar eigentlich, denken Sie nicht auch, und Kogoj: Aber auf eine schöne Weise unfaßbar. Wüßten wir, wo und warum er sich in den Wäldern herumgetrieben hat, mit wem, könnten wir ihn besser einschätzen. Pflügler wird schon wissen, warum er dazu nichts sagt. Ein bißchen immerhin, sagt sie sehr leise, haben Sie ja schon zusammengetragen. An einem der Morgen der folgenden Woche betritt Kogoj das Büro sehr früh, kaum daß ich sitze. An allen anderen Tagen bisher war ich weit vor ihr anwesend, heute fliegt die Tür auf nur Sekunden nachdem ich eingetreten bin, Kogoj: Jetzt füllen wir Wissenslücken auf und finden heraus, von wem unser Ludwig da wirklich geprägt worden ist. Auf wen er sich wirklich beruft, wenn er sich auf den Vater beruft einerseits, immer wieder, den Vater loszuwerden bemüht ist andererseits, wie wir ihn einzuschätzen haben. Denn hier gibt es dann doch sehr wohl einen Unterschied: nur zu denken, was er denkt, oder daran zu glauben, dementsprechend zu handeln, finden wir es heraus. Sie baut sich vor meinem Schreibtisch auf und sieht mich an und berichtet: Von jenen Schlägereien am Lendkanal und der anschließenden Strafe an wird es zwar ruhiger um Heinrich Pflügler, allerdings nur auf den ersten Blick. Aufgrund eines Streits mit seinem Bruder scheidet er ab April neunzehnhundertachtunddreißig für einige Zeit, ein gutes Jahr etwa, aus der Werkstatt aus. Mit einem Wink deutet sie mir, ihr nachzuschreiben, Lebonja schrieb: Leider hat niemand wissen wollen, worum genau es gegangen ist, Niemand weiß es, sprach Lebonja mir nach und schrieb auf und mit, Niemand will es je genau gewußt haben, diktiert Kogoj. Ich jedenfalls habe es nie erfahren, sagt Pflügler zögernd, aber bestimmt an einem der nächsten Tage, als wir ihn, der noch eine gute Woche, zwei Gesprächstermine zuvor aus unerfindlichen Gründen ein weiteres Mal in Schweigen verfallen war, gemeinsam und direkt auf den Streit seines Vaters und seines Onkels ansprechen. Überrascht sieht er auf und starrt uns beide nacheinander an, grinst: Haben Sie etwa Nachforschungen angestellt, sagt dann eine gute halbe Stunde lang nichts, sagt dann: Ich habe jedenfalls nie erfahren, worum es ging. Es stimmt tatsächlich, dachte ich, und Kogoj: Nach einigen Tagen wenigen Wochen des Herumstreunens, diktiert Kogoj auf und ab gehend vor meinem Schreibtisch von links nach rechts und zurück, fand Heinrich Pflügler eine Anstellung als Koch oder Küchengehilfe im örtlichen Gefängnis. Pflügler am nächsten Tag auf Nachfrage schon ein wenig spontaner: Das ist sicherlich eine lobenswerte Tätigkeit gewesen. Den Sträflingen mit gutem Essen zu demonstrieren jeden Tag aufs neue, was sie da überhaupt besitzen an wertvollem Leben und kostbarer Heimat, beizutragen auf diese Weise zur Erziehung und Rettung solcher bisher nur als Schädlinge für ihr Volk auftretender Menschen, Kogoj, ich, wir beide gleichzeitig: Sie, ich gebe ihr das Wort, ich nahm es an, und Kogoj: Sie wollen das sicherlich wieder zurücknehmen, er tat es und lachte und wollte wissen, ob das Ganze nun endgültig vom versprochenen Selbstgespräch zu einem Interview würde, ob wir beide allmählich ungeduldig würden, gedacht: Er nimmt es uns tatsächlich ab, gedacht, nicht gesagt: ein Glückstreffer. Ich gab Lebonja einen kleinen Stoß im Vorbeigehen, es sah gut aus, ein paar Tage später gibt es weitere Neuigkeiten, Kogoj: Und nun halten Sie sich fest. Vermutlich alles andere als zufällig soll nur einen Tag nach Pflüglers Anstellung im Gefängnis der Pfarrer Vinko Poljanec aus Sankt Kanzian inhaftiert und in eben dasjenige Gefängnis gesperrt worden sein, in dem Pflügler angestellt gewesen war, Poljanec, der ja auch, wie ich glaube, glaubt Kogoj und schreibt ihre Vermutung mit einem Griff über meine Schulter und einem zweiten, herumliegenden Bleistift ins Notizbuch vor mir zwischen meine Zeilen und während ich noch selber aufschreibe, was sie mir da berichtet. Einige Zeit in den Zwanzigern einer von zwei kärntner-slowenischen Landtagsabgeordneten gewesen war. Nach dem Einmarsch und: Anschluß und erzwungen positiver, auffällig widerstandsfreier sowie vollständiger Abstimmung pro Großdeutschland am zehnten April mit Hilfe weitestgehend offener Wahlen, wer die Wahlkabinen betrat und dort abstimmte, machte sich an diesem Tag, so gehen die Zeitungs- und Zeugenberichte, verdächtig, auch schienen die Slowenen nicht schon im zweiten Monat der neuen Herrschaft durch mißliebige Abstimmungsergebnisse unnötig auf sich aufmerksam machen zu wollen, durch ein: slowenisches Nein den Deutschen ohne Not eine eindeutige Handhabe gegen die Minderheit anbieten zu wollen, die zu vermeiden gewesen wäre, solange man noch nicht genau wußte, worauf das alles hinauslaufen würde, nach Anschluß und dieser Abstimmung also: hatte eine der allerersten Handlungen der Deutschen sein müssen, besonders in den ländlichen Gemeinden die slowenischen Priester von den Gemeindemitgliedern zu isolieren. Eine andere politische Kraft gab es für die slowenischen Bergbauern auf ihren abgeschiedenen Höfen und die Bevölkerung in den kleineren Dörfern oft gar nicht, wissen Sie. Klar sei, erklärt Pflügler bereitwillig, als wir nachfragen, und betont ruhig, kontrolliert, gelangweilt, so kontrolliert, als fragten wir ihn nach Selbstverständlichkeiten, als habe er nur darauf gewartet, daß wir endlich fragen, als hätten wir auf diese Frage im Grunde längst kommen müssen, wären wir dazu nur fähig gewesen: daß die chauvinistische deutschfeindliche slowenisch-nationalistische Bewegung von Geistlichen, Rechtsanwälten und einigen Lehrern getragen wurde, einer kleinen Elite, der es in zunehmendem Maße gelungen war, die deutschwilligen Slowenen von den Heimattreuen und damit von der Einheit des Landes fernzuhalten, Haß zu beschwören und aufrechtzuerhalten. Damals wie heute müsse gelten: Trennt man die Aufständischen von den Friedliebenden oder schlicht einsichtig Schweigenden, würden letztere zwei sich schnell bewußt, wohin sie doch eigentlich gehörten. Später Kogoj: Ähnlich vielleicht auch in Sankt Kanzian, in Dörfern Kleinstädten also, in denen die jeweiligen nationalbewußten Vereine nicht so stark organisiert und über einen winzigen Kreis derjenigen hinaus, die sich mehr oder weniger offen slowenisch zu geben wagten, nicht viel Einfluß geschweige denn Macht besaßen, wenn es sie denn überhaupt gab: Der Großteil aller Nationalkultur wurde auf den kleinsten Dörfern schließlich noch vom Pfarrer und in der Kirche allein zu vermitteln versucht, dafür mußten die Pfarrer mitunter als erste bezahlen. Nun geht die Legende, hören Sie zu, daß eben jener Poljanec gegen Ende Mai wieder freigelassen und per Gauverweis oder ähnlichem aus Sankt Kanzian nach Sankt Veit strafversetzt worden war. Da wollte er aber nicht hin, erzählt man sich und erzählt sich, daß Poljanec unmittelbar nach der Haftentlassung mit Tränen in den Augen auf der Straße gesehen wurde. Poljanec habe nicht nach Sankt Veit gewollt, er mußte aber, und spätestens Mitte Juli liegt Poljanec dann schwerkrank im Spital: vergiftet. Woher sie all das nun eigentlich so plötzlich wisse, erkundige ich mich, über Heinrich Pflügler und ganz allgemein, über Poljanec, aber: Warum ich all dies so plötzlich wissen wollte, wagte Lebonja nicht zu fragen, ich hätte Sie längst fragen sollen, ich verriet es ihm nicht. Ich habe meine Quellen, lächelt Kogoj, fährt fort: Poljanec war Ende Mai nicht in die Freiheit und sei es nur nach Sankt Veit anstelle von Sankt Kanzian aus der Gestapohaft entlassen worden, sondern zum Sterben, und war den Sommer über dahingesiecht, bis er vermutlich am fünfundzwanzigsten August starb. Sein Begräbnis soll so etwas wie eine slowenische Demonstration gewesen sein, mit mehr als dreitausend Teilnehmern, trotzdem solcherlei nationale Aufmärsche streng verboten und aus vielen der Dörfer und von den Berghöfen aus enorme Wegstrecken zurückzulegen gewesen waren. Man soll nur Slowenisch gehört haben, was ja, soweit ich weiß, trotz aller Versprechen der in Aussicht gestellten Minderheitengleichberechtigung, mit der im April achtunddreißig viele Slowenen bei der Anschlußabstimmung hatten geködert werden können, schon nach dem Anschluß verboten worden war. Pflügler, der tags darauf nach einer kurzen Pause, ohne auf unsere Neuigkeiten direkt einzugehen, mit geschlossenen Augen, erhobenem Kopf davon spricht, daß man damals so wie heute mit großer Liebe am deutschen Volkstum gehangen habe und diese Liebe zur Grundlage jedweder innen- und außenpolitischen Konzeptionen habe machen müssen. Aber weil dies in Österreich schon immer genau so gewesen sei, habe man genau gewußt, daß den vielen verschiedenen anderen Völkern im Land und oder Reich der größte Respekt und das tiefste Verständnis entgegengebracht werden müsse jederzeit, Pflügler: Niemals, damals nicht, heute nicht, hat es die Absicht gegeben, gegen irgendeine Minderheit mit Gewalt vorzugehen. Wenn die ein oder andere die nötige Loyalität vermissen lasse, sei man nun einmal dazu gezwungen. Ansonsten habe gegolten und gelte noch heute: Auch und gerade die Volksgenossen der Minderheiten nach allen Möglichkeiten zu stützen, wirtschaftlich zu fördern sozial zu integrieren, entsprechendes Entgegenkommen vorausgesetzt, Sonderstellungen würden und wurden keine erlaubt, unverhältnismäßige Forderungen zurückgewiesen, separatistisch-nationalistische Sammlungen und Bestrebungen mit allen Mitteln unterbunden, Gleichmacherei also, lächelt Kogoj, als wir allein sind, damals wie heute, nichts sonst. Pflügler: Er wisse, so etwas solle er nicht sagen. Es würde ihm möglicherweise langfristig nicht eben dienlich sein. Er sage es dennoch, Kogoj: Schüler sangen an Poljanecs Grab, Reden wurden gehalten. Der Koroški Slovenec soll dem Pfarrer zu Ehren eine ganze Reihe Kommentare gedruckt, die Gailtaler sollen einen Lindenblütenkranz gebracht haben, der schon in der folgenden Nacht verbrannte. Aus der einen Richtung hieß es, das seien die Kerzen am Grab gewesen, die über einen Windstoß den Kranz in Brand gesetzt hätten, allgemein sei man der Meinung gewesen, daß das Feuer mit Absicht gelegt worden sei der slowenischen und jugoslawischen Farben an vielen Kränzen wegen, Der Wind war schuld, ruft Pflügler darauf angesprochen und springt auf, erschrickt über sich selber, stolpert, fällt über einen Stuhl, fängt sich, nimmt sich gleich wieder zurück und seine Jacke vom Haken so ruhig wie möglich, verläßt eilig den Raum, die Tür knallt hinter ihm ins Schloß. Wir glauben es ihm. Der Wind war schuld, sagt Kogoj: Wer sonst. Diese Geschichte kannte er demzufolge schon. Interessant, murmelt Kogoj, nicht wahr, so weit, sie dreht sich weg, Kogoj: Ich weiß ja auch nicht, warum und wohin ich da gerate, da bin ich. Sie blättert, schweigt, ich beobachte ihren plötzlichen Eifer, wo bis vor kurzem nur Tatenlosigkeit gewesen war und doch nie etwas anderes hatte sein sollen als Desinteresse und Ferne, aber viel Zeit für Beobachtungen bleibt nicht, denn Kogoj: Wollen Sie hören, und Kogoj: Warum ich Ihnen von Poljanec erzähle, hören Sie: Selbstredend, daß die Schüler, die das Begräbnis in diesem Umfang organisiert hatten, während der folgenden Monate mehr oder weniger eindringlichen Besuch von der Gestapo erhielten, Kogoj: Angeblich soll kurz nach Poljanecs spektakulärem Begräbnis ein Arzt aus Ljubljana mitsamt seinen Studenten in einer tiefschwarzen Regennacht das Grab Poljanecs geöffnet, den Leichnam und dessen Organe mit nach Ljubljana genommen haben. Dort hätten sie dann in Poljanecs Magen Glasstaub gefunden, den man dem Pfarrer wohl mit ins Essen gegeben hatte. Zermahlenes Glas ist deshalb so schrecklich, weil man es einfach nicht aus dem Körper bekommt. Man krepiert ganz elendig und niemand, am wenigsten man selber, weiß warum. Es kann Monate dauern, bis man stirbt, und niemand weiß, woran es liegen könnte, daß man eben noch kräftig war und jetzt langsam und erbärmlich vor den Augen aller zugrunde geht. Allenfalls eine Magenoperation kann da noch helfen, aber dann muß man schon wissen, wonach man zu suchen hat. Poljanec hatte noch berichten können, genau gewußt zu haben, wann er vergiftet worden sei im Gefängnis, er habe es gewußt, als er diese Suppe, eine sehr fette Suppe, die er nicht löffeln durfte, sondern trinken mußte vor den Augen aller anwesenden Gefängnismitarbeiter und des Kochs, er soll berichtet haben, so, im Speisesaal des Gefängnisses als einziger Gefangener nachmittags um drei sitzend, alle Gefängnismitarbeiter um ihn herumstehend inklusive des Kochs und der Putzleute, eine fette Suppe trinkend, während der oberste Wachdienst den Löffel in den Händen hielt und den Löffel mit der gerundeten Seite immer wieder langsam in die Handfläche schlug wie im Film, dabei beobachtete, wie Poljanec trinken mußte vor allen anwesenden, ihn beobachtenden anderen, die genau darauf achteten, daß er auch wirklich alles austrank, habe er in der Totenstille, denn bis auf das regelmäßige, leise langsame Klatschen des Löffels in die Handfläche des Wachdienstes war es totenstill, die anderen Gefangenen seien im Hof gewesen, still gewesen in diesem Moment, als ahnten oder wußten sie alle genau, was da oben vor sich gehe im Speisesaal, und in der Totenstille nicht anders können, als genau zu wissen: Ich werde vergiftet. Das, was ich da trinke, ist mein Tod. Kein Mörder, flüstert Pflügler, sein nächster Besuch, er ist gekommen trotz seines Ausbruchs beim letzten Mal, als wäre nie etwas gewesen, es wundert uns nicht: Kogojs Quellen wirken, wenn es auch eine ganze Stunde gedauert hat, bis er überhaupt etwas dazu sagt. Aus tiefen Augen hat er auf die Tischplatte und uns abwechselnd von unten aus angestarrt, dann wieder minutenlang auf den Tisch, zweimal hatte Lebonja die Kassette gewechselt währenddessen, die nichts weiter aufgezeichnet hatte als: Stille, und aber doch nur Pflüglers vielsagendes Schweigen. Pflügler dann, kaum zu hören, nach einer guten Stunde: Unser Vater war kein Mörder. Gezwungen worden wenn überhaupt getrieben zu handeln, und Kogoj lenkt: So wie Sie. Ist es das, was Sie sagen wollen. Pflügler: Unser Vater war Handwerker. Mehr rückt er nicht heraus. Dennoch können wir hieran in etwa anschließen mit dem, was wir schon wissen, von einem Blatt, das ich ihr hinschiebe, liest Kogoj: Nicht viel später die große Versöhnung mit dem Bruder, Heinrich Pflügler kehrt in die Werkstatt zurück und soll dann zur Wehrmacht eingezogen worden sein. Hier beginnt unsere erste Informationslükke, Kogoj: Sie endet damit, daß Heinrich Pflügler, nachdem er als Soldat offensichtlich genug Unheil angerichtet hatte und schwerverletzt nach Hause zurückgekehrt war, Mara Kogoj weit nach Gesprächsschluß eines Tages am Telefon von zu Hause aus: Vielleicht im Sommer neunzehnhundertvierundvierzig, als Kärnten zum: Bandenkampfgebiet erklärt wird, oder Mara Kogoj, ihren Wagen abschließend, nachdem wir uns gleichzeitig vor dem Gebäude ankommend über den Weg laufen frühmorgens: In eine der zum Schutz der Dörfer vor den Partisanen neu gegründeten Landwachen eintrat. Mara Kogoj, wir sind unterwegs, um Zigaretten zu holen und unser Mittagessen: Als Landwachen wurden nur politisch äußerst verläßliche und bekannte Parteidiener aufgestellt, Mara Kogoj am Abend auf dem Brunnenrand im Sommerabendlicht spielende Kinder auf dem Brunnenrand und im Wasser sogar um uns herum: Bewaffnung und Ausrüstung wurden nicht gestellt, sondern stammten aus dem eigenen Privatbesitz, wer teilnahm, war also zu einigem bereit und von allem überzeugt. Mara Kogoj hat ihre Absatzschuhe ausgezogen und trägt sie in der linken Hand, wir schlendern: Zusätzlich zu ihrer Grundbegeisterung wurden die Aufgestellten motiviert, indem man ihnen in Aussicht stellte, im Kampf gegen die Partisanen endlich fortsetzen zu dürfen, was sie mit Volksabstimmung und Abwehrkampf gegen den SHS-Staat gleich nach dem Ersten Weltkrieg glaubten, begonnen zu haben, und Mara Kogoj, den Schlüssel zum Büro in der Hand: Pflügler soll auch diese Tätigkeit mit Begeisterung ausgeübt haben, Kogoj, sichtbar bemüht, ruhig zu bleiben, stürmt sie herein eines Morgens, mit etwas neu Herausgefundenem: Halten Sie sich fest: Bis er sich nur wenig später, im Herbst vierundvierzig, als schon Personalbedarf bestand und einige der ursprünglich rigiden Aufnahmekriterien hatten aufgegeben werden müssen, tatsächlich freiwillig und allen ernst gemeinten ärztlichen Mahnungen zum Trotz für das von Himmler höchstpersönlich aus Rußland nach Kärnten zur Partisanenbekämpfung verlegte SS-Polizeiregiment dreizehn meldete, Kogoj: Neueste Neuigkeiten: Das ist es, jetzt haben wir ihn. Denn dieses Regiment spielt tatsächlich eine Rolle für uns, es soll sich in Rußland besonders in der: Bandenbekämpfung hervorgetan haben, wen und was es dort wirklich: bekämpft oder schlicht und einfach nur exekutiert hat, kann man sich an wenigen Fingern abzählen, erklärt sie, Kogoj: Im Gegensatz zu anderen Kärntner Ordnungseinheiten im übrigen viel eher mit offensiven Privilegien ausgestattet denn defensiven. Im schweren Winter neunzehnhundertvierundvierzig neunzehnhundertfünfundvierzig konnte man dann wohl den spürbaren Niedergang der Partisanenbewegung auch und gerade der Arbeit dieses Regiments dreizehn anrechnen, zu dem viele jener freiwilligen, sich zuvor noch selbst ausrüstenden Kärntner Landwachen gehört haben sollen, die vielen ehemaligen und Nochimmer-Abwehrkämpfer darunter sollen sich durch unfaßbare Bestialität gegenüber gefangenen Partisanen, nationalbewußten oder germanisierungsresistenten slowenischen Bergbauern: ausgezeichnet haben. Vermutlich hatte Pflügler schon als Landwache den Status eines Polizisten erhalten, dies allerdings: reine Spekulation. Viel eher mag zu diesem Zeitpunkt längst völlig wahllos rekrutiert worden sein, wer bisher noch nicht im gewünschten Ausmaß am seit fünf Jahren andauernden Gemetzel hatte teilnehmen dürfen und nur irgend bereit war Massen zu morden, womöglich sogar etwas nachzuholen hatte: alle jahrhundertealten slawischen und neuerdings auch kommunistischen Geister zum Beispiel aus der zu liebenden Heimat ein für alle Mal zu vertreiben, alle dazugehörigen Ängste gleich mit. Heinrich Pflügler wußte offensichtlich, wo er hingehörte, auf unsere Nachfrage erwidert sein Sohn am nächsten Tag routiniert, diese Frage komme für ihn nicht in Betracht, sein Vater sei Soldat gewesen, worauf sich nun unser Interesse an solcherlei Differenzierungen gründe, er könne sich dafür nun gar nicht interessieren, Kogoj: Was immerhin darauf schließen läßt, daß es auch in der Erzähltradition, die die seine ist, wenigstens eine unausgesprochene Einsicht gibt, etwas verharmlosen zu müssen, und das Wissen womöglich sogar bei Pflügler, daß es tatsächlich etwas zu verharmlosen gibt. Mehr ist nicht in Erfahrung zu bringen, da setzt die Lükke wieder ein: Pflügler will nichts mehr von einem Einsatz seines Vaters als SS-Polizist in den Karawanken gegen die Partisanen wissen, den Namen des Regiments noch nie zuvor gehört haben, Kogoj: Aber unseren Aufnahmen und Aufzeichnungen zufolge haben Sie sich schon einmal dazu geäußert, aus Versehen vielleicht nur, aber geäußert haben Sie sich doch, er schweigt. Sitzt noch ein wenig in seinem Stuhl, starrt auf den Tisch, steht dann in aller Ruhe auf ganz langsam, nimmt seine Jacke, verschwindet grußlos. Kogoj kommt einige Tage nicht, ohne jede Nachricht, sie verschwindet zum ersten Mal. Es wird Wochenende, und ich sehe sie nicht, es wird Montag, ich spreche alleine. Am Mittwoch morgen kehrt sie zurück und sitzt kreidebleich in ihrem Stuhl, als ich durch die aufgeschlossene, offenstehende Tür eintrete. Schwach abwehrend erklärt sie, daß sie sich ein wenig schlecht gefühlt habe, es tue ihr leid, daß sie mir nicht Bescheid gegeben hat, wo sie geblieben sei. Das alles, glaube sie: Hat mich nun doch ein wenig mehr mitgenommen, als ich vermutet hatte. Nichtsdestotrotz, sagt sie und hält inne und sieht in den Raum ins Leere sekundenlang, Kogoj: Muß es weitergehen, und Kogoj: Hier also und als Sohn dieses stolzen deutschen Mannes freundlichen Herrn und Weltenretters, murmelt Kogoj, beginnt Pflügler, und Kogoj: Was glauben Sie, was das bedeutet.

Daher hätten sie die elf nicht einfach dort lassen können, wo sie lagen, und daher allein hätten sie geholfen, alle elf sofort zusammenzutragen und nebeneinander vor dem Wohnhaus liegend aufzureihen, gehört: Die Toten schweigend betrachtet über Minuten eine menschliche Regung des Respekts, vom Vater gefragt worden: Glaubst du nicht auch. Niemand aus der Kompanie hätte nach diesem einschneidenden Erlebnis am Peršmanhof je wieder auch nur das kleinste bißchen Respekt aufbringen können oder wollen für irgendeinen Partisanen oder Partisanenunterstützer, sei er nun tot oder lebendig, selbst den allerbesten guten Willen vorausgesetzt. Hören Sie noch Tone Lebonja, hören Sie noch zu, nehmen Sie noch auf, hören Sie: weder Respekt vor toten noch lebenden Partisanen, nicht den allergeringsten, unseren Vater mit Blick über die Gipfel sagen gehört, während wir den Weg zurück und hinauf zum Baumstumpf gingen, erneut auf dem Baumstumpf Platz nahmen, der Vater hatte nicht länger stehen können. Ich muß sitzen, den zitternden Vater sagen gehört, als Kind mir damals im Gespräch mit dem Vater dessen vollends bewußt geworden, was ich als Dreijähriger auf dem Zollfeld nur gespürt hatte, ohne daß ich als Dreijähriger gewußt hätte, was es war, das ich da spürte: Schon als Kind die Überzeugung gewonnen und gewinnen müssen, ebensowenig Respekt wie bis dahin unser Vater für jedweden Partisanen aufgebracht hatte, aufbringen zu können zu dürfen von nun an für jemanden wie Janez Šorl, den ich als junger Mensch als einzigen in meiner Umgebung als Partisanennachfahren kannte. Mit dem Wissen um jene väterliche Erzählung auf dem Baumstumpf, am Rande des Steilhangs mit Blick ins Tal hinunter selbst mit allerbestem guten Willen nicht die geringste Achtung je vor Šorl oder irgend jemandem im weitesten Sinne seinesgleichen besitzen können. Eine Strafe, wenn Sie so wollen, Tone Lebonja. Eine historische und von mir im nachhinein an Šorl vollzogene Strafe für jene ungeheure Demütigung, daß die väterliche Kompanie dazu gezwungen gewesen war, vor Partisanenhelfern und Partisanen, die von ihren eigenen Leuten ermordet worden waren, in die Knie zu gehen, indem sie die Kompanie dazu gebracht hatten, ihnen diejenige letzte Ehre zu erweisen und Würde, die sie niemals verdient gehabt hätten: Unterstützern im Grunde von Meuchelmördern. Strauchdieben. Banditen. Denken Sie nur, niemals, Tone Lebonja. Niemals hätten sie derartiges unter normalen Umständen verdient gehabt. Was hätte der Banditenauswurf Šorl anderes von mir erwarten dürfen als das, was er bekam, gebettelt hatte er ja regelrecht darum, verdient hatte er es allemal und meine Pflicht: Šorl das zukommen zu lassen, was er verdient hatte. Aber wir waren Menschen. Alle siebzig Mann in der Kompanie waren Menschen, berichtet bekommen, Menschen und Soldaten, jeder einzelne in der Kompanie hat als Soldat und Mensch seine Pflicht getan, sich der von ihren eigenen Leuten hingerichteten Banditen auf menschenwürdige Weise angenommen, und wissen Sie: Janez Šorl hat schlicht das Pech gehabt, in meiner Nähe aufgewachsen zu sein. Daher stets bemüht gewesen, ihm noch etwas viel Gröberes zuzufügen als lediglich körperliche Schmerzen, für den Peršmanhof, für ihn selber: Seine schon damals unglaubliche Verlogenheit und sein mir bis heute völlig unverständlicher Mut zur Gerissenheit im damaligen Umgang mit mir, der sich ja identisch heutzutage in Ihrer Person zeigt und sich seit jeher bereits jenseits einzelner Personen wie Ihnen oder auch Šorl gezeigt hat, wann immer Ihre Sippe in Erscheinung tritt zum Beispiel in Form der Masse jener überall bis zur Unerträglichkeit vertretenen und überall mit- und hineinredenden, alle sie nichts angehenden Fäden ziehen wollenden, unablässig fordernden, pöbelnden, anklagenden, weinerlichen slowenisch-nationalistischen Verbände und Organisationen zum Beispiel, deren hinterhältige Verschlagenheit noch jedes zivile Mittel der Gegenwehr unwirksam, nutzlos macht und jeden alltäglichen Umgang miteinander völlig unmöglich: Gewußt, murmelt Pflügler, daß es etwas noch viel Gröberes als Schmerzen geben müsse, das Šorl zuzufügen wäre. Etwas Ähnliches wie das, was auch die Kameraden des Vaters an jenem Tag erlitten hatten, und also gesucht danach, nicht gewußt, murmelt Pflügler, wonach. Janez Šorl niemals verzeihen können, daß sich die Kompanie unseres Vaters auf derart unwürdige Weise hatte erniedrigen müssen vor seiner Sippe, der es noch im Tod, das ist ja das eigentlich Schreckliche, gelungen war, die Kompanie unseres Vaters derart rücksichtslos bloßzustellen. War ihnen ähnliches zuvor mehrfach durch Hinterlist und Feigheit Skrupellosigkeit im Kampf immer wieder gelungen, der freilich niemals ein richtiger Kampf zu nennen gewesen war, gelang es ihnen hier durch ihren eigenen Tod. Einige der Kameraden des Vaters standen mit Tränen der Empörung in den Augen vor den schändlich zugerichteten, aufgereihten Toten, die von ihren eigenen Leuten derart bestialisch zugerichtet worden waren, wachsam jedoch wie immer und immer bereit standen wir mit den Waffen sofort im Anschlag, als sich hinter dem Küchenherd mit einem Mal etwas regte. Ein unverletzter Bube kriecht hervor und wirft sich uns vor Erleichterung über unser Eintreffen an die Waffenröcke. Zwei seiner Schwestern, schwer verletzt, gleich hinter ihm, wimmernd vor Schmerz. Sofort rannten einige der Kameraden, darunter auch ich, vom Zorn über die Schandtat erfaßt in die Wälder, um die Mörder der Gerechtigkeit zuzuführen, wenigstens einen halben Tag lang habe ich mich mit den Kameraden zusammen besinnungslos durch die Wälder hetzen beobachtet, um den Verbrechern auf die blutige Spur zu kommen. Doch nichts. Der Hinterlist dieser Menschen Unmenschen, hatten wir nichts entgegenzusetzen. Bis heute, vom Vater berichtet bekommen, hat niemand aus der Kompanie angemessene oder nur annähernd treffende Worte gefunden, diesen Horror zu beschreiben. Auf dem Baumstumpf zweiundfünfzig oder sonstwann schon so früh in meinem Leben, als erst etwa Siebenjähriger Zeuge geworden, Tone Lebonja. Eines furchtbaren Eingeständnisses und des väterlichen Eingeständnisses der größtmöglichen Niederlage überhaupt für den Menschen und Soldaten, der unser Vater war, und damals schon gewußt. Daß ich damit würde zu leben haben, daß und wie unser Vater sein Gesicht verloren hatte vor Banditen und nun auch noch vor mir, seinem Sohn, dem er Vorbild hätte sein wollen. In Wahrheit hatte er selbstverständlich weder sein Gesicht noch sonst etwas vor mir verloren, das hatte er nie getan, mir war er Vorbild und ist es geblieben immerzu. Zu leben hatte von nun an aber auch ich mit dieser Niederlage und Blöße ganz ähnlich wie unser Vater sieben Jahre lang zuvor und danach noch gut fünfzehn. Damals schon gewußt, Lebonja, daß jemandem wie Janez Šorl diese Niederlage niemals verziehen werden dürfe. Damit wiederum hatte Šorl leben müssen, und das müssen Sie noch heute.

Mara Kogoj vor einer Schaufensterscheibe weit nach Ladenschluß zieht den Mantel enger starrt durch ihr Spiegelbild und eine ewig unfertige Auslage. Tippt mit dem Fingernagel leise an die Scheibe ohne Rhythmus Pochen Tippen Klopfen klopft und schrickt dann auf aus ihren Gedanken, als die Ladentür aufspringt, man verlangt, daß sie aufhört. Ein letztes Tippen, wir gehen weiter. Mara Kogoj fahrend oder auf dem Beifahrersitz und über Umwege ziellos in Richtung Norden, durch ein kleines Industriegebiet, Lagerhallen, Sportanlagen, Einkaufszentren, Bürogebäude, Großkauf- und Parkhäuser, Handwerksbetriebe gleich neben den Häusern ihrer Besitzer: von den Werkshallen zu unterscheiden allein über Blumenkästen, Fahnenmasten, Hundehütten, Mara Kogoj und ich nebeneinander auf der Rückbank eines Taxis einige hundert Meter weit bis an den Innenstadtrand. Bis sie anhalten läßt, wir laufen, sitzen am Kanal in der Oktobersonne auf Holzpaneelen am Boden vor verwunschen grünem Wasser, wir lassen nichts aus und sogar Papierboote schwimmen. Mara Kogoj eines Sonntags spätnachmittags vor mir im Foyer des Stadttheaters, wir warten darauf eingelassen zu werden, oder Mara Kogoj vor mir in ihrem Wagen, auf dem Weg in Richtung Flughafen, dem Gelände einer Tankstelle an der Durchlaßstraße, auf deren Höhe in etwa das Stahlkreuz von der Straße aus zum ersten Mal sichtbar wird, von der Straße aus stadtauswärts und in Richtung Flughafen sind wir der Bahnlinie etwas weiter östlich um einige Sekunden, wenige Meter voraus, von hier aus der erste Blick auf das Stahlkreuz, und Mara Kogoj in jenem Marktplatzrestaurant wundert sich für sich: wie Pflügler in den fünfziger Jahren hier überhaupt und in den fünfziger Jahren hier schon Risotto, Salsiccias nun ausgerechnet hier gegessen haben will: Das Restaurant habe es damals doch sicher noch gar nicht gegeben, geschweige denn hier Salsiccias, Risotto. Sie bestellt die Pasta, gibt ihre Kapern auf einen Teller und wie immer dann ihre Kapern dem kleinen Elias vom Nachbartisch, der doch in die Kapern so sehr vernarrt ist, seitdem sie ihm einmal eine gereicht hat. Er ißt sie rasch nacheinander. Mara Kogoj dem Haus zugewandt geht sie den Steinweg langsam rückwärts hinunter einige Meter, dreht sich dann um, mustert fünf hohe Platanen, die hinter der Scheune aufgereiht stehen, die unvermeidliche, sagt sie, Pappelreihe zudem, tritt durch Brennesseln und Farne hindurch an das Scheunentor und sieht durch die breiten Ritzen zwischen den Brettern im Dunkel nicht das geringste. Schemen, sagt sie, Schwarz und Weiß, landwirtschaftliche Geräte und Fahrzeuge vielleicht, Hell und Dunkel, ein Mofa, eine Zementmischmaschine, Schaufeln, einen Regenschirm in der Ekke, das da sieht aus wie ein Traktor, das da wie hohe Drahtspulen, eine offene Tischtennisplatte, ausgehängte Türen, ausgehängte Fensterrahmen, immer mehr, sagt sie, und: Ein wenig immerhin schon. Mara Kogoj im Wagen durch das so spät im Jahr noch malerische Tal in Richtung Koprein Petzen neben mir schweigend, während wir fahren, sie hatte einen Ausflug machen wollen, und: Eine Ziege, sagt sie, und: Schauen Sie, der uralte Brunnen, Kleinigkeiten dieser Art, kaum mehr, ein Fingerzeig schließlich in Leppen nach links zu einem Hof, wo: Zdravko Haderlap noch bis vor wenigen Wochen den lange Zeit zweitbesten Honig in der Gegend um Bad Eisenkappel produziert habe, Kogoj: Inzwischen den mit Abstand besten, nachdem der lange Zeit bessere Bauer gestorben sei. Mara Kogoj an einem der zerbrochenen Fenster des Hauses schiebt mit dem Fuß das Laub auf der Stufe vor der Eingangstür zur Seite und an Eisenstäben vorbei in die Öffnung unter der Fußmatte, Mara Kogoj abwechselnd vor dem Küchen-, vor dem Wohnzimmerfenster betrachtet die Verwüstung im Haus durch die Fenster kopfschüttelnd, schiebt die offenstehenden grünen Fensterläden weiter nach außen bis hinter die Klemmen, schließt sie ganz. Läßt mich mit ausgestrecktem Arm zeigen, wo das Fenster meines Zimmers hinter dem Efeu liegt, läßt mich beschreiben: eine kleine Dachkammer, mit Holz ausgekleidet, ein Kleiderschrank, ein Bett, ein Stuhl, ein Kerzenständer, Bücher, Staub, von mir nicht mehr betreten seit neunzehnhundertdreiundsechzig. Wischt den Staub von ihren Händen, Spinnweben aus ihren Haaren, entfernt die Spinnweben aus den Fensterhöhlen nacheinander gründlich mit einem Besenstiel. Wenig, sagt sie, hätten Sie hier ja nicht gerade zu tun, würden Sie wieder einziehen wollen, wollen Sie überhaupt. Mara Kogoj auf dem Weg über die ungemähte, hoch stehende Wiese voller Grün und allerlei anderen Farben neben mir und durch den kühlen Wald auf dem Weg zum Schloß.

Kogoj im alten Hafen, der gestorben ist, wie wir wissen: Seitdem die Frachten schneller von Zügen und auf Lastwagen in die Stadt gebracht werden, eine der zum Wasser hinunterführenden Stufen gehört ihr, diejenige darunter ist meine, das Wasser steht. Kogoj im frisch restaurierten Bahnhof, ein Restaurant hat dort an den Gleisen neu eröffnet, wir bestellen etwas und zahlen die Rechnung unter den Aschenbecher und reden nicht und stehen auf und gehen, bevor unsere Bestellung kommt, Mara Kogoj: Schön hätten Sie es, wenn Sie wieder herkämen. Das Haus ganz im Grünen, weit und breit keine Nachbarn, das kleine Kohldorf würde kaum stören, nicht einmal das. Die paar Hunde und Spaziergänger am Abend, eine Bank bräuchten Sie, die Sie vor das Haus stellen könnten für die untergehende Sonne, ein paar Eimer Farbe, Hammer und Nägel, einen ruhigen Sommer lang sehr, sehr viel Zeit. Die Scheune, das Haus, der Stall, viel Platz hätten Sie dann, vorsichtig müßten Sie sein und ein wenig aufpassen müßten Sie, seit neunzehnhundertdreiundsechzig, fragt sie, und seit drei Jahren steht das Haus leer, fragt sie, damit Ihnen das alles nicht unter den Händen zusammenbricht, wenn Sie zuviel auf einmal verändern, die Aussicht. Den See freilich sehen Sie nicht, aber den Himmel so weit, das will hier schon etwas heißen, und: Aufgebaut hätten Sie dann immerhin eine Sache, wenigstens etwas, Mara Kogoj: Wäre das nichts. Mara Kogoj auf einer Art Parkplatz vorm Schloß oberhalb der Autobahn ein Ascheplatz mit Blick über den See, sie lehnt mit den Ellbogen auf der Mauer: Wunderschön, sagt sie, könnte ich es hier haben, und Mara Kogoj: Sie genauso, denn schön haben es hier doch auch alle anderen mit gutem, mit dem allerbestem Recht, und Kogoj: Sie könnten das auch, wollen Sie, Mara Kogoj: Ich begreife es nicht. Sehen Sie, schön, nicht wahr, und begreife nicht, warum ich es statt dessen so gräßlich haben muß, als einzige, wie mir scheint. Sie stellt ihren Plastikstuhl zehn Zentimeter tief und etwa drei Meter weit ins klare Seewasser, Kogoj: Es hängt wie Blei an mir und will mich hinabziehen ich weiß nicht wohin. Sie streift ihre Schuhe und bis über die Knie reichenden Strümpfe ab, ich mache es ihr nach, wir krempeln unsere Hosen und Hemdsärmel hoch und sitzen im Oktober auf unseren Stühlen mit den Füßen im Wasser. Aber da will ich nicht hin, erklärt Mara Kogoj, doch: mehr ein Müssen denke ich als jemals ein Wollen auch in diesem Fall, da kommen wir nicht raus, nicht wahr. Mara Kogoj: Warum nicht ich, wer dann, und jemand muß es doch hören, heute vormittag seien wir hier die ersten, wie wir sehen könnten, berichtet der Kellner. Abgesehen von den Frühschwimmern am Morgen, ältere Herrschaften, um sieben Uhr schon kämen die regelmäßig, sogar zu dieser Jahreszeit noch mitten in der Nacht, gerade erst werde es hell, zehn fünfzehn, zwar kämen sie nicht alle auf einmal, sie alle dann aber irgendwann im Laufe des frühesten Morgens ältere Leute zwischen fünfzig und siebzig Jahren. Die werfen sich ins eiskalte Wasser morgens um sieben wie nichts, jetzt sei es ja noch schön, kalt zwar, aber schön, längst, sagt der Kellner, könne er die Frühschwimmer an ihren Stimmen auseinanderhalten. Bei der vorbereitenden Arbeit in der Küche sehe er sie nicht, hören könne er sie, eine robuste ältere Truppe sei das, berichtet er, nicht viele. Erkennen Sie mich, fragt Kogoj, und er erkennt sie. Die Frühschwimmer zählten nicht, was die Kundschaft angehe, wir, sagt er, dürften ihm heute morgen die ersten Gäste sein, wenn wir wollten, wir wollen. Kogoj und ich am Seeufersandstrand nebeneinander im Sand am Abend und ein ewig stehendes Bild: Kogoj neben mir und vor mir, Kogoj geht neben mir her oder überholt kurz, um jemanden vorbeizulassen. Kogoj stößt mich an, sitzt nur da, weil sie nicht reden will: Lassen Sie mich in Ruhe, sagt sie dann, das tue ich und ein Bild neben mir: Kogoj, wenn sie sitzt und steht und geht und lacht, was nicht oft vorkommt, aber Kogoj: wirft einem Schwan einen angebissenen Apfel auf den Rücken, der vom Rücken ins verwunschene Wasser fällt, und Mara Kogoj lacht sich halb tot über das irritiert flatternde Tier, und Kogoj: Am meisten mache ihr angst, daß das Gespräch erst am Anfang sei und womöglich niemals zu Ende. Das passe nicht recht zu ihr zu dem ersten Eindruck den sie hinterlasse nicht wahr das wisse sie, und in der Tat: Sie sei ein Großmaul, das müsse sie zugeben, schon immer gewesen, was solle sie tun dagegen. Aber das gehe ihr so und gehe ihr immer genau so und immer sehne sie das Ende herbei, kaum, daß etwas angefangen hat, und auf jedes Vorübergehen viel mehr als auf irgendein Bleiben, welches Beenden auch immer muß her und das Wirken dorthin viel lieber noch als den Moment, Kogoj: kurbelt das Fenster der offenstehenden Beifahrertür ihres Autos hinunter, während wir am Bordstein ratlos lange uns an- und woanders hinsehend einander gegenüberstehen, steigt ein, mit quietschenden Reifen fährt sie ab, und Kogoj: Erkennen Sie mich, will sie wissen von mir, und das tue ich nicht. Mara Kogoj auf dem Gedenkstein am Domplatz mitten in der Stadt in der Sonne sehr leise: Mir läßt das alles. Und das wundert mich ja selber. Keine Ruhe, Kogoj: Kein bißchen Ruhe, treibt mich weiter und weiter, wer weiß schon, wohin, wie ich fürchte, zu weit. Pflüglers Vater vor allem, auch das noch: ein Gespenst, gestorben: siebenundsechzig, und noch im Tod läßt er sich sehen, wenn ich mich umdrehe im Laufen und Denken, getrieben laufe ich vor ihm her und ins Verderben geradewegs und kann ihm nun allenfalls noch ein bißchen hinterherforschen, kaum mehr, nichts weiter, und versuchen, zusammenzutragen, was ich kriegen kann, wenn ich mir das antun will. Aber was hilft uns das schon, und was wird uns das helfen gegen seinen Sprößling. Der Vater am meisten, der Sohn selber letztlich kaum weniger als der Abklatsch, der er ist und auch sein will. Ich versuche es, wissen Sie. Über Jahre war ich fest davon überzeugt, ich könnte in aller Förmlichkeit meine Ruhe bewahren. Und mich im Griff behalten, selbst in mehr oder weniger direkter Konfrontation, dann einfach zurücktreten ein paar Schritte, mich umdrehen und niemals erinnern, und allen nötigen Abstand wahren, wenn es darauf ankommt, aber ankommen wird es darauf jederzeit. Ich habe mir vorgestellt, ich war mir sicher, eben diesen Abstand wahren und mich heraushalten zu können, wenn es denn und wann immer es sein muß, als Selbstschutzmaßnahme wenn nötig, aber nötig ist es fast immer. Sonst hätte ich dieses Projekt gar nicht erst angenommen. Gelingt aber nun Ihnen derlei. Tag für Tag sitzen Sie da und sitzen nur da um sich jeden Tag mit größtem Gleichmut scheinbar unberührt diesen fürchterlichen Dreck anzuhören jeden Tag den ganzen Tag ohne eine Miene zu verziehen, immer wieder und soviel ekelhaftes Zeug von diesen ganzen Spinnern entschuldigen Sie, wie Sie das machen, war und ist mir ein Rätsel, wie machen Sie das nur. Vielleicht, weil Sie nicht mehr tun, als in Ihre Notizbücher wissenschaftlich hineinzuanalysieren, aber eben nur dorthin, und dort stört es niemanden. Wer weiß schon, wie es in Ihnen aussieht, vielleicht sieht es da ja ganz anders aus, wer weiß, wer kann schon je etwas wissen. Ich für meinen Teil: wahre den Schein mit viel Aufwand für Augenblicke, in mir sieht es niemals anders aus als ich mich gebe, aber ich ahne etwas, Lebonja, und ahne, daß Sie glauben: Eigentlich dürften Sie hier nicht aufgewachsen sein und Sie sein und dann auch noch wiederkommen, daß der Moment kommt, an dem Sie glauben werden: Ihr Ausrüsten und Nachholen an Fakten nach über vier Jahrzehnten und dessen, was dringend zu überblicken sei und zu wissen jenseits von Ihnen selber, ist gescheitert, ich ahne und sehe voraus: Daß Sie sich aufgetaucht sehen werden anstatt dauerhaft untergetaucht, und Ihre Bedingung daher: Entfernung, auch weiterhin: unerfüllt, und Kogoj: Ich ahne, daß eintritt und eintreten muß was Sie hatten vermeiden wollen ich sehe es doch an mir, aber ziehen, Kogoj: Werden Sie daraus die falsche Konsequenz. Mara Kogoj: Sie haben nie gefragt. Sie wollen es vielleicht gar nicht hören, das ist mir egal, ich erzähle es Ihnen: Normalerweise leite ich nur Gespräche, bei denen ich keine Gefahr laufe, getroffen zu werden. Einkaufsverhalten, Umzug und Einrichtung, Sport, Kindererziehung, so was, denn es geht nicht, wie ich immer befürchtet habe. Es geht nicht. Es wird mir dauerhaft keine Ruhe lassen niemals, es läßt sich weder anschalten noch abdrehen, es ist immer da und wird es auch bleiben, das ist genau das, was es will nichts sonst was schon sonst noch, Pflügler und ähnliche Gestalten wollen nichts anderes. Keine Ruhe, keinen einzigen Moment, da kommen wir nicht und niemals wieder raus, Kogoj: Ich glaube, ich beginne aufzugeben. Wir stehen an einer Straßenkreuzung, es wird rot und grün, wir stehen, und Kogoj: Mir gefällt das nicht. Ich beginne von Pflügler zu träumen und habe doch aber gerade erst angefangen, überhaupt hinzuhören. Gehört habe ich ihn in Wahrheit natürlich hundert- und tausendfach zuvor, ihn und ähnliches revanchistisches, relativistisches, revisionistisches Elend, all das: die ganze Argumentation rauf und runter, entsprechendes Kontrakeifen sogleich hinterher, so oft bereits, wie oft eigentlich noch, Kogoj: Können Sie all das etwa noch hören. Nun träume ich schon wieder davon, ich hatte gehofft, diese Zeiten seien vorbei. Nun gut, flüstert sie. Selber schuld, hätte mich erst gar nicht darauf einlassen dürfen, sie lehnt an der Ampel, schließt die Augen: Wo waren wir stehengeblieben, wissen Sie das noch. Ich nämlich wußte es nicht mehr und begann aufzugeben, ich hätte es wissen müssen, Kogoj: Wir haben uns, denken Sie nicht, nein: nicht verlaufen. Aber vom Weg abgekommen sind wir ein gutes Stück weit, denken Sie nicht. Aus dem Herrn Sohn scheint nun endgültig nichts mehr herauszubekommen zu sein über die relevanten Jahre, er wird schon wissen, warum. Sie springt vom Gedenkstein mitten in der Stadt herunter, dreht sich um und spuckt ihn tatsächlich an und sieht dann angewidert zum finsteren Büro des Kärntner Abwehrkämpferbundes (KAB) auf der anderen Straßenseite und zum angespuckten Stein zurück, der angespuckte Stein mitten in der Stadt: Zum Gedenken an die während und nach dem Zweiten Weltkrieg von Partisanen verschleppten und ermordeten Kinder, Frauen und Männer. Wir wollen nicht vergessen damit Gleiches nie wieder geschieht. 1990 erneuert 2002, und Kogoj: Hilfe. Nebeneinander in Decken gehüllt in ihrer Wohnung: unser gemeinsames Aufwachen und Frühstück im frühen November mit einem Berg Treibhausobst aus einem kleinen Garten, den Kogoj am Stadtrand aus dem Grundbesitz eines ruinierten Bauern herausgepachtet hat, gleich neben Kogoj in ihrer Wohnung am Fenster und so weit von ihm entfernt neben Lebonja in meiner Wohnung am Fenster damals, kaum näher als das Stahlkreuz in jenem Moment in der Ferne im Nebel: ein Morgen, den, und eine Frage, die ich mir vorgestellt habe neben ihr mit mir auf ihrer Terrasse, aber neben ihr mit einem Mal nicht mehr nur vorstellen muß, ihre Frage: Warum tust du dir diese erbärmliche Gestalt nur an das verstehe ich nicht. Ich für meinen Teil sitze nur da, mache meine Arbeit, nicht mehr, murmelt sie, und Kogoj: Und was mehr noch sollte ich sonst wollen, ihre Frage: Was geht ihr zwei mich schon an, du, Pflügler, nun was schon, jene eine Sache, dann nie wieder etwas von mir in diese Richtung, Kogoj: Du wirst ihn nicht etwa stützen nicht wahr. Diese, du würdest seinen Antrag nicht etwa stützen vor Gericht, Zurückgezogenheit der Landschaft, seine Einschätzung nicht bestätigen nicht wahr und Stille, die Gebäude scheinbar unbewohnt jeder Landstrich als Zeuge womöglich sogar für ihn Partei ergreifen des Überquerens menschenleer unbetreten: Es ist Pflügler, ihre Frage: Du glaubst nicht etwa, daß er nicht ganz genau weiß, was er tut, ihre Frage: Eine Frage noch, meine Antwort: der in ihrem Sessel noch einmal eingeschlafenen Kogoj eine Notiz am Kühlschrank hinterlassen und eine Notiz über all das und mich mittendrin die Antwort und eine Erklärung Notiz, nicht einmal das: Lebonjas Antwortskizze Notizversuch allerhöchstens über das, was er nun derart souverän auszuhalten doch nur schien, an meinem Kühlschrank vorgefunden, nachdem ich eingeschlafen, aufgewacht war im Sessel. Es war kalt geworden und beinahe Mittag. Herbstjagdschüsse in den Wäldern hinter dem Haus, ein knatterndes Mofa in der Einfahrt, das ungewohnte Rauschen der eigenen Dusche aus der Ferne, der Tag, die Kälte: Irgend etwas hatte mich aufgeweckt. Lebonja im Badezimmer, sein Hilferuf Notizversuch an der Kühlschranktür und eine Antwort, ich hatte sie nicht hören wollen: Als Kind beim Komponierhäuschen immer wieder in Phrasen. Leere Versprechungen, falsche Freundschaften geworfen, an den Händen gebunden worden. Einen Stein an meine Fesseln gebunden, die Augen mit Teppichklebeband versiegelt bekommen, ein an die Angel gebundenes Messer im Wasser vor mir tauchend, bald ertrinkend zappeln sehen müssen. Beim Abreißen des versiegelnden Teppichklebebands beinahe die Augen ausgerissen bekommen, mit aller Wucht die Lider offengerissen beim Abreißen des Klebebands, am hellbraunen Seestrand keuchend Hemd oder Handtuch oder Strumpf notdürftig um den Kopf und um die blutenden Augen gebunden bekommen, als Kind schon ausgelacht in den Seeufersandstrand unterhalb des Komponierhäuschens auf die Knie gestürzt vor Angst laßt mich gehen laßt mich los und ähnliches keuchend der Länge von dreien in den Sand gedrückt oder mehreren mit den Knien in den Sand gestemmt am hellbraunen Seestrand unterhalb des Komponierhäuschen am Wasser ins nahe gelegene Unterholz geworfen worden. Pflügler vielleicht ganz ähnlich heute mit Rasierpinsel, eisernem Leuchter, englischem Rasiermesser über mir da hast du sicherlich recht vielleicht aber auch nicht, vielleicht ganz im Gegenteil: Denn er sieht und erkennt mich nicht, er nennt mich Šorl und Janez Šorl, warum er das tut und ausgerechnet Šorl, will sich mir einfach nicht erschließen. Aber wenn es um Šorl geht, geht es auch und eigentlich um mich, eben deshalb muß ich mir das alles noch antun, aber woher nur der Name. Entweder er irrt sich, bringt eine Reihe anderer, echter oder nur eingebildeter Namen durcheinander, glaubt und ist vielleicht sogar, weil er damals irgendeinen Janez Šorl gekannt hat, überzeugt davon, es damals mit einem Janez Šorl zu tun gehabt zu haben und heute, hier, mit mir und in mir mit jemand ganz anderem. Ich jedenfalls kenne keinen Janez Šorl, habe nie einen gekannt, gute Frage also Mara Kogoj, meine Frage nun aber: Warum eigentlich auch du, und gehofft: Kogoj wird den Zettel ungelesen wegwerfen mit anderen Zetteln zusammen, Einkaufslisten, Telefonnummern, die am Kühlschrank geklebt hatten, ihn niemals finden, aber im Gegenteil: Vom Schießen, Knattern, vom Rauschen der Dusche, vom Tag aufgewacht, in die Küche gegangen, um Lebonja zu suchen, bin ich sofort aufmerksam geworden. Zwischen all dem anderen Papier am Kühlschrank auf den ersten Blick: Tone Lebonjas, Janez Šorls Zettel, gegen Mittag dann winke ich Kogoj in meinem Wagen aus einer Parklücke. Sie steigt aus, ich steige ein, sie springt in ihren Wagen, ich fahre ihr ein Stück weit hinterher bis zur nächsten Kreuzung. Sie fährt geradeaus, ich biege ab, und zum zweiten Mal verschwindet Mara Kogoj. Vier Wochen bleibt sie diesmal weg, vier Wochen, in denen ich unser Gespräch alleine weiterführe. Pflügler kommt nur ein einziges Mal in diesen vier Wochen, ich lenke vorsichtig: Ob er mir nicht doch etwas über die Zeit seines Vaters als Landwache beziehungsweise Mitglied des: SS-Regiments dreizehn berichten wolle, ich sei noch relativ uninformiert wie immer, er wüßte das, er kenne mich ja inzwischen, Landwache SS-Regiment irgendwas, er dürfe reden. Ist Kogoj heute nicht da, will er wissen. Sie nehme ein paar Tage Auszeit, und: Ich wisse nichts, er hingegen vielleicht etwas über seinen Vater, ich lenke: Ob er etwas darüber wisse. Wo denn Kogoj sei. Irgendwo, sage ich, hier, dort, daheim, im Urlaub, ich wisse es nicht, es tue auch nichts zur Sache, ich lenke: Ob sein Vater ihm erzählt habe, was er in den Karawanken genau getrieben habe, was dort geschehen sei. Welche täglichen Aufgaben zu erledigen gewesen, wie die Patrouillewege verlaufen seien, ob er nicht darüber vielleicht etwas wisse. Interessant, sagt Pflügler, ich: Seinem längst verstorbenen Vater könne ja nichts mehr geschehen, wenn er etwas verriete. Ihm selber natürlich auch nicht, er hafte ja nicht für seinen Vater im Gegenteil, aber es ist hoffnungslos. Mara Kogoj am Morgen ihres Verschwindens im Treppenhaus auf dem Weg zum Parkplatz vor ihrem Haus: Ist das alles nicht völlig hoffnungslos. Ist nicht jeder Gedanke völlig vergeudet, sind nicht längst genug solcherlei Geschichten erzählt. Sollte nicht jemand ganz anderes darüber nachdenken als nun ausgerechnet wir und endlich einmal ganz andere Geschichten erzählen. Im Briefkasten zu Hause: die erwartete Vorladung, um Pflügler bei der nächsten Berufungsverhandlungssitzung Mitte Januar als Zeuge zu beurteilen, und bis dahin bleibt gerade noch genug Zeit, mich einer Entscheidung anzunähern. Er könne uns helfen, wenn er denn Lücken auffülle, versuche ich ihn zu locken, nützen könne er dem Gespräch dem Wissen über den Partisanenkrieg außerdem. Allein, er sagt nichts. Sieht lächelnd zum Fenster hinaus, schweigt, vor Stunden schon hat er auf ein Papier da liegt es noch immer und zwischen uns auf dem Schreibtisch geschrieben: Kein Mörder, nie.

Damals schon gewußt, Lebonja, daß jemandem wie Janez Šorl diese Niederlage niemals verziehen werden dürfe. Damit wiederum hatte Šorl leben müssen, und das müssen Sie noch heute. Schon die Tatsache, wie die Partisanen vor dem Massaker mit den Bewohnern des Hofs umgegangen waren, sagt mehr als genug. Sie hatten die höchstens in bezug auf einige Grundideen ähnlich, niemals gleichgesinnte Familie gegen deren Willen in ihre zweifelhafte Gemeinschaft einbezogen, was hätte der Familie, den anderen slowenischen Bergbauern der Umgebung anderes übrigbleiben sollen, dort draußen waren sie den Banditen ausgeliefert, wer nicht mitmachte, hatte dran glauben müssen. Die Banditen blieben oft viele Tage auf diesem Hof, ließen sich großzügig bewirten, Unterkunft geben, sie machten den Hof entgegen ihren eigenen strengen Konspirationsbestimmungen zu einem offenen Stützpunkt: das Todesurteil für die Familie am Hof. Der Hof war einer der wohlhabendsten der Umgebung gewesen, mit größeren Ländereien als die meisten, einem außerordentlich fleißigen und produktiven landwirtschaftlichen Betrieb, hier oben in übersichtlicher, strategisch günstiger Lage mit dem Blick auf Leppen, die Gipfel. Die Partisanen konnten sich dort sicher fühlen. Aber hätten natürlich auch jederzeit das Weite suchen können, wann immer sie es für nötig hielten. Die Bewohner des Hofes konnten das nicht. Sie gehörten zum Hof und der Hof zu ihnen, sie waren den Partisanen ausgeliefert einerseits, zu büßen andererseits würden sie auch als Unterstützer früher oder später für die Taten der Partisanen haben, sie wußten zuviel, und auch das wußten sie: Die Bäuerin selber hatte die Bande noch am Tag ihres Todes inständig gebeten, zum Schutz der Familie und der unschuldigen Kinder nicht unmittelbar vor dem Haus zu rasten, schlafen, singen, Lärm zu machen, nach Möglichkeit nicht mitten auf dem Hof. Sie bot ihnen eine Wiese am Hang unweit des Hofes an, eine Hütte, die als Stall dort stand, bot an, die Partisanen dort nach all ihren Wünschen zu bewirten, sie wurde ignoriert: Die Partisanen rasteten fröhlich singend grölend auf dem Hof zwischen den Wirtschaftsgebäuden und im vollen Bewußtsein des zwischen den Gebirgsspitzen hin- und hergeworfenen Echos, man konnte sie hören bis Koprein Petzen und Eisenkappel, man mußte sie hören und mußte früher oder später auf sie aufmerksam werden. Diese Rücksichtslosigkeit, die Bauern dort oben derart auszunutzen und dann hilflos auszuliefern, sich selber schnellst- und weitestmöglich aus dem Staub zu machen, sobald es nur für einen Moment eng werden könnte, vom Vater erklärt bekommen, Feigheiten dieser Art verdeutlichen, warum sofort nach dem Krieg im Verein mit der massiv beeinflußten Öffentlichkeit die Schuld an dem Massaker am Peršmanhof bis heute, stell dir das nur vor: bis heute, ohne daß die Anschuldigungen je nachgelassen hätten oder nur ansatzweise relativiert worden wären, ohne jede Einsicht, du wirst es nicht glauben, meiner Kompanie zugeschoben wurde. Sie schämen sich. Zu einem Eingeständnis jedoch sind sie nicht und niemals in der Lage oder bereit, Unbeteiligte anzuklagen und überall bei jeder Gelegenheit marktschreierische Lügen zu verbreiten, bereitet ihnen keinerlei Skrupel. Schon im siebenundvierziger Jahr: ein erstes steuergeldfinanziertes Denkmal in Sankt Ruprecht und zur Erinnerung an dieses angeblich von uns begangene Verbrechen, ein Denkmal, das, wie Sie vielleicht wissen, schon im Jahr, nachdem ich mit dem Vater dort oben gesessen hatte, von Unbekannten gesprengt wurde völlig zu Recht, beseitigt, um dann neunzehnhundertzweiundachtzig, ohne daß man etwas aus vorangegangenen Mahnungen und Ereignissen gelernt hätte, mit allem Pomp und glamourösen Zeremonien wieder errichtet zu werden an eben jenem Peršmanhof. Zur gleichen Zeit wie ein mit dreistesten Lügen bis unter das Dach vollgestopftes Museum, das man mit unglaublichem Theater und den ewig selben, inzwischen keinen Deut weniger haltlos herausgebrüllten Anschuldigungen und Denunziationen eingerichtet hatte in jenem enorm aufwendig, großspurig und klotzig gestalteten Neubau, der mit blind verpraßten Zuwendungen aus der eingeschüchtert kuschenden öffentlichen Hand, die andernorts dringend gebraucht worden wären: für Wahrheiten, der schutzlos ausgelieferten Öffentlichkeit zugänglich gemacht, nein: der Öffentlichkeit aufgezwungen worden war. In diesem Lügengebilde von Museum werden sämtlich denkbare Pauschalvorwürfe und historische Anklagen selbstverständlich ohne jeden Gedanken oder nur die geringste Besinnung wiederaufgegriffen und stumpf fortgeführt bis heute, was hätten denn Sie gedacht, in um so größerer Lautstärke wird darin gegen unsere Kompanie und sowieso noch jeden einzelnen Heimattreuen angeschrieen sowie hemmungslos heiser krakeelt per Pauschalurteil und Sippeninhaftnahme auch gegen alle anderen Heimattreuen der Umgebung, die Gelegenheit, mit den steuerlichen Mitteln der Allgemeinheit auf uns zu spucken, läßt man sich selbstverständlich nicht nehmen. Man hat schließlich gelernt und weiß inzwischen, wie man die Leute einschüchtern kann, allzu genau sollte man es bei einem Ziel mit den Fakten, die die Geschichte anbietet, nicht nehmen. Und so ist eben jener Peršmanhof, an dem wir trotz aller Bemühungen zu spät anlangten, schon bald nach dem Krieg zu trauriger und äußerst zweifelhafter Berühmtheit geraten, nachgerade zu einem Fanal geworden, zu einem der eindrücklichsten Beispiele jener zahllosen Ungerechtigkeiten, die aus reiner Bosheit ausgelebt werden jeden Tag aufs neue, mit denen sich insbesondere die so verdienstvollen ehemaligen Abwehrkämpfer und ihre Nachkommen sowie die Heimkehrer beider Weltkriege hilf- und völlig schutzlos konfrontiert sehen müssen, wenn ihnen Dinge angelastet werden, die sie nie getan haben oder getan haben abzüglich aller Übertreibungen Lügen Erfindungen, um die deutsche europäische Heimat zu verteidigen vor ihrem andernfalls sicheren Untergang. Und dennoch: Seit dem Tag des Kriegsendes läßt die Rattenplage von sowohl alle Medien als auch die restliche Gesellschaft rücksichtslos wie eh und je infiltrierenden Kommunisten und Partisanen ohne nur die geringsten Skrupel, hingegen mit enormem medialen und moralischen Aufwand sowie der Unterstützung bisher noch aller Bundes- und Landesregierungen, sämtlicher einflußreicher Kreise in Politik Gesellschaft Wirtschaft die Schuld am Massaker am Peršmanhof uns zuweisen, meiner Kompanie, den Verdienstvollen um den Schutz jener, die uns heute kollektiv anklagen, nachdem sie sich ins wohlige Nest der Nachkriegsverwöhnten hatten setzen können, das allein wir ihnen bereitet haben, indem wir ihnen den Kommunismus und die angloamerikanische Herrschaftsfuchtel vom Leib gehalten haben dauerhaft. All das, obwohl wir doch mit unseren eigenen Augen ganz anderes gesehen haben und gesehen haben, Lebonja, was wirklich geschehen ist. Die Geschichtsschreibung hat rein gar nichts gesehen, wir hingegen alles, sonderlich viele Kommunisten Partisanen sind ja nicht lebend übriggeblieben, die wenigen, die sich feige haben durchmogeln können, werden bis heute nicht müde, uns gerne von den hohen Universitätslehrstühlen aus mit allem Rückhalt aus Wien und unter dem Schutz des so allgegenwärtigen wie allzeit bedrohlich über uns schwebenden und unablässig massenmordenden Titostern alles Übel der Welt und insbesondere noch jedes einzelne Übel des Zweiten Weltkriegs unbesehen in die Schuhe zu schieben. Die Macht, die Schliche der wenigen, denen man sich auszuliefern hat, unfaßbar. Tito ist tot, längst tot, ja, nicht einmal Jugoslawien gibt es noch, Sie hätten recht, würden Sie es erwähnen, Sie haben es erwähnen wollen, hätten es getan, hätte ich Sie gelassen geben Sie es zu nicht wahr, ich lasse Sie nicht, aber keines von beidem, weder Titos Tod noch derjenige Jugoslawiens, ändert irgend etwas. Bis heute sind wir der von Lügen verbogenen Öffentlichkeit rücksichts- und völlig straflos ausgesetzt, ihren unablässigen Vorwürfen: Bis heute stehen wir ohne jede Verteidigungsmöglichkeit oder sonstigen Schutz gegen all die Diffamierungen da, beziehen sich diese nun auf den Peršmanhof, auf den Partisanenkrieg allgemein, auf den Zweiten Weltkrieg oder nur unser Ulrichsbergtreffen, Lebonja, einer endlosen Reihe von im Grunde unfaßbar dreisten Vorwürfen aus Wien und Belgrad Agram Laibach und London Moskau Genf Brüssel Rom Bonn Paris New York Jerusalem und woher sonst noch, das weiß ich alles gar nicht wie denn auch. Den Vater vom Baumstumpf aufstehen beobachtet, sichtlich erschüttert. Ihn am ganzen Körper zittern gesehen, lange Zeit konnte er sich gar nicht wieder beruhigen. Zitternd ging er einige Meter von mir weg und ging dann auf und ab vor mir her mehrere Male, hochrot im Gesicht und nach wie vor sichtbar aufgewühlt. Sehr aufgewühlt, setzte sich wieder und neben mich, bebend vor trauriger Erregung, flüsternd: Vorwürfe. Die sich in der von aller völlig unbeteiligten Welt gründlich abgesicherten moralischen Obhut des weltumspannend alles und jeden rücksichtslos ungefragt knechtenden Antifaschismus. Im Großen fruchtbar zu machen und so schnell zu vermehren in der Lage gewesen sind wie ansonsten nur die seit Urzeiten hartnäckig grassierenden und dank aller nur erdenklichen internationalen Unterstützung sowie weltweiten Anerkennung und Ermunterung einfach nicht und trotz aller Bemühungen aus der Welt zu schaffenden slowenischen Privilegien hier vor Ort, im Besonderen, hörst du. Die Privilegien wohlgemerkt, hören Sie, Lebonja, einer Minderheit in einer ursprünglich und doch eigentlich reindeutschen Heimat, flüsternd: Immer und immer wieder sind wir, das muß man sich einmal vorstellen, in den Schmutz zurück getreten worden infolge eines jeden einzelnen

Versuchs, dem Schmutz nur ansatzweise zu entkommen, aus dem Schmutz aufzusteigen ein für alle Mal, völlig hoffnungslos: immer wieder sofort zurück getreten worden. Auf die möglicherweise unterstützende und regulierende Weitsicht der wenn auch illegalen britischen Besatzungsmacht hatten wir nach dem Krieg in diesem Fall zu hoffen gewagt, nicht einmal, hörst du, von dieser Seite aus, haben wir Unterstützung erhalten, und dies noch nicht einmal, stellen Sie sich nur vor, Lebonja, nach jenem Geständnis, das schließlich einer der Überlebenden des Massakers einem meiner Kameraden gegenüber machte und wohl auch machen mußte, um sein Gewissen zu erleichtern: Einer derjenigen Männer, die er auf sich schießen gesehen hatte, habe Lederbekleidung getragen, und Lederbekleidung hat es damals bei uns ganz sicher keine gegeben, höchstwahrscheinlich war sie von den Briten für die Partisanen aus der Luft abgeworfen worden. Bewiesen ist damit eindeutig und ohne Widerspruchsmöglichkeit, daß Partisanen die Täter waren, bewiesen damit außerdem, daß es sich bei unserem angeblichen Überfall auf den Peršmanhof um ein Familiendrama gehandelt haben muß, bei dem wahrscheinlich Frauen eine Rolle gespielt haben, Alkohol vermutlich außerdem, die Frauen der Partisanen waren ja auch nur Frauen, die Partisanen selber nur Männer und Menschen letztlich, die Peršman zudem eine hübsche Person. Weggelaufen sind sie, sobald sie fertig waren, sobald sie uns auf dem Hang über dem Hof gehört hatten, zurückgelassen hatten sie das Schrekkensbild. Ein lupenreines Geständnis, endlich eine Wahrheit, sie hat, Lebonja, ahnen Sie es schon: niemanden jemals interessiert. Statt dessen konnte vom Tag des Kriegsendes an mit einem sich über Jahrzehnte erstreckenden, unfaßbar hysterischen Eifer und manischer Denunziationslust ein seinesgleichen suchender Presseaufwand betrieben werden, mit dem man nichts als zu vertuschen bemüht war, wie wenig man sich selber je hatte erklären können, warum nun genau die Partisanen am Peršmanhof noch kurz vor dem doch absehbaren Kriegsende untereinander ein derartiges Blutbad angerichtet hatten. Die instinktiv bestialische Willkür des Kollektivs, gut, das liegt nahe, aber was treibt den Einzelnen dazu, in einem solchen Moment derartiges und derartige Feigheiten anzurichten, das hat hier niemand je verstanden. Man weiß ja nie so genau, was sich hinter solchen Dingen im Großen und für uns völlig uneinsichtig verbirgt, was weiß man schon, was darf man schon wissen, selbst wenn man die Fakten nur allzu genau kennt. Zuzeiten hält man sich am besten heraus aus derlei und denkt sich jenen Teil, den man besser weiß, wenigstens auf diesen Teil, den man sicher weiß über das, was geschieht und geschehen ist, kann man sich verlassen, auf was denn schon sonst, heraushalten allerdings kann man sich nicht immer. Seit Jahrzehnten weiß man überall in der Umgebung, daß die Partisanen die Peršmanfamilie im Stich gelassen haben, als es darauf ankam, als es ihnen notwendig erschien und aufgrund des nahenden Kriegsendes wahrscheinlich, daß sie die zuviel wissenden Peršmanleute nicht länger würden brauchen können. Daher haben sie sich bei der erstbesten Gelegenheit der lästigen und über die Verbrechen der Partisanen Bescheid wissenden Bewohner des Hofes entledigt. Die sogenannten Historiker, deren Forschungen und vermeintliche Wahrheiten, wissen Sie, Tone Lebonja, brauche ich nicht dazu, um mir dessen sicher zu sein. Die zahllosen verlogenen Partisanenverbände ebensowenig: Nach wie vor sind die Partisanenverbände an keinerlei Aufklärung interessiert, verweigern jede Zusammenarbeit zur Aufklärung der Umstände Vorgänge, das wundert Sie nicht, Lebonja, nicht wahr, mich auch nicht. Die Wahrheit über die Mörder soll weiterhin verschwiegen werden, wie so oft, verständlich. Daher auch ein solcher Presseaufwand, die enorme Hysterie und Empörung gegen die schockierenden Enthüllungen meines Kameraden über das Geständnis dieses einen Überlebenden des Hofes, die mehr als offensichtlichen Bestrebungen, alle in eine solche Richtung verweisenden Erläuterungen, Enthüllungen zu verhindern, die Wahrheit zu verheimlichen immerzu. Letztlich wurde mein Kamerad unter für alle Beteiligten unwürdigen Umständen dazu gezwungen, seinen Standpunkt vor Gericht zu revidieren. Wie immer dasselbe: vor einem Gericht, das dem hypnotischen Zauber einer so widerwärtigen wie einflußreichen Gedenkpropaganda von Banditen und Wegelagerern noch Jahrzehnte nach dem offiziellen Kriegsende hilflos erlegen ist und nur den besten Beweis darstellt für den enormen Grad der Slowenisierung unserer deutschen Heimat auch heute noch und immer schon. Bedauerlich und erschreckend, nicht wahr, gefragt worden. Genickt auf meinem Baumstumpf neben dem Vater, traurig und hilflos, ein Kind noch, neben dem Vater geschwiegen, was hätte ich sagen sollen und was anderes als das, was ich heute zu sagen habe. Nichts anderes. Unser Vater hatte alles gesagt, von unserem Vater alles gehört: bedauerlich und erschreckend nicht wahr, Lebonja, gehört: All das mußt du dir merken. Das tat ich, aber sagen Sie, Lebonja. Was denken Sie nun darüber, über all das.

Anfang Dezember sitzt Mara Kogoj im Büro, als ich eintrete am frühen Morgen, Kogoj: Wer kommt als erstes, ich winkte ab, stand auf, als Lebonja Pflüglers Namen nannte. Es bleibt gerade noch Zeit, sie auf einen Nachmittagsspaziergang nur ein paar Straßenzüge weiter festzulegen, vereiste Straßen, über zugefrorene Teiche, ein Stück weit hinauf zu wandern, an der Sternwarte vorbei, in den verschneiten Wald, als Pflügler schon hinter Lebonja in der Tür wartete. Geht es los, fragt er, Wann geht es los, will er wissen, er begrüßt die an ihm an uns zwei Spielkameraden vorbei in den Flur hinaushuschende Kogoj, freundlich und erfreut, beglückwünscht sie zu ihrer Rückkehr, sagt: Vier Wochen, er hoffe doch sehr, daß es ihr gutgehe, das tue es. Am Nachmittag also dort, haspele ich, sie nickt. Pflüglers Bengelgrinsen ignoriert, sein grinsendes: Dann also bei den Eislaufteichen, seinen freundschaftlichen Ellbogenhieb beiseite und Pflügler in den Raum geschoben: Zwei Spielkameraden, am Nachmittag Mara Kogoj gegenüber erklärt und am Nachmittag darüber wohl nur zu Recht ihr: Wirklich grauenhaft, geerntet. Im Büro, wir sind alleine, Pflügler am Tisch auf seinem Stuhl wartet er auf mich und beginnt zu sprechen und beginnt ohne jede Vorwarnung das zu berichten, auf was wir gewartet haben seit Wochen, Pflügler beginnt: Warum erzähle ich Ihnen all das überhaupt. Vom Brandstifter Kall zum Beispiel nun, warum. Von Šorl, von unserem Vater, meiner Familie, warum erzähle ich Ihnen all das und erzähle Ihnen zuweilen überhaupt irgend etwas. Ihr peinliches Betteln über Wochen, und heute endlich sogar von der Zeit unseres Vaters in den Karawanken: Sie haben ganz richtig gehört, beteuert Pflügler und redet: Warten Sie ab, ich will Ihnen verraten, warum. Ist das Tonband schon an, haben Sie das Tonband schon angeschaltet, aber das habe ich noch nicht, und Pflügler: So setzen Sie sich doch. Denn warum komme ich her immer wieder und erzähle Ihnen von alldem und überhaupt noch irgend etwas nach all der Zeit. Weil ich mich langweile, was denken Sie, und denken Sie etwa das. Sie haben sich doch sicher längst Ihren Teil dazu gedacht, vielleicht sollte mich interessieren, was Sie sich dazu aufgeschrieben haben seitenweise sicherlich irgendwo, aber es interessiert mich nicht. Sie notieren sich da etwas, glauben: Das könnte es sein, damit hätten Sie verstanden, aber ich versichere Ihnen: Das kann es nicht sein, Sie haben rein gar nichts verstanden. Warum also nach Ihrer wochenlangen Bettelei nun endlich auch von der Zeit unseres Vaters in den Karawanken, denn was Sie gehört haben im Gespräch bisher: Ausschnitte einer Reihe über Jahrzehnte hinweg ungerecht erlittener Niederlagen einer Mehrheit gegen eine Minderheit: eine befremdliche, erschreckende Kontinuität unaufhörlicher Demütigungen, Versuche ungerechtfertigter Einfluß-, Über- und Inbesitznahmen, fremder Unterwanderungen, brutaler Herrsch-, Raff- und Rachsüchte, gegen die wir uns in jedem Moment zur Wehr zu setzen hatten und noch immer haben nach unseren Möglichkeiten. Die Volksabstimmung ist uns auf diesem Weg von Beginn an ein steter Begleiter, die denkbar demokratischste Tradition gewesen, doch niemals würde sich der Feind, mit dem wir es hier zu tun haben, von derlei Demonstrationen des Volks- und Mehrheitswillens in die Schranken weisen lassen. Ein Ereignis in dieser Reihe fehlt noch. Es hat einmal mehr mit meinem Vater zu tun und diesmal mit meinem Vater in den Karawanken, Sie haben es hören wollen und wollten es hören über Wochen hinweg, ich werde Sie es hören lassen, aber hören will auch ich etwas, warten Sie ab. Dieses noch ausstehende Ereignis zeigt sehr bündig auf, mit wem wir es hier nun eigentlich zu tun haben. Sehen Sie das nicht auch so: Die angesichts dieser Kontinuität jederzeit unerläßliche Notwendigkeit einer geschlossenen heimattreuen Gegenwehr, Sie stimmen mir zu, nicht wahr, sagen Sie doch. Jenes am meisten sagende Ereignis steht immerhin noch aus, das haben Sie noch nicht gehört aber doch so lange schon zu hören erhofft. Sie würden es sehr gerne hören nicht wahr, aber hören würde auch ich sehr gerne etwas: Sagen Sie Lebonja, sehen Sie all das nicht auch so, stimmen Sie mir in dieser Sache nicht zu: Wir müssen uns wehren, jederzeit, nicht wahr. Wissen Sie: Von all den Karawanken-Erzählungen unseres Vaters jene Erzählung am häufigsten erzählt bekommen, am meisten gemocht: von den schrecklichen Ereignissen am Peršmanhof nahe Bad Eisenkappel, sie werden längst schon einmal davon gehört haben irgendwann irgendwo, am vierundzwanzigsten oder fünfundzwanzigsten April fünfundvierzig, ganz kurz vor Kriegsende also. Sie steht beispielhaft für all das, begriff ich viel später und weiß ich heute, gegen das wir mit friedlichen Mitteln nicht ankommen können, sehen Sie das nicht auch so. Das ist auch Ihre Meinung, Tone Lebonja, nicht wahr: Ansonsten kann man nichts ausrichten, was denn schon, stimmen Sie nicht zu. Was sollen wir ausrichten oder je tun, überlegen Sie sich, was Sie davon halten, wenn Sie noch etwas hören wollen und nun diese Geschichte hören wollen, was denken Sie also Lebonja mich von der Klinke gelöst, zum Tonbandgerät gehastet, Pflügler reden gehört und reden lassen zugleich jene ersten Worte, die das Tonband noch nicht mitgeschnitten hatte, aus dem Gedächtnis abgeschrieben Kogoj wird es nicht glauben, gedacht, sie wird es nicht abwarten können das Band zu hören, und das hier nun jemals zu hören, hätte sie sicher nicht erwartet. Abwarten kann ich schon jetzt nicht mehr: ihr das Band vorzuspielen, meinen Beweis: Das Spiel funktioniert, denn Pflügler hat nachgegeben, und Pflügler erzählt. Pflügler hastig nachgeschrieben und geschrieben vor Aufregung kaum zugehört währenddessen bemerkt: Er füllt bereitwillig unsere Wissenslücken auf und berichtet nun all das von seinem Vater, was wir nicht wissen was uns gefehlt hat bisher, vor Aufregung nur am Rande registriert: Pflügler fragt mich etwas und fragt mich nach der: Notwendigkeit möglichst geschlossener heimattreuer Gegenwehr gegen irgendwas und was auch immer: seine Bedingung, sehr gerne. Beim Tonband und mit dem Tonband bin ich schon längst draußen bei Mara Kogoj, hier Pflüglers Frage und dort der Nachmittag mit Mara Kogoj an den Eislaufteichen Pflügler will auf etwas hinaus und will mir etwas abringen: ein Zugeständnis offenbar. Ich stimme zu um ihn zu hören, es kostet mich nichts: genickt, bejaht, abgesegnet: die Notwendigkeit geschlossener heimattreuer Gegenwehr, sehr gerne, damit es weitergeht, das gehört sich so, ich sage so sicher. Unaufgeregt wie möglich etwas Bejahendes. Und noch einmal, damit er nur fortfährt und rasch berichtet, was es zu berichten gibt, ich will zuhören nichts sonst, wiederhole und wiederhole ein weiteres Mal ehrlich bemüht und geduldig meine Antwort: Eine solche Gegenwehr sei dringend nötig, heute, gestern, jederzeit, bereitwillig bestätigt: Er habe unbedingt recht, denn ausrichten könnte man ansonsten rein gar nichts, er habe recht mit alldem, ich wolle zustimmen, er solle berichten. Er zögert, fährt. Stockend fort. Nimmt zögerlich an Tempo auf und an Form immer mehr, ihm. Das aus der Erinnerung noch Fehlende nachgeschrieben und. Aus der Erinnerung heraus das bißchen Erinnerte abgeschrieben, Pflüglers Zufriedenheit über meine Bestätigung hinzugemalt geschrieben das Spiel funktioniert und funktioniert genauso wie ich es will: ein Zugeständnis meinerseits eine Erzählung seinerseits nichts weiter und was wir jeweils zu tun haben, wissen wir beide sehr gut es funktioniert: Pflügler spricht und fordert gelegentlich, ich segne ab und bejahe, Pflüglers Bedingung von mir aus sehr gerne für nur irgend etwas, ich nicke alles ab, denn das Spiel funktioniert, das soll es auch, und Pflügler füllt auf, er beginnt: Wir gingen ein Stück weit den Weg hinunter, meine Hand in der des Vaters, um von einer anderen Stelle aus über die Gipfel zu sehen, ich finde es schön, Tone Lebonja, daß Sie mir vertrauen. Ist das Ding noch eingeschaltet. Nimmt es noch auf, hören Sie: Vielleicht zweiundfünfzig, vielleicht etwas später mit dem Vater zusammen wenige Meter östlich von Eisenkappel, in etwa vom Riepl-Wirt aus über die Gipfel gesehen bis weit, gut sechzig Kilometer weit kann man schauen von dort aus an klaren Tagen. Am Morgen des vierundzwanzigsten oder fünfundzwanzigsten April, wenige Tage vor Kriegsende, befand ich mich mit meiner Kompanie auf einem unserer letzten Patrouillenwege: vom

Vater als vielleicht Siebenjähriger und also etwa zweiundfünfzig während dieses Waldspaziergangs berichtet bekommen. Eben hier in den Bergen und Wäldern östlich von Bad Eisenkappel waren wir unterwegs, wir kamen von Koprein Petzen, das war unsere Strecke, wie üblich, und genau hier, berichtet bekommen, haben wir Rast gemacht auf eben diesem Baumstumpf ausgeruht einige Momente, die Stille genossen, und Pflügler beginnt. Mara Kogojs ausweichender Blick am Morgen: kein Wort darüber, wo sie gewesen war, was sie getan hatte vier Wochen lang, ihre Worte zu diesem Blick am Nachmittag:

Falls du ihn durchkommen lassen solltest. Ist das ein Fehler, weißt du das. Du sollst wissen, ich habe ein ganz schlechtes Gefühl bei alldem, ein Gefühl über vier Wochen. Wir waren uns begegnet, nahmen den Weg von den Teichen den Hügel hinauf durch das eintreffende Halbdunkel oben der Wald, der Schnee, ein schöner Weg, ein eisiger Dezembernachmittag oberhalb des Eislaufteichs steckte ich meine Hände in die Jakkentaschen und fand in meiner rechten Jackentasche Lebonjas linke Hand vor erschrocken nach vier Wochen im ersten Moment, bemüht ruhig den Blick: über den Teich dort unten und die einschlafende Stadt nicht weit von uns, über die Karawanken im Süden über Lebonja neben mir, und Kogoj: Ein großer Fehler, solltest du ihn durchkommen weitermachen lassen wie bisher und versäumen, mit deiner Aussage zu verhindern, daß er womöglich freigesprochen wird noch viel schlimmer: recht bekommt. Sie beobachtet mich von der Seite, weil ich sehen wollte, was er dachte, und wissen wollte, wenigstens einmal auch wissen, was er tun würde und denken könnte. Ich jedenfalls, flüstert Kogoj: Wüßte, was ich zu tun hätte. Wäre ich vorgeladen, und du. Sind es nun Pflüglers: psychische Probleme. Traumata. Symptome von Schizophrenie. Gottähnliche

Erscheinungen. Angeblich mystische Visionen. Reue-, Bußanflüge. Wahnzustände. Todes- und Foltersehnsüchte. Schlachtvisionen. Angstanfälle. Chronische Paranoia. All das von mir aus sehr gern. Aber was bleibt davon. Oder ist es sein nur allzu bereitwilliges Mitsingen und sein Weitermalen eines ihm zwar gegebenen. Aber freiwillig angenommenen plausibel erscheinenden Bildes, ganz unabhängig davon, keucht Mara in der Kälte. Was du nun tust, Lebonja, sie unterbricht sich, ich fuhr fort: Ach was, laß uns über etwas anderes reden, Lebonja, in Ordnung oder. Besser gleich gar nicht mehr reden, was denkst du: nie wieder reden. Sie schnappt nach Luft und schlittert dem Ufer entgegen, ruft mir zu vom Ufer aus auf den Teich: Ich kann ja kaum atmen in der Kälte geschweige denn reden, an seinem Arm flüsterte ich: Doch unabhängig davon, Lebonja, ich klammerte mich an ihn, während wir gingen und rutschen auf dem Eis, ruft sie mir vom Ufer aus zu: Was du tust und was auch immer du jetzt tun wirst. Wir versuchten, über den Teich hinweg an das andere Ufer zu gelangen, Kogoj: Ehrlich gesagt beängstigt mich diese Sache zusehends. Stolperten in Halbschuhen und stürzten beinahe, wurden lautstark vom Teichufer aus aufgefordert, nicht in Straßenschuhen das Eis zu betreten, die Eislaufenden zumeist Kinder nicht zu stören, ihnen nicht im Weg zu stehen oder durch ihre Fahrtwege zu tapsen, vom Ufer aus ruft sie: Inzwischen, flüsterte ich, hakte mich bei ihm ein, ich konnte ja kaum stehen geschweige denn gehen auf dem Eis, Lebonja hielt mich: Befürchte ich, daß er doch noch durchkommen könnte. Wir suchten unseren Weg vom Eis herunter, wir fanden ihn, wir fielen auf eine Bank nebeneinander und klopften uns gegenseitig den Schnee von den Schultern. Kogoj, nachdem auch ich meinen Weg von der Eisfläche herab gefunden und die Hälfte des Teichs umrundet habe, um auf ihre Seite des Teichs und zu ihr neben sie auf die Bank zu gelangen, Mara Kogoj neben mir auf einer Bank: Und durchkommen, egal wie. Sag, Tone Lebonja. Oder soll ich Janez Šorl sagen, damit du dich angesprochen fühlst. Ich hatte doch geahnt: Mir war etwas verborgen geblieben, und Kogoj: Warum tust du dir das nur an. Denn natürlich kenne ich keinen Janez Šorl. Ich habe nie einen Janez Šorl gekannt, wie kommst du nur darauf: daß es diesen Janez Šorl geben könnte, und Kogoj: Lebonja, Šorl, wie auch immer, wie darauf: Pflügler so sehr zu glauben und recht zu geben, und recht gibst du ihm schon dann, wenn und weil du nicht widersprichst: sein Zuhörer bist und niemals etwas anderes, Kogoj: Mehr braucht er nicht von dir: dein reines Zuhören, deine Zustimmung zugleich. Nur, wenn jemand nicht zuhört, befindet sein Reden sich im Stillstand, dein Zuhören besitzt er und: dich zugleich. Deshalb funktioniert sein Gespräch bei und mit mir nicht, erst wenn er dich und dich allein als das schweigende Tonband ganz für sich hat, niemand mehr weghört, kann er sich dessen sicher sein. Deshalb will und will er einfach nichts erzählen von seinem Vater in den Karawanken: Das könnte er nur mit dir allein. Nur du würdest ihm alles und ohne jeden Widerstand die ganze Erzählung abnehmen und aufnehmen und zuhören ohne jeden Einspruch. Bei mir dürfte er sich dessen nicht sicher sein, ganz im Gegenteil: Schon wegzuhören bedeutet einzuschränken. Er wartet ab, Lebonja, bis er dich ganz alleine und dich nur für sich hat ohne mich. Aber vielleicht ist all das ja längst bereits geschehen, Kogoj: Es gibt so etwas wie Stille nicht, Lebonja. Pflügler hat diesen Janez Šorl nur für. Hat Šorl nur gegen dich erfunden, du läßt ihn gewähren. Spricht er von Šorl, spricht er von Lebonja, und in beiden Fällen spricht er von niemand anderem als dir. Gerade im Spiel, ein Spiel also: Der Name Šorl schließt den Namen Lebonja ganz automatisch ein, wenn Pflügler Šorl sagt, meint er Lebonja und also sein konsequent schweigendes Gegenüber. Er hat dich längst als Janez Šorl erkannt und als sein Opfer seit Jahrzehnten: eine schöne, weitere Kontinuität, das wird ihm gefallen: Als Kind hat er dich vollkommen im Griff gehabt: Šorl, Lebonja, wen auch immer, wie er wollte, weißt du nicht mehr, eher körperlich. Heute: allein schon indem und weil du ihm zuhörst und nicht und niemals widersprichst, weil du ihm glaubst und ihn das wissen läßt mit jedem Moment und mitspielst, als ginge dich Janez Šorl rein gar nichts an. Als Kind hat er dir beigebracht, was wie zu sein hat. Heute flüstert er dir über Wochen und Monate ein, was wie gewesen ist, und spricht, Lebonja, von dir. Verlassen kann er sich dabei auf dich, Kogoj: Wenn dies aber richtig ist. Eine nachvollziehbare, erkennbare und überprüfbare, letztlich sogar nachweisbare Kontinuität und eine genuine, angeborene Kontinuität zweier Verhaltensweisen eines natürlichen Schemas anstatt einfach nur eine Behauptung. Dann wäre Pflügler nicht einmal ein Lügner. Nicht wahr, grundsätzliche Aufnahmebereitschaft, Verbalideologie und Ideologie in Aktion berufen sich auf die exakt selbe Basis, wie wir gelernt haben und heute wissen, wenn ihr zueinander selbst nach Jahrzehnten noch so deutlich verteilt seid unveränderbar, als wäre euch diese Verteilung angeboren. Dann wäre er streng genommen nicht einmal ein Lügner, dein Bedürfnis während des Zuhörens: derlei Kontinuitäten Naturgesetze aufrechtzuerhalten, ihnen als Zuhörer zu Dauer zu verhelfen und dem Klang zum Lärm, so kannst du dir sicher sein: Wohin du gehörst, deine einzige Korrektur: Die Rolle des so vergangenen wie noch immer gegenwärtigen Opfers für ausschließlich dich zu reklamieren und zu drängen in eben diese Rolle aus Eifersucht, Šorl dort zu vertreiben und Šorl zu sein auch in Pflüglers Augen, genau dort will Pflügler dich haben. Das wäre dein Spiel und dein Spiel daher nur scheinbar, ich kann es dir auswendig hersagen: warum ein Spiel zu nichts und niemals irgendwohin führt, nichts lieber als das, ich tue es nicht. Gerade im Spiel aber, meinst du so ein Spiel: ein Vorgehen mit und gegen Pflügler, das nichts will und rein gar nichts will, nicht einmal so etwas Banales wie Rache: Pflügler ein wenig beobachten allein und ein wenig Beobachtetes aufschreiben, ihm zuhören, ihn gewähren lassen, und so ein Spiel, ein Versuch und ein Strukturversuch von mir aus die Gliederung von allem möglichen und aber ohne jede Bedeutung: Sie gliedert nur und sagt nichts über die einzelnen Teile, Kogoj: Wenn nicht noch irgendeine andere Idee auftaucht, ist das alles, was ich über Struktur zu sagen habe: das erklärtermaßen: meisterhafte Exerzitium des distanzierten, daher passiven Blicks auf die Sache und ihr Verständnis immerhin, nichts weiter, aber was nützt es schon: Wenn Schuld und lückenhaft ausblendendes Erinnern zwar Themen sind, aber kein bißchen mehr, allenfalls Pflüglers Themen allein: ein Fehler, Kogoj: Solange nichts folgt oder nicht genug. Denn der Stille zweite Gefahr für ein Tonband: Pflüglers Möglichkeit, einem nur allzu schlachtbereiten selbst dargebrachten Zuhöreropfer, das auch noch historisches Opfer ist, vortragen zu dürfen in voller Länge und ohne jedes Gegenwort, wie und was er will: jemandem ins Gesicht, der etwas völlig anderes zu berichten hätte, wenn er nur wollte. Und du hättest allen Grund dazu, aber: nicht einmal Stille bisher, dabei gibt es so etwas wie Stille nicht, Lebonja oder Šorl, das kann es gar nicht. Etwas geschieht immer, das einen Klang erzeugt, und Pflügler klingt für dich mit, wenn man so will, das ist vermutlich kaum je anders gewesen und anders gewesen nicht einmal während zweiundvierzig Jahren deines Weghörens, Lebonja, eine Illusion: das Aufrechterhalten der Stille zum Selbstschutz ohne getroffen zu werden. Zu sehen, wie sehr du daran glaubst, daß es funktionieren könnte, wie sehr du ihm glaubst, dreht mir seit Wochen den Magen um, doch was schon, Lebonja. Geht mich all das an. Pflügler sicher rein gar nichts, was, Lebonja, gehst du mich schon an. Aber der Gedanke ist da, Lebonja, und gekommen über vier Wochen, er ließ und läßt sich nicht vertreiben, der Gedanke: Genau dies will Pflügler mit seinem Geschwätz, das will er: nichts anderes als dich und deinen Blick auf das, was war und sein könnte: ein Konsenszustand im besonderen, dessen marmorne Konkretisierung im allgemeinen sich auf den ersten Blick erschließt, wenn man nur einmal mit offenen Augen durch die Stadt geht und sich umschaut falls es irgendwo in der Stadt an einem nicht vollkommen peripheren Ort doch tatsächlich einen Gedenkstein für die Partisanen oder die Opfer des Nationalsozialismus geben sollte anstatt ausschließlich zu den kruden Ehren der: Abwehrkämpfer, Volksabstimmungsteilnehmer, gefallenen deutschen: Soldaten, im: Bombenkrieg umgekommenen Zivilisten, meinetwegen auch der: Verschleppten, ziehe ich alles sofort zurück, und Kogoj: Glaubst du, irgend etwas wird je helfen. Alles, was du und wir, wir beide, Pflügler bisher entgegenzusetzen wissen, sind ein paar Begriffe. Eine Spielerei, gesagt: Ein Opferspiel, gefragt: Tatsächlich nicht mehr, gesagt: Stille trotz unserer Gewißheit, nein dieser einzigen Sicherheit ausnahmsweise: es selber zwar nicht ganz genau, aber doch viel besser zu wissen. Vielleicht sollte mich das alles tatsächlich nicht interessieren, das hat es lange genug nicht getan, es hat funktioniert. Was geht mich all das schon an, und was geht mich schon unser Gespräch an. Lohnarbeit, nichts weiter, gesagt: Ich bin nur da, denke zu Hause, wenn überhaupt, vergiß es also: Warum eigentlich, flüstert sie neben mir auf der Bank. Sieht zur Seite. Die Hände tief in den Manteltaschen: Sollte mich interessieren, wie es dir oder mir oder sonstwem bei alldem geht. Wenn Pflügler berichtet, was er berichtet und schwätzt, mich selber unterbrochen: In Ordnung, gesagt: Ich höre schon auf damit. Ich halte mich nicht für persönlich involviert, und also neben Lebonja auf der Bank das Thema zu wechseln versucht: Erzähl du mir statt dessen etwas, wenn du magst, und dann doch nur wieder: Erzähl mir doch einfach von heute morgen, gesagt und: Was hat er heute wieder von sich gegeben, nachdem er uns zwei da stehen und uns verabreden hatte beobachten dürfen, was hat er gesagt, worüber habt ihr gesprochen nun.

Ich weiß nicht, ob Lebonja mich reden gehört, und wenn: was ihn davon erreicht hatte. Er hörte auf, hin und her zu rutschen, und grinste, hatte offensichtlich schon eine ganze Weile darauf gewartet, daß ich fertig wurde, hatte etwas zu sagen und wollte es unbedingt loswerden, das war nicht zu übersehen, und Lebonja, kaum daß Kogoj endlich fertig wird: Du wirst es nicht glauben, aber du hast recht, ich sage: Er hat es tatsächlich erzählt, heute morgen erst, und erzählt hat er es nur mir. Aber willst du es hören, frage ich Kogoj. Hole das Tonband vom Morgen aus der Manteltasche, Startknopf, los, und Lebonja ließ das Tonband vom Morgen in seinen Händen laufen, los ging es, wir hören zu:

Ich tauche wieder auf und zum dritten Mal wieder auf an einem Septembermorgen. Unser Jahr und Gespräch verengen sich auf ein Ende hin und seit jenem Dezembernachmittag auf einen einzigen unausweichlichen Moment, ein Monolog steht noch aus und eine Korrektur, ich sollte sie vornehmen. Meine Versuche über zehn Monate woanders andere Wege zu gehen im letzten Moment auszuweichen ich weiß nicht wohin und Versuche, mich wie seit Jahrzehnten schon zu wagen allenfalls an viel kleinere Dinge nichts weiter und niemals an eigene Sicherheiten sie scheitern: Mich nahe Triest an vier trüben Januartagen hintereinander aberwitzig hoffnungslos in den Hügeln nahe der slowenischen Grenze verlaufen und nahe Triest auf der Suche nach einem direkten Fußweg hinunter nach Miramare jeweils in einem Schulbus aufgeben müssen, den ich abfing zur jeweils selben Zeit am selben Ort. Der Fahrer brachte mich lachend hinunter ins Tal an die Promenaden und ließ über die Lautsprecher lachend auf italienisch: die lärmend reisende Kinderschar im Bus sich täglich ein bißchen mehr in mich absonderlich irrende Person verlieben. In Triest selbst den Hafen nicht wiedererkannt über Wochen und auf der von allem verlassenen Mole drei eisige Januar- und vier mildere Februarwochen lang jeden zweiten Morgen umgeben von Leerstand und Abriß-, spürbar ziellosen Neubaustellen verbracht, hartnäckig aufgewacht mit den letzten Resten Hafenbetriebsamkeit zusammen an jedem zweiten Morgen während Spaziergängen über die Mole unser beider Hängen an besseren Zeiten. Den alten Hafen auszumachen versucht in dem maroden Küstenstrich vor der Stadt, den Resten Habsburger-

Paläste und dem vierzigjährigen Dasein als grobes Fadenstück fest eingewoben in den Stoff des: Eisernen Vorhangs. Drei März- und Daunenjackenwochen so sicher gewesen, daß es irgendwo anders in der Stadt noch denjenigen wuchernden Hafen geben müsse, den ich zu kennen geglaubt hatte, und erst auf Nachfrage aufgeklärt worden: Nicht weniger als fünfzig Jahre Stillstand waren vergangen seit meinen letzten Besuchen als Kind. In Triest dann mehrmals angestrengt Italien gesucht und immer wieder nur Wien aufgefunden in den Kaffeehäusern, die viel mehr Wien sind als Wien je Wien sein könnte, Zigaretten anzuzünden versucht mitten im Raum und sofort und endlich den Hinweis erhalten: Ich war zum Glück in Italien. In Venedig ein ganzes Aprilwochenende lang nicht in der Lage gewesen, mit den nördlich der Hauptinsel und über Murano und Burano frühmorgens viel weniger als die Direktverbindungen im Süden mit Menschen bepackt verkehrenden Wasserbusse den Lido zu erreichen. Richtig umgestiegen, aber den Anschluß verpaßt, den Anschluß in greifbarer Nähe gesehen, aber falsch umgestiegen, und also statt dessen außerdem in Venedig trotz der mehr als eindeutigen Ausschilderungen einen ganzen Mainachmittag lang daran gescheitert, das Grab Ezra Pounds zu finden. In Rom hingegen an einem Junimorgen mehr oder weniger freiwillig in das von einem Haufen jugendlicher: Roter Faschisten besetzte bewohnte als eine Art Kulturzentrum betriebene Casa Pound gestolpert, erfahren immerhin, man organisiere die: Tag- und Nachtwachen an Mussolinis Grabstätte und handele darüber hinaus: aktionistisch im Sinne der alten faschistischen Sturmtruppen. Das Programmheftchen abgelehnt, im juliwarmen blitzsauberen und nach ersten Eindrücken erschütternd migrationsarmen Bozen vom Siegesplatz nicht mehr als erheitert und erschreckt gewesen allenfalls von meiner Heiterkeit, dazu von Senator Calderolis Satz damals im Radio: Les Bleus hätten mit einer Mannschaft aus: Schwarzen Muslimen Kommunisten ihre Identität verkauft und genau deshalb verloren, und in Bozen im Juli in einem besichtigten Kreuzgang im Glauben, es mit dem Ausgang aus dem Kloster zu tun zu haben, eine geschlossene Tür ausprobiert, die sich auf direktem Weg in den Raum zwischen Altar und Orgelempore öffnete: Verwunderung unter den Andächtigen, der erschrocken falsche Tasten erwischende Organist. In Padua dann Anfang August aus dem Zug gesprungen, um das Mahnmal für den elften September zu besichtigen, und in Padua außerdem statt dessen im August zur Via Anelli hinausgefahren, von nicht weniger als sechs Carabinieri daran gehindert worden, die letzten Feinarbeiten an jenem über Nacht errichteten eisernen Zaun zu fotografieren, der den: ungehorsamen Wohnblock Serenissima in ein nur mehr über einen Checkpoint zu betretendes oder verlassendes Ghetto verwandeln sollte. Anfang September also eine Brechstange besorgen müssen, um die verzogene Eingangstür zu öffnen, einen Besen und Müllsäcke, ein Kehrblech, Reinigungsmittel aus der Wohnung, ich laufe den Steinweg hinunter, sitze auf der Wiese zwischen dem Haus von Lebonjas Eltern und dem Wald nahe Kohldorf und warte auf eine Idee. Es begann, und der bald zehnmonatige Versuch einer: Entfernung begann, wie zu befürchten: nie viel mehr als Nähe allein und nichts als Nähe gewesen zu sein, eine Erinnerung, ich trat an sie heran: Ein Kohldorfer spazierte in Richtung von Wäldchen und Schloß, ich bat ihn, mir mit der Brechstange zu helfen, die Tür ließ sich gerade so weit aufziehen, daß ich hindurchschlüpfen konnte. Wo ich nichts zu erinnern hatte und nichts zu bedenken: mein Beginn, immerhin an Lebonjas seit gut drei Jahren verlassenem Elternhaus das nachzuholen, was ich anderswo an Gebäude und Gedächtnis versäumt hatte, ein erster Schritt: Aus den Küchenfenstern und aus den Fenstern in der Haustür die letzten Glasstücke herausgeschlagen, die Löcher mit fester durchsichtiger Folie verklebt, den Kleiderschrank geschlossen, die Garderobe gerichtet, die Unmengen Laub und Müll, Schmutz und Staub zusammen- und in Müllsäcke gefegt, die umherliegenden Möbel eingesammelt und wieder dorthin gestellt, wo sie einmal gestanden haben mögen, den Herd an die Wand gerückt, den Küchentisch umgedreht, auf seine ursprüngliche Position gebracht, den im Eingangsbereich hängenden Spiegel zu polieren versucht. Das Polster des Küchensofas mit Lappen und alter Kleidung gestopft und anschließend genäht, die Regalbretter vom Sofa zurück in die Schränke geräumt, Töpfe, Pfannen, Tassen, Teller gespült und eingeräumt, das Besteck vom Boden aufgehoben, gespült, getrocknet, mitsamt der Lade in den Schrank zurückgeschoben. Neue Glühbirnen eingedreht, die Sicherungen ausgewechselt, das Licht an- und ausgeschaltet an und aus an aus den Flur gefegt, die Küche, das Wohnzimmer, die Böden gewischt, die Wände, einen einzigen Blick nur gewagt in das verwüstete Obergeschoß und auf dem Weg die Treppe hinab ein loses Brett mit einem nutzlos herumliegenden zweiten gestützt. Einen Teppich gekauft und im Eingangsbereich ausgerollt, die alten Teppiche geflickt gesäubert gewaschen geschrubbt zum Trocknen aufgehängt oder weggeworfen, die Türen lackiert und gestrichen, die Fensterrahmen, zwei Kohldorfer Jungen auf ihrem Weg über den Steinweg in den Wald abgefangen, sie für ein Taschengeld dazu gebracht, in den Stall einzubrechen und mit zwei rostigen Sensen, die ich durch die Schlitze zwischen den Brettern ausgemacht hatte, die Umgebung der Häuser von Brennesseln, Farnen, hohem Gras zu befreien in den ersten Septembertagen. Einen Bilderrahmen besorgt und ein in der Küche herumliegendes Schwarzweißhochzeitsfoto hineingesteckt, Lebonjas Eltern vielleicht, auf dem gelben Foto ohne jede Ähnlichkeit mit ihm, den Bilderrahmen samt Foto zum übrigen Müll gegeben, der zweite Schritt würde Lebonjas Aufgabe sein. Mitte September das Gebäude frühmorgens erstmals noch leer und verschlossen vorgefunden, und zum überhaupt ersten Mal als allererste Morgens zur Arbeit gekommen, jenen Schlüssel für die Außentüren benötigt, der bisher ungenutzt am Bund gehangen hatte. Lebonjas Unterlagen stehen hinter dem Vorhang im Büro in Kartons verpackt und dreifach aufgehoben für ein Archiv oder Lager, vielleicht in Lebonjas kalter Wohnung. Er hat Pflügler gründlich zugehört: reines Zuhören, auf das er sich so sehr verlassen hat und viel zu sehr alles in allem, er hat alles über Pflügler und über sich zugleich herausgefunden ordentlich verpackt und sauber abgeschlossen auf Papier in ein paar Ordnern und Kisten, auch so läßt sich überleben und sprechen, ohne irgendein eigenes Wort: keinerlei Gegengespräch alles im Takt, das ist am einfachsten, aber ist es auch sicher. Ich schiebe ein paar der Kisten hin und her, öffne die eine, die andere, nehme etwas heraus, lege es zurück, blättere, verstaue, berühre, der Raum ist verstummt und ein einstimmiges Gespräch zu Ende gegangen nach und nach während Frühlings- und Sommermonaten ganz ohne mich: Lebonjas Aufzeichnungen zufolge ohne nennenswerte Zwischenfälle. Jetzt liegt es bereit hinter dem Vorhang, weggebracht aufgebahrt zu werden, Lebonjas Aufzeichnungen zufolge hat er ausgesagt vor Gericht als Zeuge wie geplant im Januar und ausgesagt womöglich sogar für Pflügler ist zu erwarten befürchten ich mag gar nicht daran denken und will es nicht wissen, muß weiter. Unabhängig von Lebonjas Aussage scheint Pflügler auch weiterhin hergekommen zu sein mehr als acht Monate lang, um zu sprechen einmal die Woche und Lebonja zu erzählen, was er weiß zu wissen glaubt darüber, was wie und warum wann gilt und so sehr genau berechnet ist immerzu: acht Monate lang anscheinend einmal die Woche, obwohl er mit einer positiven Aussage doch alles erreicht haben mußte, was er hatte erreichen wollen, manchmal zweimal, und mit einer negativen hätte es keinen Grund geben dürfen für die Fortsetzung des Gesprächs. Lebonja hat ihn kommen lassen über acht weitere Monate hinweg ein ausgeliefertes Tonbandgerät kein einziger Einspruch das hat Pflügler sich nicht entgehen lassen. Lebonjas Aufzeichnungen zufolge: zwei Spielkameraden. So gehört es sich vermutlich, und so gehören sie sich, wie sonst. Ich stehe auf und öffne den Vorhang, spaziere auf dem Weg dorthin unsere Tische entlang, streiche mit den Fingern im Vorbeilaufen über schon lange verschwundene Papiere wie damals über Kisten und Ordner, das Reißen des Vorhangs, Blättern, schlendere die leeren Tische entlang und an längst verpackten Notizblättern Gesprächgerätschaften Listen Protokollen, fülle: die Zeit, während deren ich allein bin und nicht über Lebonja nachdenken müßte, um an irgend etwas anderes zu denken, ein Thema zu haben, keines suchen zu müssen, womöglich das falsche zu finden. Öffnen und Schließen des Vorhangs, die Zigarette ins Wasserglas, die zweite glühend auf das Fensterbrett, ich drücke sie aus. In der Zimmerecke, niemals wäre Lebonja aufgestanden, um mich zu bitten, nichts durcheinanderzubringen, so hätte es sich gehört ich hätte es aber vielleicht doch verstanden. Das ein oder andere lose Blatt hier, ein Ordner, für den kein Platz mehr gewesen ist, da eine Merkliste für den heutigen letzten Tag, der Eintrag: Kogoj erreichen und erstens ihre noch fehlenden Anwesenheitsdaten nachträglich abzeichnen lassen, sie zweitens dafür gewinnen, doch noch eine Einleitung zu schreiben, drittens: die jeweils noch schriftlich auszuarbeitenden Gesprächsteilnehmer verteilen, die Notiz über ein Abschlußgespräch mit Pflügler in drei Tagen, ein letzter Spielzug. Zwei, drei Stunden habe ich in Lebonjas Stuhl gesessen, mein Versuch: das um den Stuhl herum hinterlassene Loch aufzufüllen, der Versuch einer Regel: Manches ist sicher, das meiste lediglich gewiß. Ist der pragmatisch vergessende Lebonja sich nach meinem Abtauchen und trotz meines Abtauchens seinen Aufzeichnungen zufolge noch sicherer geworden im weiteren Verlauf des Gesprächs über das, was er zu tun zu haben glaubt und was er womöglich getan hat. Waren Pflügler und mir seit jeher nie etwas anderes als gegensätzliche Gewißheiten gegeben und als Gewißheiten immer nur Angenommenes, die Sicherheit, wenn wir wollten: uns anders als Lebonja an Dinge zu wagen seit jeher, die zu groß für uns sind und niemals ganz sicher aber was nutzt das schon. Allein, ich bin mir dessen bewußt, da liegt der Unterschied, und noch etwas weiß ich. Wo andere nur Gewißheiten annehmen können, die sie für sicher erklären, weiß ich eine einzige endgültige Sache genau, und hiermit, hierfür nun gegen Gewißheiten: Ein Monolog steht noch aus und eine Korrektur gegen den Kitsch der: mechanisiert gültigen Kunstware bisher, eine zusätzliche Stimme oder zwei sogar: dagegen und endlich notwendige Mehrstimmigkeit nach über zehn Monaten des Versuchs: andere Wege zu finden im letzten Moment auszuweichen ich weiß nicht wohin und habe es nicht herausfinden können. Eine Korrektur daher, ich sollte sie vornehmen. Es wird bereits neun, als Lebonja einige Augenblicke benötigt, bis er begreift, daß mein Schlüssel von innen in der offenen Tür steckt. Zu korrigieren begonnen.

Aufgetaucht und zum dritten Mal aufgetaucht sprang Mara Kogoj an mir vorbei aus der Bürotür in den Flur eines Frühmorgens, kaum daß ich eingetreten war, auf meinem Schreibtisch ein Papier Kogojs Einladung zu einem zweiten Besuch: Setz dich zu mir zum diesjährigen Treffen unter dem Stahlkreuz am siebzehnten neunten schon: zwei zusätzliche Stimmen. Mara Kogoj neben mir im harten Herbstmorgenlicht auf ihrer Terrasse unter einer Decke sie wandte sich ab stand auf, berührte im Gehen mit der Hand meinen Hinterkopf, ging durch die Terrassentür in die Wohnung, die sich öffnende Kühlschranktür und Mara Kogoj: Kaffee einschüttend, Mara Kogoj mit einer Haarsträhne vor ihrem Gesicht an einer Zigarettenschachtel nestelnd, Mara Kogoj ohne Antwort, ich nun als einziger von uns beiden: ohne jede Bedenken verblieben vermutlich ein trostloses Bild und Mara Kogojs so sehr genaue Beschäftigung seit Jahrzehnten offensichtlich schon mit dem, was geschieht unter dem Stahlkreuz Jahr für Jahr, gewußt hatte ich davon nichts, im Gegenteil: Niemals hätte ich damit gerechnet. Mara Kogoj, die Haarsträhne aus ihrem Gesicht streichend erklärte mir, was sie vorhatte warum sie da war anstatt irgendwo anders und ich es neben ihr sein sollte und längst hätte müssen, Mara Kogoj: Jedes Jahr und einmal im Jahr dasselbe von Jahr zu Jahr mit deinen Worten: der Klang schneller und schneller wieder erkennbar die ewig selbe Melodie unter dem Stahlkreuz aus den ewig gleich berechneten verlogenen Botschaften: Militärkommandant von Kärnten Anton Holzinger zum Beispiel, der schon am vierten Oktober neunzehnhundertneunundfünfzig sicher war, daß die Tragik des österreichischen Soldaten sei, daß ihm trotz zweier großer Kriege nur wenig gedankt worden sei. Oder Hauptmann außer Dienst Abwehrkämpfer Karl Fritz, der am zweiten Oktober neunzehnhundertsechzig feststellen konnte, daß der Abwehrkampf neunzehnhundertzwanzig die Abstimmung mit den Stimmzetteln erzwungen habe, was uns Heutigen ein Trost sein möchte, denn Ideen mit Wahrheitsgehalt setzten sich immer durch. Oder Bürgermeister und zugleich Bundesminister für Landesverteidigung Doktor Karl Schleinzer, der am sechsten Oktober neunzehnhundertdreiundsechzig inbrünstig darauf hoffte, daß: Gott uns davor schützen möge, daß es im Ernstfall zu wenig Männer gibt, die bereit sind, für das Vaterland einzutreten. Oder der Kärntner Landesrat Herbert Bacher, der am vierten zehnten neunzehnhunderteinundachtzig befand, es sei unverständlich, daß Teilnehmer an solchen Dank- und Totengedenkfeiern immer wieder von linksextremen Organisationen, die selbst der Humanität mit ihrer Faust ins Gesicht schlügen, als Faschisten und Neonazis bezeichnet würden, denn gerade die Heimkehrer seien es doch gewesen, die zuerst mit Spott bedacht worden und dennoch als erste darangegangen seien, unsere Heimat wiederaufzubauen und die Grundlagen für unsere heutige Demokratie zu schaffen. Ihre Arbeit habe Anerkennung bei den Siegermächten gefunden durch die Anerkennung des Staatsvertrags. Gehorsam, Pflichterfüllung und Korrektheit seien die Leitlinien dieser ehemaligen Soldaten und Heimkehrer, die bei ihnen im Gegensatz zu den linken Brüdern auch heute noch Geltung hätten. Oder Georg Schmayer Junior, der am dritten zehnten neunzehnhundertzweiundachtzig darauf hinwies, daß: wir Jungen die Aufgabe hätten, an dem vereinten Europa weiterzubauen, dessen Grundstein jene gelegt hätten, deren auf dem Ulrichsberg gedacht würde, und das Erbe zu übernehmen und zu bewahren und es weiter zu tragen, und Nationalsratsabgeordneter außer Dienst und Präsident des österreichischen Kameradschaftsbundes Otto Keiml, der am sechsten zehnten neunzehnhundertsechsundneunzig davon sprach, daß man die Gedenkstätte im neunundfünfziger Jahr eingeweiht habe, zu einer Zeit: in der freie demokratische Staaten des Westens von den waffenstarrenden kommunistischen Mächten mit dem erklärten Ziel der Weltherrschaft bedroht worden seien. Stellenweise leichte Auflockerungen während der vergangenen Jahre, erklärte Kogoj: Wenn auch mit der Einladung an den umtriebigen Obmann des KAB in diesem Jahr ein Signal gegen jede Auflockerung gesetzt und damit ein weiterer passender Faden in den über die Jahrzehnte dicht gewobenen Klangteppich gesponnen worden sein soll: verknüpft mit sich unter dem Jahr jeweils nur leicht tagesaktuell und je nach Bedarf entwickelnden Strophen der ewig selben Melodie: die übergroße Liebe zur Kärntner Heimat und zum Kärntner Lied, hier sucht und findet sich beides: Hand in Hand den Weg zu einer Hymne zu gehen, die so lange gesungen werden muß, bis niemand mehr ihre Melodie vergißt verwechselt oder gar etwas anderes zu singen sich traut, und Kogoj: Was ich weiß aus der Musik: Daß durch die autoritäre Wiederholung einer nicht existenten Wahrheit die Hörenden zum Narren gehalten werden. Sie sollen sich identifizieren. Zugleich aber belehre sie das stampfende Ganze eines Schlechteren, der Unabänderlichkeit. Sie müssen sich fügen, und solch gemeinschaftliches Singen und Lügen als: kollektiver Verdrängungsmechanismus, und: zwei große Gefahren für dich und uns als Tonbänder und Stille, die ganz gut fahren, solange sie sich nicht im geringsten bewußt sind und Stille ganz allein, wo nichts passiert, Kogoj: Das hättest auch du ein wenig mehr als einfach nur wissen können. Mara mit demjenigen so direkt vor Augen, was geschehen könnte währenddessen gesagt werden könnte im selben Moment uns gegenüber in der Ferne beim: Heimkehrertreffen unter dem Stahlkreuz, wir saßen daneben und in Decken gehüllt taten- und hilflos gegen das Singen im heimattreuen Chorgestühl sahen zu beobachteten von Kogojs Terrasse aus, nichts weiter, und Kogoj: Sprich es doch aus, sagt sie: SS- und Waffen-SS- sowie Wehrmachtssoldatenveteranen- anstatt einfach nur: Heimkehrertreffen, die einen sagen zwar dies, die anderen wie immer das, richtig wäre: mit dem: Ehrenschutz der Landesregierung sowie im ideellen Beisein bis vor gar nicht allzu langer Zeit nachweislich jährlich breitester Bevölkerungsschichten, den Schutz großer Teile der Landespolitik hat es nach wie vor sicher, lange Zeit auch denjenigen der überregionalen Bundespolitik, womöglich noch heute, September zweitausendsechs: Wer weiß das schon, was ich nun sicher zu glauben weiß: Rudolf Gallob, Präsident der

Ulrichsberggemeinschaft, sozialdemokratischer Landeshauptmann-Stellvertreter außer Dienst, der zur, sehr vorsichtig gesagt: ansatzweise umsichtigen Festrede des Landesrats Doktor Josef Martinz am achtzehnten neunten zweitausendfünf Zeugenberichten zufolge etwas nachzutragen hatte, nachdem schon während der Rede große Teile derjenigen Besucher, die sich über Martinz' allzu reflektierte Worte empörten, das Festzelt verlassen hatten. Nachzutragen soll Gallob gehabt haben, daß er: namens der Ulrichsberggemeinschaft eine Erklärung abgeben wolle, weil man: in einem ganz kurzen Bereich des Referates des Festredners im Widerspruch zu ihm stehe, dieser Widerspruch war angeblich, erklärt Kogoj, du kannst es dir denken: der Grund, warum die hinteren Besucherreihen das Zelt verlassen hatten. Anders als Martinz mache man nämlich zwischen der Totenkopf-SS und den Soldaten der Waffen-SS einen Unterschied, was jetzt kein Vorwurf sei, sondern nur eine Klarstellung, weil: die ehemaligen Teilnehmer der Waffen-SS seien Soldaten und sie seien am Ulrichsberg gerne willkommen, Kogoj: Zu diesem Zeitpunkt vermutlich vor dem Festzelt versammelt, Kogoj: Warum sprichst du es nicht aus. Zu Lebonjas Überraschung befreie ich mich seit Jahrzehnten schon in noch jedem Jahr wenn möglich und nötig an diesem einen Tag sowohl von der Arbeit als auch allen sonstigen in eine andere, an diesem Tag vernachlässigbare Richtung weisenden Verpflichtungen, damit sie nicht abgelenkt sei, erklärte Mara Kogoj: Von und mit ganz anderen Dingen, um konzentrierter und überhaupt einmal konzentriert zu sein auf das, was vor sich geht: an diesem Tag auf dieses Treffen allein und auf all das, was es bedeutet, Kogoj: An dem sie nicht teilnehme und teilnehme schon weil und indem sie nur da sei oder ganz woanders, Kogoj: Keineswegs ausschließlich als wie stark und bewußt nun auch immer sich identifizierende Nachfahre einer kärntner-slowenischen Familie. Was interessiere sie das schon, habe sie weiter oben etwa von unweigerlich verpflichtenden Gebürtigkeiten geredet, Kogoj: Habe ich das. Ich nehme es zurück so ein Quatsch, eine Erfindung, vielmehr: An dem ich notwendig teilnehme auf die ein oder andere mehr oder weniger abstrakte Weise mein gesamtes Leben lang schon aufgrund bloßer Anwesenheit, so einfach: du ganz genauso. Ob du es nun willst oder lediglich ahnst oder keines von beidem, einundsechzig Jahre in deinem Fall, seit zweiundsechzig Jahren in jenem Kogojs in der: Ahnung, daß keine einzige Verbesserung eines Zustandes vermeintlich vergangene: Schimpflichkeiten, selbst wenn durch Belehrung und Einsicht inzwischen geschwunden, jemals loslassen hingegen immerzu festhalten und durch Fortbestehen der Worte jederzeit wieder möglich machen wird. Solange die Sprache unverändert ist und der Blick, ausnahmsweise zurück, nichts anderes sieht als immer sich selber, der Blick zum Berg hinauf als ein einzelnes Beispiel unter so vielen anderen auch nach Jahrzehnten nichts weiter entdeckt als eine Ruine einen hellgrauen Fleck, ein wunderschönes Ausflugziel in der Ferne, Umrisse allenfalls, unsere Vorstellung von Stahlkreuz Kapelle Ehrenhain Schatten und Schwärze, Schemen, das Stahlkreuz vielleicht aus dem Hörensagenwissen, daß es da ist, Kogoj: Aber Ahnen und Wissen. Zufällig Schemen nur auszumachen und Details zu erkennen, erkennen zu wollen: sind so sehr verschiedene Dinge. Neu daher jetzt: Nicht länger Aussage und Abbild, sondern ein Verhalten zur Realität: aus den Schemen Details werden und bleiben zu lassen, damit uns die Ereignisse nicht entgleiten, wenn wir schon nicht verkraften, sie abzuschaffen zu versuchen, sie sah mich an: Versteifungen also, um ein vollständiges Entgleiten nach Möglichkeit zu verhindern, die mich angesichts dessen, was noch immer geschieht und geschehen kann, in jedem Oktober völlig einnehmen, soweit ich zurückdenken kann, das wußtest du noch nicht, und das hier ebensowenig: seit zweitausendvier nun gerne auch schon im September, wenn es denn sein muß, so daß ich die vollkommen Desinteressierte nur mit größter Anstrengung spielen kann einen Monat lang die scheinbar Unberührte, um momentweise zu entkrampfen, vier Wochen lang. In diesem Jahr hat es nicht funktioniert. Mein Rückzug ansonsten über die Jahre das jeweils restliche Jahr: keineswegs freiwillig, sondern im Wissen um Verkrampfung Lähmung Ohnmacht bei zu großer Nähe einerseits: Was nützt der Blick zurück, wenn Empathie das einzig Abrufbare bleibt und Empathie auch niemals etwas anderes sein soll: um den Blick zurück zu sichern, damit er vorzeigbar wird und jedwede Konsequenz aus Belehrung und Einsicht zu verhindern: um das Fortbestehen jedes einzelnen Worts zu gewährleisten, denn dieselben Worte werden auch weiterhin benötigt, wie wir wissen: Heutzutage läuft alles auf die Empfehlung heraus, durchs Vermeiden der Reflexion eben jenen traditionell vorgegebenen Stoffen und Formkategorien sich zu beugen, welche dahin sind, Kogoj: Heißt es im Rahmen einiger in vielerlei Hinsicht gewinnbringender sozialforschender Überlegungen zur Musik, wo wir schon einmal dabei sind, die solltest du mal lesen, ich brauche nichts sonst, aber Kogoj: Dahin sein sollten, müßte man vielleicht korrigieren, aber niemals sind. Worum es mir bisher gegangen ist: das Wagnis einmal wenigstens im Jahr einen Monat lang mit größtmöglicher Distanz nah genug dran zu sein, dabei nicht zugrunde zu gehen und mir trotzdem bewußt zu bleiben. Aber solche Versteifungen über nur einen Monat, das ist auf ewig zu wenig: eine Erkenntnis aus dem Dezember und den Umwegen seitdem: schon immer zu wenig gewesen, und Kogoj: Das wird jetzt anders, weil wir da sind auch und gerade als immerzu reglos Anwesende, und das muß auch so sein, Kogoj: Schon weil wir nebeneinander dasitzen, frühstücken in aller Ruhe und das auch mit grundsätzlich bestem Recht, um die Schemen längst wissen um einige Andeutungen. Über Schemen allerdings und Andeutungen läßt sich so einfach hinwegsehen, Mara Kogoj: Hier die Details nur für dich, damit endlich auch du weißt jenseits deiner Begriffe, womit du es hier wirklich zu tun hast. Darunter nicht eine einzige Erkenntnis, die nicht schon längst bekannt wäre nahezu überall und täglich wiederholt wird immer wieder, wer kann nun all das schon noch hören, Kogoj: Aber wird es deshalb je weniger wichtig. Kogoj: Hier die Details: Das Innere der Kapelle ist, das wissen wir schon, für Privatpersonen heute unter dem Jahr nicht mehr zu betreten, während der Oktober-, inzwischen Septemberfeierlichkeiten offenbart es sich: unter dem zu Teilen noch erhaltenen Kuppeldach ein schlichtes Birkenkreuz als Altar vor einem stilisierten Soldatengrab, der Rückraum ist mit einigen Tafeln ausgekleidet, in die die Opferzahlen der drei grandiosesten Daten der heldenhaften Verteidigung von Heimat und Liedgut gegen den blutrünstigen Rest der Welt eingraviert sind: des Abwehrkampfes neunzehnhundertneunzehn sowie des Ersten und Zweiten Weltkrieges. Über dem Eingang des nach oben offenen Längsschiffs der selbstverständlich unverstellte Blick auf das Relief: Kameraden, eine Arbeit des andernorts frisch entproblematisierten: Reichsstukkateurs Arno Breker, Mara Kogoj: Ein gräßlich vielsagendes Prachtexemplar nationalsozialistischer Widerästhetik, der Großteil des übrigen Platzes an den Wänden ist mit Tafeln und Gruß-, Gedenk- und Freundschaftsbotschaften etlicher zwielichtiger, teilweise an die Ulrichsberggemeinschaft angeschlossener beziehungsweise mit ihr kooperierender Organisationen belegt. Sie liefern in summa eine Art Subtext: die eigentliche Aussage dessen, was in den Festreden und Pressemitteilungen immer wieder nur halb so drastisch wenn auch so schon ausreichend ekelhaft klingt. Was bei den Treffen wirklich gesagt wird, woran man hier oben wirklich ist, vor welchem Hintergrund noch jede einzelne der Reden gesehen werden muß, ohne welchen Hintergrund die Reden hoffnungslos unvollständig sind, nachdem man sie für den Rundfunk und die Zeitungen so gerade eben in einen legalen Rahmen gequetscht hat, ist zu erfahren, wenn man etwas genauer hin- und sich die Tafeln ansieht. Die Details. Daß es sie gibt und noch immer geben kann, sagt vermutlich das meiste über den Zustand eines Konsensgedächtnisses, das für Details und Genauigkeit und Beweise und Tiefe nicht viel übrig hat, Mara Kogoj: Für Mythologie und Lügen hingegen: alles, Kogoj: Ich habe ein wenig recherchiert, Tübinger Methode: oberflächlich, zugegeben: ungenau, Kogoj: Ich habe nicht einmal lange suchen müssen und der Methode entsprechend nur auf ein Ziel hin gesucht und natürlich nur das gefunden, was zum Ziel paßt, nichts weiter, und Kogoj: Ich habe gesucht nach dem, was man wissen muß über die Absender, um einen Eindruck von der Art ihrer Grußbotschaften zu erhalten, von dem zugleich, was in den Reden nun eigentlich geschrieben steht, und Kogoj: Ohne jede Gewähr, sie erklärte: Die Widmungstafel der Kameradschaft IV erinnere an eine rechtsextreme Veteranenorganisation ehemaliger Waffen-SSler, die die Waffen-SS zum vierten Wehrmachtsteil und damit für vermeintlich unbedenklich erklärt, Kogoj: Erneut das Wissen also immerhin um die eigene Bedenklichkeit, Kogoj: Daher auch der Name, dennoch: wiederholte Glorifizierung der SS, Verharmlosung des Nationalsozialismus im schon erwähnten vereinseigenen Heft: Die Kameradschaft, Mitbegründung der Ulrichsberggemeinschaft und Organisation des traditionellen Krumpendorfer Treffens am Tag vor den Ulrichsbergfeiern, bei dem der rhetorische Filter aus-, die eigentlichen Aussagen unvermittelt angeschaltet werden dürfen vor prominenten Politikern und: Rechtsextremen aus ganz Europa, die gerne immer wieder herkämen, der bis heute und gerade eben erst wieder Schlagzeilen machende ehemalige Däne Søren Kam als vielleicht bekanntestes Beispiel, der als längst bereits bundesdeutscher Staatsbürger nicht ausgeliefert und sich daher wohl nie mehr für seine Morde als SSler vor Gericht zu verantworten haben wird, Kogoj: Auf der östlichen Längsseite eindeutig, auch wenn hier die SS-Runen fehlen: die Widmungstafel der anscheinend ungestört den Ulrichsberg besuchenden ehemaligen Angehörigen der SS-ärztlichen Akademie Berlin-Graz, Kogoj: Aus deren Korrespondenz mit der Administration des Konzentrationslagers Mauthausen soll hervorgehen, daß die Akademie an ermordeten Mauthausener KZ-Häftlingen: geforscht habe, Kogoj: Das hier ist der Brief dazu, hör gut zu: In der Anlage übersende ich zwölf Photographien des Juden, dessen Skelett Sie jetzt besitzen. Ich bitte, diese Photographien absolut vertraulich zu behandeln. Beiliegende Rechnung bitte ich, unmittelbar erledigen zu wollen. Mauthausen, einundzwanzigster Juli neunzehnhundertdreiundvierzig, Kogoj: Mit der: Lettischen Tafel und dem lettischen SS-Abzeichen wolle an sechzigtausend gefallene lettische SS-Mitglieder erinnert werden, die die Shoah in Lettland mit vorangetrieben haben, der mehr als neunzig Prozent der dortigen jüdischen Bevölkerung zum Opfer gefallen waren. Auch heute noch sollen sich jährlich im März Angehörige der Legion treffen, um durch Riga zu marschieren. Eine Tafel des KAB natürlich, inzwischen endgültig nur noch aus Nachgeborenen bestehend: Der letzte originale Abwehrkämpfer soll im letzten Jahr verstorben sein. Sowohl der KAB als auch der Kärntner Heimatdienst (KHD), Österreichs: größte parteifreie patriotische Bürgerinitiative, werden vom: Handbuch des österreichischen Rechtsextremismus als: rechtsextrem eingestuft, zwei gute Beispiele dafür, wie weit mit beiden Organisationen verbundene Anliegen in unbestreitbar bürgerlich-demokratische Rahmenkonstrukte eingebettet sind und von dort aus die Begriffe gründlich durcheinanderbringen. Die Dankestafel an die Garnisonsstadt Klagenfurt erinnere an eine: SS-Kaserne nahe Klagenfurt samt SS-Junkerschulen und Elite-Schule für SS-Offiziersanwärter sowie angeblich auch einem: Außenkommando des Konzentrationslagers Mauthausen. Auf drei Tafeln soll sich ein: Dank an die Garnisonsstadt Klagenfurt finden, die erste zudem mit dem abgewandelten SS-Spruch: Des Soldaten Ehre ist seine Treue, verziert sein, Kogoj: Ehemalige Mitglieder der Waffen-SS können sich hier demnach in aller Ruhe an ihre glorreiche Zeit in Klagenfurt erinnern, Kogoj: Nur ein Ausschnitt bis hierher und einige Beispiele, Kogoj: Es gibt noch weitere, ähnliche Tafeln, bis hierher nur für den Moment. Ich fasse dennoch zusammen, ein Überblick, die Details: In den Festreden des Ulrichsbergtreffens, in Renchers Dokumentation und in Erich Kunschkes Heftchen zum fünfundzwanzigsten Jubiläum der Gedenkstätte neunzehnhundertvierundachtzig ist fast ausschließlich von: Soldaten die Rede. Auch aus gelegentlich biographischen Informationen zu erwähnten beteiligten Personen entnimmt man ebenfalls kaum mehr als diese Information: Soldaten, wo, wann, unter welchem Kommando sie was nun wirklich wie getrieben haben, behalten sie aus guten Gründen vermutlich lieber für sich, keinerlei aufwendige Differenzierungen: Soldaten, nichts weiter, Kameraden, Kameradschaft als: positives Legitimationsmoment, bedingungsloses Einstehen für den Nächsten, Selbstlosigkeit, Aufopferung auf zweierlei kameradschaftlichen Ebenen: von Mann zu Mann im Schlachtfeld, und nach der Niederlage erfolgt die Verlagerung ins Überindividuelle und in die ungebrochen anhaltende Schlacht des zusammenrückenden Volkes mit anderen Mitteln um seine Heimat, Kogoj: Abgesteckt und geprüft werden muß im Zuge dessen ganz genau, wer überhaupt als Kamerad in Frage kommt, und wer ganz sicher nicht: Soldaten und Kameraden, nichts weiter. Die Totenkopf-SS, Kogoj:

Eine Ausnahme, wer weiß, ob nicht vielleicht für Gallob allein, all das, Kogoj: Die Ineinssetzung verschiedenster militärischer Verbände und deren Geschichten zu einer einzigen homogenen Gemeinschaft mit nur einem und dem ewig gleichen Ziel läßt sich über einen wesentlich kürzeren Umweg pauschal entschuldigen, und diese Entschuldigung: ein Paradebeispiel deiner: mechanisierten Kunstware, ein Reflex und ein Abbild, allerhöchstens: Photographie, wenn man so will, keine weiteren Fragen je und niemals ein Hintergrund: Die systematische Stilisierung dieser einen Gruppe zu lediglich pflichtbewußten und ehrbaren Opfern einer ganzen Reihe schwer bis gar nicht durchschaubarer höherer politischer Machenschaften, deren Fehler und Machtgier wegen nicht eine einzige seiner Taten einem einfachen Soldaten angerechnet werden dürfe, geschweige denn als Verbrechen. Der einfache Soldat als willenloser Befehlsempfänger, alle Schuld: dort oben, Kogoj: Nichts Neues, wer je anderes behauptet, begehe das eigentliche Verbrechen an Volk Nation Gedenken verdienstvoller Gefallener: Soldaten, allesamt gefallen für den europaweiten Frieden der Zukunft, ein harmonisches Bild aller Beteiligten, völlige Ausgewogenheit jener wenigen homogenen Blicke zurück: kein nationalsozialistisches Terrorsystem, keine umfangreiche Kollaboration Partizipation der Bevölkerungen an diesem Terror, wie wir wissen: kein Weltkrieg, kein Massenmord, sprachliche Ausblendung jeglicher deutschen Schuld: Kriegsniederlage, Schuld, industrieller Massenmord, Deportationen, Enteignungen, Angriffskrieg, Vernichtung der Zivilbevölkerungen, Shoah sind und bleiben offenbar Illusionen, Kunschke als Beispiel: Daß der Ulrichsberg im deutschsprachigen Raum wohl das erste Mahnmal an den totalen Krieg sei, der nicht nur Soldaten verschlungen habe. Daß das: Gedenken am Ulrichsberg auch den Opfern des Bombenkrieges, den Millionen, die nach dem Krieg Opfer des

Hasses wurden, gelte, daß es: auch den Müttern und Frauen gelte, die ihre Söhne und Männer verloren haben. Hingegen Nächstenliebe Heimatschutz Wiederaufbau dessen, was trotz aller liebenden Anstrengungen, meint: Angriffskrieg und Massenmord, nicht zu schützen gewesen war. Diese Umwertung der NS-Geschichte: Teil der größtflächigen Rehabilitierungs- und Idealisierungsbemühungen der Täter, die niemals etwas anderes gewesen sind als pflichtbewußt und heimatliebend, der Blick zurück als ein Blick auf eine Blumenwiese mit Grabkreuzen, wer sie aus welchen Gründen auch immer umzugraben wagt: Feind, wer dies wiederum kritisiert: Verräter. Klare und niemals aufzuweichende Feindbilder, Kogoj: Sehr wichtig. Die Heimkehrergeneration als Personifizierung dieses Vorgehens und seiner mühevollen Rettung ins neue Jahrtausend hinein setzt sich aus glücklich früh wie Pflüglers Vater wie auch aus sehr spät aus Krieg und Gefangenschaft Zurückgekehrten wie seinem Onkel zusammen, inzwischen aber auch und besonders aus Nachgeborenen, die sich in der flüssigen Nachfolge sehen beider Gruppen, auch der Abwehrkämpfer, und beider Aufgaben und Paranoia: eine möglichst eindeutig deutsch dominierte Heimat seit jeher schützen zu müssen gegen vermeintliche Einflußnahmen und Fremdbestimmungsbedürfnisse, Kogoj: Siehe Pflüglers Erwähnung des Schulstreiks, Kogoj: Das hast du nicht gesehen, du schreibst: Auf die Frage, warum man sich so sehr gewehrt habe gegen das Erlernen des Slowenischen, weiß Pflügler nichts zu antworten als: man habe diese Sprache nicht gewollt. Aber warum, und Pflügler: Man habe sie nicht gewollt. Ganz einfach, notiert hast du: Identifikation mit ausschließlich dem, was hier ist und jetzt, es wird notfalls für dauerhaft erklärt, sobald diese Identifikation bequem erscheint, Kogoj: Viel einfacher. Warum sonst wenn nicht aufgrund der eigenen pathologisch-hysterischen Panik, die allumfassende Ausschließlichkeit des Deutschtums und seiner Insignien könnte durch eine zweite Landessprache eingeschränkt werden, sollte man sich gegen den frühen Erwerb einer zweiten Sprache wehren wollen und so sehr überzeugt davon sein, sich mit allen Mitteln nach innen und außen soldatisch schützen zu müssen und dürfen, um die: Schicksalsgemeinschaft zu bewahren, ihr Schicksal: unablässig bedroht zu werden in ihrem Zusammenhalt, ihr Gegenmittel: nach außen hin Kameradschaft auf Volksebene, von der Kunschke im Schützengraben beschreibt, daß sie: das schwer beschreibbare Gefühl eines aus seiner gewohnten Umgebung herausgerissenen Individuums ausmache, welches sich in einer neuen Situation oder einer Gefahr an seinesgleichen anschließe und nun in dieser Gemeinschaft von Schicksalsgefährten Halt, Trost und Sicherheit finde. Der: Haufen werde zur Heimat, die: Gruppe, die Panzerbesatzung, die Kompanie, die Staffel, das Boot würden zu einer psychologischen Insel im Meer der Vernichtung, Kogoj: Ob derlei schon nur mehr zynisch sei, oder der Autor wirklich nicht die geringste Ahnung davon hat, was er hier wie sehr verdreht, Kogoj: Auf Volks- und Soldatenebene: Täter gleich hilf-, selbstlose Kameraden, die abstrakte, niemals genauer bestimmte Feindmasse wird prophylaktisch angegriffen, eine unsichtbare ewige Bedrohung aus der Ferne, so wenig zu fassen wie zu definieren, Kogoj: Jede genauere Bestimmung würde Hintergründe verlangen, Erklärungen und unter Druck: die Verschiebung des Märchens in die Wissenschaftlichkeit, und Kogoj: Eine Frage der Angst, deren Forderung: ihre Urheber gründlich aus allen behaupteten Wegen zur Freiheit zu räumen, Kogoj: Freiheit: klar gezogene, ewig unverrückbare Identitätsgrenzen im Innern, Kogoj: Die mit Blut geschriebene Grenze gen Süden nach außen, Kogoj: Und genau hier kommen die Kärntner Slowenen ins Spiel. Du und ich unter anderen, hätten wir je viel Wert auf irgendein Attribut gelegt, jetzt zeigt sich, wie alles zusammenhängt: Mit der oktroyierten Verfassung vom April achtzehnhundertacht- undvierzig, Kogoj: Sehr verkürzt: wurde das Bedürfnis Österreich-Ungarns, wieder Ruhe einkehren zu lassen in den chaotischen Vielvölkerstaat und auf diesem Weg so viele nationale Bedürfnisse wie möglich zu befrieden, damit auch Ruhe bleibe, Gesetz: die formalrechtliche Gleichberechtigung aller Nationen und Sprachen, sogar der Religionen im Reich. Diese Entwicklung mußte den deutschen Kärntnern als Herausforderung gelten, ihre bis dahin doch weitestgehend unangefochtene Vorrangstellung im Land vor der einheimischen slowenischen Volksgruppe gegen deren etwaige Einforderung ihrer ihnen nun sogar gesetzlich zugestandenen und damit unleugbaren Gleichberechtigung zu erhalten, sogar ausbauen zu wollen. Ein primär wirtschaftliches Bedürfnis: Seit Jahrhunderten hatten die deutschsprachigen Oberschichten das landwirtschaftliche Potential des Unterlandes und damit auch die Arbeitskraft der dort beheimateten slowenischen Bevölkerung auszunutzen und so die Heranbildung einer slowenischen Oberschicht als einer für sie gefährlichen Konkurrenz zu verhindern vermocht. Ein uraltes Kräfteverhältnis also, das sich auch in der Sprache spiegelte: Deutsch in den Städten, auf der Straße, auf den Ämtern, im Geschäft, war fein, höherwertig, gebildet, verwies auf politisch-gesellschaftliche Kompetenz. Slowenisch war hinterwälderisch, armselig, primitiv, sprach man nur zu Hause, wenn überhaupt, auf dem Feld, im Wald. Dieses Verhältnis wurde nun pseudo-biologisch begründet, um es gegen slowenische Emanzipationsbestrebungen erhalten zu können, Ergebnis: die Naturerklärung von der Einheit des Landes und den jeweiligen natürlichen Funktionen und Eigenschaften seiner beiden Völker. Derlei klingt in Pflüglers Gerede an, wenn er von deutschen Lehrmeistern der Slowenen spricht. Theoretische Verdrängung alles Slowenischen und der slowenischen Sprache als des sichtbarsten Zeichens slowenischer, Kogoj: Oder generell: anderer Kulturgüter ins Versteckte, Private. Da aber, nach achtzehnhundertachtundvierzig diese These von der natürlichen Einheit des Landes nicht mehr allseits freiwillig erfüllt wurde und diese Verweigerung nun sogar ein verbürgtes Recht war, mußten Einzelne dazu erstens gezwungen werden, um das: natürliche Gleichgewicht zwischen den Volksgruppen nicht zu gefährden, und zweitens derlei Störungen auf äußere Verführungen zurückgeführt werden, denn auszugehen mußte davon sein, daß sich im Inneren alle ihrer jeweiligen Rolle qua Naturgesetz ursprünglich bewußt sind. Äußere Bedrohungen und Unruhestifter waren schnell ausgemacht: die zunehmend nationalbewußten Slowenen im Krain, später der SHS-Staat, noch später das kommunistische Jugoslawien, heute wieder Slowenien, gerne all dies wild zusammengepanscht zur Illusion der andauernden Bedrohung durch einen: spezifisch südslawischen Kommunismus, der nie etwas anderes im Visier habe als der deutschen Kärntner Heimat ihre Slowenen und ihr Unterland abspenstig zu machen, den Deutschen damit sowohl Angst als auch Negativspiegel und untergeordnete Volksgruppe, letztlich: die unumschränkte Herrschaft, zu rauben, eine einfache Rechnung: Gilt der Mehrheit irgendeine Forderung einer Minderheit nach Gleichberechtigung als unzulässiger Versuch der Einflußnahme und der Einschränkung der Mehrheitsrechte, dann können die Rechte der Mehrheit nur eines bedeuten: Ausschließlichkeit im relevanten Raum und die erwünschte Freiheit: das Recht, alles gleichschalten zu dürfen nach Belieben, was sich irgendwie unterscheidet, gegebenenfalls und im Extremfall: alles sich fortgesetzt Weigernde zu eliminieren, um, zunächst, die eigene Hegemonie zu sichern und zu erhalten, um den Feind dann nur noch draußen suchen zu müssen, Kogoj: Mit sodann ähnlicher Argumentation wie nach der Volksabstimmung neunzehnhundertzwanzig: Im Inneren gebe es keinerlei Differenzen, hier ständen alle auf unserer Seite. Kogoj: Meine haarsträubend verknappte Darstellung einer Argumentation, die kontinuierlich Verlustängste produziert. Nur scheinbar allerdings geht es hier noch um wertvolles Land. Denn weil die wirtschaftliche Bedeutung des Unterlandes längst nicht mehr die ist, die sie einmal war und seine Ausbeutung samt der seiner Bewohner ohne die vormals unbegrenzten Befugnisse der früheren Großgrundbesitzer keineswegs mehr sonderlich attraktiv erscheint, wird banales nationalistisches Herrschaftsinteresse der wahre Grund gewesen und heute noch immer sein, Kogoj: Und schon sind wir wieder beim Ulrichsberg, die Kämpfer, deren hier gedacht wird, sind niemand anderes als die Kämpfer eben dieses eliminatorischen Kampfes gegen jeden Zweifel an der Natürlichkeit solcher Verteilungen, hier wie an allen anderen öffentlichen Gedenkorten der Umgebung, Ziel sowohl des Kampfes als auch seines Gedenkens: die erwähnte Freiheit, die für die Mehrheit erst dann erreicht ist, wenn man noch den zögerlichsten Anspruch auf das geringste Anderssein in den Griff bekommen hat und unterdrückt: eine Angst, Kogoj: Des Ton- und Kapellmeisters, und der Klang berechnet zielsicher, was kommen wird, wogegen man sich jetzt und immer schon wehren muß: Befreiung des untergeordneten Anderen aus dem Joch, Verlust der Einheit, Verlust des Anderen, in Abgrenzung zu welchem allein man sich der eigenen Dominanz und Geschlossenheit auf ewig versichern kann und eines intakten Herrschaftsverhältnisses, der beruhigenden Sicherheit, daß da immer jemand unter einem ist. Aber ist das richtig: das Andere und zugleich Teil einer Einheit. Aber doch gerade deswegen, denn klare Rollenverteilungen sind leichter zu domestizieren: hier die Kärntner-Slowenen, weil sie gerade da sind, ein denkbar unplastisches Abstraktum, kaum je auf Individuen gemünzt, im Rest der Welt seit Jahrhunderten und Jahrtausenden schon und überall am liebsten immer wieder, immer noch mit gar nicht einmal unähnlicher Argumentation aber in sehr verschiedenen Dimensionen selbstverständlich: das Judentum. Beides mit System: funktionale Unterordnung des Anderen, positive Begrenzung des Selbst, friedliche Einfindung in ein Wir, automatische Aufwertung aller dazugehörigen und begeisterte Bindung noch des intern niedersten Eigenen. Die Angst, es könnte jemals wieder anders sein, stellt jenes notwendigerweise blinde Einverständnis mit dem eigenen Herrschaftsapparat gegen alles Äußere her, der sich zwar wundert und sich zugleich kein bißchen wundert, weil er genauso kalkuliert hat, er wundert sich höchstens, wie einfach das alles geht und daß es immer wieder funktioniert. Die Gemeinschaft und der individuelle Glaube an die Geborgenheit, die sie gibt: von allen internen Zweifeln oberflächlich abzulenken. Die dabei notwendige Ausblendung jeglicher historischer Schuld der Eigengruppe dient der Rechtfertigung und zur Wahrung der Legitimität eigener heutiger Bestrebungen. Ludwig Pflüglers die Fakten zur grotesken Unkenntlichkeit verzerrendes Schließen unserer Wissenslücke um die Zeit des: Soldaten Heinrich Pflügler in den Karawanken, es paßt so gut in dieses Schema, daß ich vielleicht nicht derart schockiert hätte sein dürfen darüber, daß und auf welche Weise diese Lücke früher oder später geschlossen wird. Rechnen hingegen hätte ich damit müssen, aber niemals wollen: Ein einziger unausweichlicher Moment steht noch aus und an, ein Monolog und ein Instrumentenwechsel, eine zusätzliche Stimme oder zwei und endlich ein wenig Dissonanz auf dem Weg zur: Mitteilung von den Zuständen innerhalb einer schweigenden und ihre Hörer daher nicht und niemals erschreckenden Harmonie: eine Korrektur nun also und in Redewänden Redewenden raumeinwärts ein Kunststück, das ohne Konzession all das reflektiert und zu Bewußtsein bringt, was man eigentlich vergessen möchte: ein Gegenstück zur willenlosen: Kunstware heute, nachdem alles, was wir Pflügler bisher entgegenzusetzen gewußt haben, ein paar deiner starren Begriffe gewesen sind, unter denen du sein Gerede in deinen Notizen und verschwurbelt wissenschaftlicher Pseudosprache achselzuckend verbuchen konntest als pathologisches Geschwafel, mehr nicht, weil du ihn persönlich und für dich allein allzu gut und bequem und gefahrlos zu kontrollieren geglaubt hast, immer noch glaubst, ein Irrtum, Mara Kogoj: Schlüssig klingt so vieles, solange man nicht genauer hinhört, Kogoj: Ich bin kaum besser, ein konkretisiertes Detail der Komposition habe ich angespuckt, weißt du noch, das ist nicht viel, im Gegenteil: sehr wenig nur, sehr hilflos. Eine Spielerei also, ein Opferspiel, tatsächlich nicht mehr, Lebonja, Kogoj: Aber wir schauen doch viel genauer hin. Ich muß also korrigieren und Lebonja mit mir zerren, etwas ganz Neues für ihn und niemals Geplantes, wie er widerwillig zugibt: überrascht von mir und allem, was ich nun doch schon längst mehr als einfach nur wisse. Kogoj neben mir unter derselben Decke auf der Terrasse wie ich: Ich glaube, ich will und muß gar nicht ganz genau wissen, was geschehen ist während der letzten acht Monate seit der Verhandlung, ohne daß ich auf dich aufpassen konnte, was du vor Gericht getan, was du ausgesagt hast, behalte es lieber für dich, und Kogoj: In jedem Fall scheint Pflügler weiterhin hergekommen zu sein bald acht Monate lang, um dir von sich zu berichten, Kogoj: Verschon mich damit, bitte, und Lebonja: Was er statt dessen hätte tun sollen. Ihm von sich erzählen. Das hätte Pflügler nicht hören wollen, Kogoj: Aber genau darum geht es. Nur verständlich, daß er es nicht hätte hören wollen, das wird er nie. Aber er müßte es doch einmal hören, Kogoj: Noch mehr Details und noch einmal zurück zu der zerstörten Gedenkstätte dort oben, so erschließt sich alles Weitere. Grund, aber das weißt du schon, daß diese Tafeln nicht mehr ohne weiteres einsehbar sind: ein bis heute unbekanntes: kommando z.a.l.a., das im August neunzehnhundertsiebenundneunzig die Gedenkstätte gestürmt geschändet zerstört hat, um, Kogoj: Jetzt wird es doch interessant: zu zeigen, daß die Geschichte uns gelehrt hat, unser Wissen nicht als Erkenntnis, sondern als Pflicht zu verstehen, Kogoj: Wissen wir längst, so weit warst du schon einmal, aber gefolgt ist nichts daraus für dich. Jetzt ist aber alles anders und neu: Jetzt geht es genau darum, und das sollte es auch, Mara Kogoj: Der damalige und heute, sieben Jahre später, bezeichnenderweise Noch-immer-Bürgermeister Diplomkaufmann Harald Scheucher, der anläßlich des vierzigjährigen Jubiläums der Gedenkstätteneinweihung am ersten Oktober neunzehnhundertneunundneunzig über das Attentat zwei Jahre zuvor zu berichten gehabt haben soll, daß: die feigen Zerstörer nur erreicht hätten, daß der christlich-friedliche Gedanke, der mit dem Ulrichsberg verbunden sei, noch klarer werde, Kogoj: Um sich im gleich folgenden Satz schnittig zu widersprechen und ganz unfreiwillig auszuplaudern, was eigentlich gemeint ist, wenn: Demokraten wie er von: christlich-friedlichen Gedanken fabulieren, denn mit dem Anschlag sei eines deutlich geworden: Selbstverständliche Tugenden wie die Bindung an die Heimat und die Liebe zur Heimat, kameradschaftliches Einstehen für den Nächsten, Pflege von Tradition und Brauchtum, müßten offenbar in bestimmten Zeiten gegen den Zeitgeist durchgesetzt werden, und Kogoj: Ist dir das noch immer nicht Grund genug, Kogoj: Wenn jemand wie Pflügler sich in diesem Sinne mit gutem bestem Recht als Bürger und Demokrat bezeichnen darf, weil er nur dem die äußerst elastischen Eckpunkte von Bürgerlichkeit und Demokratiebewußtsein beliebig definierenden Konsens entspricht, der die Inhalte verschiebt, wie er will, aber niemals die Begriffe, müssen wir der Botschaft der Attentäter doch einfach zustimmen, Lebonja, Kogoj: Aber warum nun plötzlich eigentlich auch ich, Lebonja. Das ist das wirkliche Neue. Dabei scheint zu Beginn bereits und auf den ersten Blick das meiste aus Vergangenem so sehr vertraut und bekannt wie schon wenigstens einmal und so viele Male ganz ähnlich gehört, kürzlich doch erst, und sowieso immer und immer wieder allein nur dasselbe zu sein, wenn ich nun Lebonja eines Tages, nachdem ich zum dritten Mal verschwunden war und nach zehn Monaten zurückgekehrt, von dem berichte, um das es mir eigentlich und überhaupt geht und immer schon gehen mußte, hier, in allem. Das ihm nun wenigstens genausosehr am Herzen liegen sollte wie in Wahrheit schon immer auch mir: ganz anders als bisher und seine völlig nichtsnutze Spielerei, Dieses Mal, sage ich: Mit größtmöglicher Deutlichkeit nur zwangsläufige Versteifungen aufgrund, wie wir gesehen haben, erforderlicher Verpflichtungen, sagt sie, weißt du noch, was denn sonst. Denn zwei Gefahren für ein Tonband unter drei möglichen Folgen des Blickes zurück: das Falsche, erstens, zweitens: gar nichts (ebenfalls falsch), zum Beispiel: Lebonjas fehlendes oder so gar nicht dringliches Herleitungsbedürfnis. Der Peršmanhof, diese Worte, sage ich, sind nichts Originelles, alles andere als das, du findest sie im Internet und anderswo fast wortwörtlich genauso, es sind die besten verfügbaren allerdings, ich nehme sie mir, wieso soll ich dir oder sonstwem etwas vormachen, wenn es darauf ankommt, ist das beste Verfügbare oft sinnvoller als etwas zwanghaft Neues und nur vermeintlich Eigenes, der Peršmanhof also der Familie Sadovnik war einer der wichtigsten Südkärntner Partisanen-Stützpunkte im Kampf gegen den Nationalsozialismus. Hier ereignete sich in den letzten Kriegstagen, am fünfundzwanzigsten April neunzehnhundertfünfundvierzig, eines der furchtbarsten NS-Verbrechen an der Kärntner Zivilbevölkerung. Elf Familienmitglieder der Familien Sadovnik und Kogoj wurden dabei von Angehörigen des SS-Polizeiregiments dreizehn getötet, das Haus in Brand gesteckt. Ab neunzehnhundertsechsundvierzig kam es zu Ermittlungen am zuständigen Landesgericht, diese wurden jedoch neunzehnhundertneunundvierzig eingestellt, eine Wiederaufnahme in den sechziger Jahren verlief ebenso erfolglos wie zuvor. Statt dessen kam immer wieder die niemals nur annähernd bestätigte, nicht einmal von den Angeklagten gestützte Behauptung auf, die Partisanen selber hätten das Massaker begangen, sie hält sich in einer Art Volksmund hartnäckig bis heute. In der Zweiten Republik wurde der Hof wieder aufgebaut, eine Gedenkstätte errichtet und im Jahr neunzehnhundertzweiundachtzig ein kleines Museum eingerichtet, das die Entwicklung des antifaschistischen Widerstandes in Kärnten dokumentiert. Neben Lebonja auf meiner Terrasse beim Frühstück mit vollem Mund, ein eisig verregneter Septembermorgen: Der erste Blick allerdings täuscht. Das Vertraute scheint nur vertraut und oder so sehr ähnlich wie gerade eben erst gehört, gelesen. Denn jetzt muß es weitergehen, drittens: das Richtige, du wirst schon sehen und hör gut zu, sage ich, was wir tun: nichts anderes als sprechen zu lernen, wir lernen sprechen. Unser gemeinsamer Sprechversuch, denn es ist ja alles andere als so, daß man das herrschende Instrument präparieren könnte, wenn man gerade mal Lust darauf hat: Präpariert werden muß es bei jeder Gelegenheit gegen Harmonie und Stille, die dritte Folge, gefahrenfrei für uns: ein Instrument zu haben und sogar Lautsprecher, denn ohne beides wäre alles einfach nur Musik und Unterwürfigkeit. Aber zum Glück ist das Klavier da, und man kann es immer neu und anders präparieren, wo das Fortlassen jeder Dynamik Ewigkeit vorzuspiegeln hat, wie du schon wußtest, fügen wir nun die fehlende Bewegung hinzu, das wußtest du nicht, und Kogoj: Nur so gehört es sich, Kogoj: Aber warum der Peršmanhof, warum mein drittes Verschwinden und warum nun plötzlich eigentlich auch ich, kaum daß Pflügler den Peršmanhof erwähnt und mit einstimmt in den Chor um das, was dort oben angeblich geschehen ist. Vielleicht bin ich unmittelbar persönlich betroffen so wie du, vielleicht aber auch nicht. Vielleicht spielt mein Nachname eine Rolle, vielleicht nicht die geringste. Vielleicht sind dort oben meine Geschwister zu Tode gekommen, Stanislav, Adelgunda, das wäre denkbar, oder auch nicht: Kogojs gibt es schließlich zu Tausenden. Meine Geschwister womöglich. Die ich nie kennengelernt habe, weil ich überlebt und nur deshalb überlebt habe und noch immer lebe, weil ich erst ein gutes Jahr nach alldem geboren wurde, zwei ältere Geschwister womöglich, die bei unserer Tante, unserem Onkel, den Sadvoniks, untergebracht waren, vielleicht, weil unsere Mutter Marija bei den Partisanen war, Micka soll sie dort geheißen haben, vielleicht aber ist sie auch deportiert worden samt unserem Vater wer weiß, vielleicht stimmt gar nichts von alldem, vielleicht alles, wen interessiert das schon. Vielleicht weiß ich die Antwort aber verrate sie nicht, vielleicht habe ich keine Ahnung. Vielleicht diese unmittelbar biographische Verbindung und mein Verschwinden zehn Monate lang, kaum daß Pflügler den Peršmanhof erwähnt. Daher vielleicht meine Einladung Aufforderung, gut möglich, vielleicht diese biographische Verbindung, aber was würde das bedeuten. Daß niemand außer mir das Recht besitzen müsse und könne und dürfe oder ein Gefühl der Notwendig-, Dringlichkeit, in dieser Sache zu sprechen, ein solches Sprechen in einem solchen Fall: eine Einmischung wäre oder zumindest eine Anmaßung, zumeist beides zugleich. Wäre das so. Denn ganz anders, Kogoj: Es sollte doch niemals nur meine eigenste Sache bleiben, die meine zumindest jederzeit. Vielleicht aber auch etwas ganz Banales wie Rache, etwas ganz Instinktives, Primitives also, und sein müßte es dennoch. Vielleicht darf ein solches Bedürfnis nicht gelten, und vielleicht gilt es tatsächlich nicht, weil meine Gründe die meinen sind und als die meinen viel zu verwässert, ein bemüht halbblinder Blick zurück hilft kein bißchen, wie wir gesehen haben, täuscht nur, das Vertraute scheint nur vertraut und oder ähnlich, aber zurückgeschaut werden muß dennoch, Kogoj: Habe ich jemals zu dir gesagt, ich hätte vergessen, Lebonja. Das habe ich nie: vergessen, aber was ich habe, genau wie du: an Gebäude und Gedächtnis etwas versäumt zu erinnern und zu bedenken. Gegebenenfalls haben andere mein Gebäude für mich abgearbeitet, vielleicht: ein erster Schritt, und zum Ausgleich habe ich am Haus deiner Eltern nachgeholt für dich, woran du nicht einmal denken wolltest, als wir dort oben waren im Herbst: zwei erste Schritte, und Kogoj: Es fehlen zwei zweite Schritte in Richtung Pflügler und zwei winzige Beiträge zu einem Gedächtnis und Gegengedächtnis. Deshalb vielleicht mein und überhaupt ein so plötzliches Interesse für Heinrich Pflügler. Der Sohn hatte sich verraten, vielleicht habe ich etwas geahnt, aber das konnte ich nicht, aber ich hoffte etwas und hoffte es nicht, ich wollte und mußte etwas herausfinden, aber ich wollte es nicht, ich versuchte es, aber fand nichts heraus, mein erstes Verschwinden. Ein Versuchen vielleicht und ein Wollen seit vielen Jahren: herauszufinden über verschiedenste Teilnehmer im entsprechenden Alter verschiedenster Gespräche, die ich hier geführt habe über die Jahre, was sie getan haben mögen Ende April fünfundvierzig, mein Wunsch seit langem vielleicht: mir von ihnen während der ersten Gesprächsmomente über Fangfragen und gezieltes Leiten versichern zu lassen, ohne daß sie es wüßten oder merkten: Sie waren nicht dabei. Unwahrscheinlich sowieso, einem der Täter heute noch über den Weg zu laufen. Aber wissen mußte ich es dennoch, eine kleine Erfindung, zugegebenermaßen: Mein angebliches Wissen darum, daß Heinrich Pflügler beim SS-Polizeiregiment dreizehn gewesen war: falsch, ein Lockmittel, ich hatte gehofft, Ludwig

Pflügler würde reagieren, er tat es nicht, es funktionierte nicht, ich fand nichts heraus, und recht hatte ich dennoch, ohne es zu wissen: mein erstes Verschwinden. Nach den Bemühungen um die Bestätigung: Er war nicht beteiligt, nun das: Verlangen, einen Schuldigen zu finden nach all den Jahren, einen Täter und eine Vorstellung davon, wer und wie es wirklich war. Ich fand keins von alldem: mein zweites Verschwinden. Vielleicht ein Sprechversuch daher, wir lernen sprechen, aus Prinzip. Damit wird noch nicht viel geschehen geschweige denn irgend etwas geholfen sein in mehr als nur der eigensten Sache und zwei Versuche einer Sicherheit, das hilft noch nicht viel. Zu korrigieren gäbe es noch viel mehr aber Genugtuung doch immerhin ein Anfang im besonderen zwei sehr persönliche Ausschnitte, solange wir keinen Einfluß haben auf die großen Erzählungen. Aber was bedeutete es, Lebonja. Wenn es nur irgendwie so wäre, wenn ich all dies so und genau so wollte allein aufgrund meines nachweisbar persönlichen Bezugs als das einzig legitime, das einzig nicht erstaunen machende Kriterium. Vielleicht ist alles ganz anders, nichts von alldem so, vielleicht möchte ich einfach nur etwas geraderücken: Weil ich da bin und niemals anders könnte, als dazusein, Lebonja, ein sehr berühmter Satz, ganz einfach, der slowenischen Autorin Mojca Kumerdej: Because I hate this fucking Nazi shit, vielleicht einfach nur deshalb. Morgen, Lebonja, bei deinem Abschlußgespräch mit Pflügler warum auch immer ein Abschlußgespräch mit nun ausgerechnet Pflügler ich will es gar nicht wissen: morgen der Instrumentenwechsel im Rahmen immerhin der uns ganz persönlich betreffenden Erzählungen, die Wirkung der Mythen im Großen auf uns im ganz Kleinen und derjenigen Erzählung, Kogoj: Die Pflügler dazu heranzieht, um mit dir und seiner Erfahrung mit dir im Kleinen die Gültigkeit und Rechtmäßigkeit seiner Behauptungen im Großen zu beweisen, deine Korrektur nun also: derjenigen Lügen und Denunziationen, in die du als Šorl am meisten eingebunden bist, und Kogoj: Ich kann natürlich nicht wissen, daß Pflüglers Version von meiner Freundschaft mit Šorl tatsächlich gelogen ist, Kogoj: Ich gehe besten Gewissens davon aus, Kogoj: Ohne jeden Zweifel oder irgendeine Konzession, sosehr es dich ehrt, einmal wenigstens Sicherheit und kein schweigend bastelnder Versuch: gerade über Zweifel und Skepsis der bis zur Wirklichkeit hinauf institutionalisierten Unwahrheit einfach nur standzuhalten. Ein einziges Mal statt dessen eine absolut und endgültig festgezurrte in sich geschlossene Erklärung und die bisher über Unmengen von Ritualen verhinderte: unmißverständliche Reflexion, du hast dich daran gehalten, Kogoj: Dieses eine Mal, auch wenn es dir noch so wenig gefällt, danach darfst du machen, was du willst, Kogoj: Wie war es also wirklich. Ich deute Lebonja, die Tür abzuschließen, ich schloß sie ab und stand mit dem Rücken zur Tür: Mara Kogoj, die auf die Tische zutrat, sich setzte, Pflügler, der mir gegenüber am Tisch lächelnd wissen will, wo ich denn so lange geblieben sei, zusammengezuckt ist, als ich hinter Lebonja eintrat. Pflügler lächelnd: daß es schön sei, mich zu sehen, Pflügler: Endlich wieder zurück, bald zehn Monate, weiß er sofort, und Pflügler, der sich wirklich freue, daß ich wenigstens zum Nachgespräch noch einmal gekommen sei: Wollen Sie sich von mir verabschieden, jetzt, wo unser schönes Jahr zu Ende geht. Ich winke ab. Pflügler: ob ich mich nicht setzen wolle, Pflügler, der sich erkundigt, worüber wir abschließend zu sprechen vorhätten, Pflügler, der verstummt, als Lebonja die Schlüssel aus der Tür zieht und widerwillig in seiner Jackentasche verstaut. Pflügler, der zu grinsen beginnt. Ein recht primitives Szenario, hatte Mara Kogoj vorausgesagt, und: Es geht aber nicht anders, beschlossen, Kogoj: Sicher Freiheitsberaubung, Pflügler, beklagen Sie sich ruhig später darüber, und Pflügler, als ob gar nichts sei: ob es uns interessiere, wie es am gestrigen Sonntag unter dem Stahlkreuz gewesen war, es interessierte uns brennend, aber Mara Kogoj leitete sogleich über: Sehr schön, Pflügler, daß Sie da sind und es geschafft haben, vorbeizuschauen, Kogoj: Soviel habe ich mitbekommen: Viel war nicht gerade los, die Ulrichsberggemeinschaft hat auch schon bessere Zeiten erlebt, sie scheinen vorbei. Regen, gerade einmal neunhundert Besucher, das waren doch schon einmal bis zu zehn Mal so viele, ein paar Handvoll Gegendemonstranten, eine Festrede des KAB-Obmanns, immerhin politisch finden Sie zurück zu Ihren Wurzeln, eine neue Gedenkplatte für Doktor Goess, nicht einmal die Kleine Zeitung hat noch enthusiastisch geschrieben. Pflügler: Der Autor des Artikels sei ja auch Slowene, und Kogoj: Ist er das. Ob er ihn gefragt habe. Liegt Ihre kleine schmutzige Bewegung etwa im Sterben, Pflügler, Kogoj: Auch wenn und weil das dazugehörige Denken nach wie vor blüht, ein denkbar winziger Beitrag hier für uns im Gemütlichen zum Todesstoß zumindest der Bewegung, ein Anfang: Wollen Sie nicht mitmachen, und Kogoj: Es wird Ihnen nichts anderes übrigbleiben. Hören Sie, Pflügler, erkläre ich, schalte das Tonbandgerät an, Kogoj: Jetzt lenken wir, wie und wohin wir wollen. Pflügler wollte etwas sagen, aber Kogoj: Es geht schon los. Lebonja steht auf und geht ein paar Schritte in Richtung Tür. Dort blieb ich stehen, er kehrt zurück und setzt sich wieder, und Lebonja beginnt: Nun. Das ist eigentlich eine ganz schnell erzählte. Ganz einfache Sache.

In Wahrheit ist Kall völlig außer Atem, verschwitzt. Verängstigt, geradezu panisch in uns hineingelaufen. Äußerst erschrocken, als er uns, Pflügler und mir, mitten im Wald scheu gegenübersteht mit einem Mal auf der Flucht in großer Panik, und Kogoj: Da sitzt er, Lebonja. Sprechen Sie ihn an, nicht mich, und Lebonja zu Pflügler: Keine Spur von Heldengehabe.

Abenteurerei. Rein gar nichts von all dem, was Pflügler erwähnt was Sie erwähnt haben, Pflügler. Trug er bei sich, soweit ich weiß. Pflügler an seinem Platz lacht auf: Das funktioniere ja schon sehr gut, Kogoj deutete ihm, ruhig zu sein, und Kogoj: Keine Zweifel, Lebonja: Ganz sicher. Weder Zündhölzer, Papier, Ölkanne. Nicht einmal einen Rucksack hatte Kall dabei, wenn ich mich recht erinnere, Kogoj gegen Pflüglers Kichern: Keine Zweifel, und Lebonja: Ganz sicher nicht einmal das. Ich erinnere mich genau: Er trug nicht mehr bei sich als die Kleidung an seinem Körper von einem noch brennenden Scheit in den Händen ganz zu schweigen. Unser Aufeinanderprallen an jenem Tag unweit des Komponierhäuschens: alles andere als ein mich vollkommen faszinierendes Ereignis. Aufregend sicherlich. Für uns beide zunächst. Immerhin stand uns unerwartet ein landesweit gesuchter mutmaßlicher Brandstifter gegenüber. Aufregend allerdings nicht ansatzweise deshalb. Weil sich Kall entsprechend aufgeführt hätte. Das ist eine Erfindung. Ein verstörendes, leicht unheimliches Ereignis, kein uns beide begeisternder Nervenkitzel. Pflügler wollte sich einmischen, Kogoj laut: Achten Sie nicht auf ihn, Lebonja. Was dann geschehen sei. Uns zu dritt auf die Stufe des Komponierhäuschens gesetzt. Pflügler Kall ich, soweit richtig, Kogoj: Wer hat sich dorthin gesetzt, und Lebonja rückt seinen Stuhl näher an den Tisch, Lebonja zu Pflügler: Sie, Kall, ich: nebeneinander auf der Stufe des Komponierhäuschens. In Wahrheit hat Kall mit keinem einzigen jener Brände sofort zu prahlen begonnen. Er hat von sich aus nicht einmal nur einen einzigen dieser Brände erwähnt, gezielt darauf ansprechen mußten wir ihn und nachfragen immer wieder, Sie erledigten das. Erfahren wollten wir natürlich beide etwas, nachdem wir schon so viel über ihn zu wissen glaubten, gewußt hatten wir natürlich nicht wirklich etwas. Dies war das einzig Spannende: uns ihn anzusprechen zu trauen, Sie waren es schließlich,

Pflügler. Der Kall auf die Brände ansprach und alles und noch jedes Detail darüber wissen wollte. Ganz sicher, Kogoj: Und dann, Lebonja: Nicht viel. Kall druckste herum, wollte nichts sagen. Murmelte etwas von Mißgeschicken im letzten Jahr, von Unschuld in diesem, er war völlig verängstigt und keineswegs in der Lage oder Willens, mit seinen vermeintlichen Heldentaten zu prahlen mit seinen Brandstiftungen oder irgend etwas anderem ganz sicher nicht: Er sprach ja nicht einmal. Ich habe keine Ahnung, wie Sie darauf kommen, es könnte in irgendeiner Form anders gewesen sein, Kogoj: Wie wer darauf kommt, und Lebonja diesmal direkt an Pflügler gewandt holt er tief Luft, er zieht erneut seinen Stuhl zurecht, unter dem Jahr mein Stuhl heute der seine, richtet sich auf, gerade, zischt: Sie, schaut mich an. Was ich weiß: daß Kall an jenem Tag übermüdet schweigend halb schlafend zu Tode erschöpft zwischen uns hing ein gehetztes Tier, keinerlei Rede: von Geschichten über Fluchtversuche abenteuerliche Ausbrüche und irgendwelche angebliche Dauerbemühungen, seinem angeblich einzigen Interesse: an immer wieder neues Brennmaterial zu gelangen er schwieg. Er saß zwischen uns, wir sahen uns ratlos an, Kall schwieg, schlief beinahe dem angeblichen Abenteurer Kall war längst gründlich egal: was mit ihm passierte, darüber nachzudenken war er viel zu schwach, Lebonja: Es gab auch keinerlei Lippen. Ihre Worte, Pflügler. An denen ich hätte hängen können, während wir dort hockten, ich tat es nicht ich konnte es gar nicht, dementsprechend: jedwede geheimnisvolle Geistes- und Interessenverwandtschaft zwischen uns beiden Kall und mir: reine Erfindung. Natürlich muß das so sein und genau so, natürlich muß es eine solche Verbindung mit Sicherheit geben, denn Geschichten wollen erzählt werden und Sagen, Lieder gesungen. Als zwei Kärntner Slowenen stecken wir natürlich unter einer Decke, ob wir uns zuvor schon einmal gesehen haben oder nicht oder dasselbe tun, dasselbe wollen, dasselbe sind oder nichts von alldem: egal, und ebenso egal: daß der in Wahrheit zielgerichtete und wirkungsvolle Partisanenkampf bis neunzehnhundertfünfundvierzig und irgendeine Brandstiftung mehr als fünfzehn Jahre später zwei grundsätzlich verschiedene Dinge sind, alles andere als unser ganz zwangsläufig gemeinsames Gesprächsthema. Von einer Geistesverwandtschaft oder blindem Verständnis ganz zu schweigen gemeinsame kärntner-slowenische Herkunft hin oder her was heißt das schon, ich kannte Kall doch gar nicht. Ich weiß nicht, ob Pflügler je wirklich bewußt wird, Lebonja wendet sich von mir ab, als ich ihm deute, daß er zu mir spricht und zwischen uns in den Raum anstatt mit Pflügler, ich wandte mich ab und Pflügler zu: Wie sehr Sie von einem besonderen Beispiel, seien es in diesem Fall gerne Kall und ich, verallgemeinern, um ganz sichergehen zu können, Sie entdecken: was Sie zu sehen wünschen, Lebonja: Wie bewußt oder unbewußt nun auch immer, Kogoj: daß Lebonja mit einem Mal ja richtig konkret werden könne, ich flüstere ihm zu, ich hörte sie flüstern: Jetzt fehle nur noch, daß ich aggressiv werde oder ähnliches, aber Lebonja geht gar nicht auf mich ein, statt dessen auf den reglos abwartenden Pflügler los: Wenn Brandstiftung und Partisanenkrieg für Sie tatsächlich ein und dasselbe Andere sind, wäre ich nur zu gerne auf Kalls Seite gestanden, falls ich mit dem Partisanenkrieg je überhaupt etwas zu tun gehabt hätte, ich habe es nie, kein Familienmitglied kein einziges ich selber natürlich ebensowenig: Was geht mich der Partisanenkrieg an, und zu Kogoj: Das sollte ich inzwischen vermutlich anders sehen, nicht wahr. Ich gebe mir alle Mühe, zu Pflügler: Weder gab es für Kall und mich etwas zu reden noch die Möglichkeit, uns blind zu verstehen. Kall schwieg. Pflügler und ich Sie und ich, wir sahen uns an, schweigend nebeneinander drei ängstliche Jungen, mehr nicht, das war alles. In einer Sache, Pflügler, haben Sie recht. Wir haben Kall im Komponierhäuschen eine Schlafgelegenheit gebastelt. Das war aber schon alles Richtige, das Bett nämlich: sehr notdürftig, in größter Eile, während wir uns einbildeten, die Spürhunde unten im Tal bellen und die Gendarmerie rufen hören zu können, wissen Sie noch: natürlich unmöglich, wir hörten, was nicht zu hören war, wir wollten es hören das verschlossene Komponierhäuschen gemeinsam aufgebrochen, für Kall eine Schlafgelegenheit aus herumliegenden Notenheftchen und Laub aus dem Wald, das ich Sie keineswegs hatte zusammensammeln lassen. Wir sammelten: gemeinsam in der unmittelbaren Umgebung des Häuschens, Sie, Pflügler, und ich, Kall auf der Stufe sitzend: längst zu schwach, uns zur Hand zu gehen. Kissen und Decke: unser beider Jacken wohlgemerkt, Ihre, meine, darin eingewickelt schlief Kall im Komponierhäuschen ein auf jenem Hohn von Bett niemals auf einem derartigen Luxus, den Sie zu erinnern behaupten. Er schlief, kaum daß er lag. Sie und ich gemeinsam gingen wir hinaus in den lauwarmen Juniwaldabend und sahen uns draußen schweigend ratlos an und wußten nicht, was wir zu tun hatten und tun sollten, es wurde dunkel, die Stimmen das Bellen Rufen Suchen Pfeifen in der Stadt weiter unten klang ab, es wurde still und Kall kaum eineinhalb Tage später gefaßt. Lebonja mit einem Blick zu mir, und Kogoj: den Kopf in die Hände gestützt, ans Fenster getreten, auf dem hochgedrehten Stuhl saß sie mir gegenüber, zu Pflüglers Rechten am Tisch ahne ich nicht ansatzweise, was er denken könnte von Lebonja, von mir, ich versuche es herauszufinden, es gelang ihr nicht. Aber er spricht. Lebonja spricht, ich höre ihm zu und tue es gern, ich höre ihn sprechen und höre zu, es gefällt mir, Kogoj: auf ein Blatt Papier das herumlag schrieb sie unter die Worte: Kein Mörder, nie die Worte: Das geht doch schon sehr gut geht da etwa noch mehr, und das tat es: Ich weiß nicht mehr viel aus diesen Tagen. Einiges jedoch sicher und also wesentlich genauer scheinbar als Sie, Pflügler, denn sicher weiß ich. Daß Kall sich keineswegs im Keller des Krankenhauses in einem Luftschacht irgendwo sonst außer im Komponierhäuschen versteckt hatte. Daß Kall bei uns im Komponierhäuschen gefaßt wurde. Daß er keineswegs noch in der Nacht seiner Ankunft im Komponierhäuschen mit einem Rucksack voller Feilen Brandstifterutensilien zum Landeskrankenhaus hinunter oder sonstwohin gelaufen ist, um was auch immer dort zu tun. Daß er dazu überhaupt gar nicht in der Lage gewesen wäre. Daß ich mir nicht vorstellen kann, wie nein: daß ich weiß: daß Kall eine solche Strecke in jener Nacht nicht mehr hätte zurücklegen können. In Wahrheit. Entgegen Ihrer Version. Hat er die eineinhalb Tage seit Sonntag abend durchgängig im Komponierhäuschen verbracht. Wir beide planten doch zusammen, ihn regelmäßig zu besuchen und zu versorgen über den Winter zu bringen, wir wollten ihm Nahrungsmittel zukommen lassen, keine Sekunde hat er im Luftschacht des Landeskrankenhauses gehockt, unsere Versorgungspläne: Es kam nicht dazu. Ein einziges Mal konnte ich ihn besuchen gehen, bevor Kall von der Gendarmerie unter Ihrer und meiner Jacke im Komponierhäuschen hervorgezogen wurde, er hatte geschlafen und geglaubt, im Komponierhäuschen nichts befürchten zu müssen ein Irrtum. Sie und ich gemeinsam und wie aus einem Mund mit denselben Worten hatten wir getönt, uns kümmern zu wollen um ihn, während und solange er sich bei uns aufhalte unser Gast gewissermaßen. Nach kaum eineinhalb Tagen erwischte die Gendarmerie Kall, und Kall: ohne jede Ahnung oder Gegenwehr: Wir waren beide dabei. Ich war erst kurz vor der Gendarmerie im Komponierhäuschen angekommen, hatte Kall einen Beutel Nahrungsmittel mitgebracht, eine Decke oder zwei: unser, mein erster Versorgungsgang, den ich alleine antrat. Ich stand neben ihm, als die Gendarmerie eintraf. Notfalls den ganzen

Winter, hatten Sie tags zuvor noch getönt, als wir zusammen hingegangen waren. Würden wir Kall im Komponierhäuschen versorgen einen ganzen Winter sollte Kall im Komponierhäuschen und in Sicherheit bei uns bleiben mit uns unter unserer Obhut er könne uns vertrauen wir schmiedeten Pläne: Ich sollte mich am kommenden Tag um Kall im Komponierhäuschen kümmern, Mittwoch dann wären Sie an der Reihe gewesen, Donnerstag ich, Freitag Sie und so weiter, Dienstag, gegen Mittag, hatten Sie sich auf dem Weg zum Komponierhäuschen befunden und waren einige Dutzend Meter vor dem Komponierhäuschen von der Gendarmerie aufgehalten worden. Im Komponierhäuschen währenddessen wurde: Kall mit mir zusammen widerstandslos abgeführt an Ihnen vorbei wir beide hintereinander zwischen wenigstens sechs Gendarmeriebeamten, auf frischer Tat ertappt unter einer Decke kärntner-slowenische Schädlinge, wer sonst Sie dürfen entscheiden. Chronische Friedensstörer. Kein Wort. Ein Blick und Ihr Blick allein. Das reichte mir und war das letzte. Das ich von Ihnen gesehen oder gehört hatte bis vor einem Jahr, dem Beginn unseres Gesprächs, und Kogoj: Das hat er vergessen, daran will er sich nicht mehr erinnern, verständlich. Davon will er nichts mehr wissen. Sie deutete mir, meinen Stuhl umzudrehen. Wir drehten unsere Stühle um und vom Tisch von Pflügler weg, Lebonja schnappt nach Luft, ist sichtlich aufgeregt, trinkt, und mit dem Rücken zu Pflügler Mara Kogoj: Hier Pflüglers angebliche Niederlage, Kalls Verrat. Oben mehrfach die Niederlagen des Vaters und seiner Kumpane, deren so exzessive Wiederholung Betonung auch und insbesondere der eigenen Schwäche als Lied über das Verlangen nach Kameradschaft: Schutz und Obhut innerhalb einer vordefinierten Gruppenidentität, Schutz vor Verlusten und der Einsamkeit in der Niederlage, und damit: das gute Recht zur Prävention weiterer Rückschläge, zur freien Waffenwahl und: all jene sich tatsächlich oder nur eingebildet zu der eigenen irritierend widersprüchlich, zweifelnd: anders verhaltenden Stimmen zum Schweigen zu bringen gerne auch weit im voraus, Kogoj: Was denkst du, Lebonja: Vielleicht, und Kogoj: Eine Stimme nichts weiter, das genügt, ein berechnender Klang, Lebonja, das hast du in etwa geschrieben, Kogoj: Genügt bereits, um die eigene Unwissenheit durch Phrasen zu kaschieren und durch blinde Klischeehörigkeit gegenüber all dem vermeintlich gesicherten Wissen des Gesangs, der einzig wahren Stimme, über Kall und die Welt, der sich bis zuletzt ausliefernde Glaube daran, Lebonja: Ich weiß nicht, mag sein. Er winkt ab, fährt, leiser, fort: Im Komponierhäuschen konnte Kall ohne jede Fluchtgefahr zum Abschuß freigegeben werden. Eineinhalb Tage lang in Schach gehalten. Beruhigt, bis Sie sicher sein konnten, daß die Gendarmerie einigermaßen ungefährdet zuschlagen können würde, um Kall, von unseren Fürsorgeversprechen eingelullt, möglichst ohne Gegenwehr festzunehmen, die Verhältnisse so wieder herzustellen, wie sie gehörten. Ob Kall die beiden Brände in der Nacht zum Montag in der Umgebung von Wolfsberg gelegt hat, konnte bisher noch nicht geklärt werden, Pflügler von der anderen Seite des Tisches laut: Hat er, wir drehten uns um und gleich wieder weg. Hat er nicht, sagte ich zu Kogoj: Wie hätte das möglich sein sollen. Er war im Komponierhäuschen bei uns, wie hätte er nach Wolfsberg kommen sollen, Kogoj: So in etwa habe ich mir das vorgestellt, schrieb sie auf, und Kogoj: Sag, Lebonja, sie lachte: Ob sie mich noch etwas fragen dürfe. Warum er nun überhaupt befreundet gewesen sei mit Pflügler einen Sommer lang, nicht bis in den Frühherbst hinein entgegen Pflüglers Behauptung, Kogoj: Deine Version beginnt und endet im Juni sechzig, Lebonja: Der Versuch vielleicht. Zu nehmen, was sich anbot, mein Versuch: jede Gelegenheit zu nutzen. Ruhe einkehren zu lassen. Mitspielen zu dürfen im weitesten Sinne nach all den

Jahren, Pflügler selber war ja nur die Spitze gewesen dessen, mit dem man rechnen konnte und mußte, gerade das, was mich erreicht hatte. Einen Sommer lang in der Hoffnung: Es könnte dauerhaft bei einem Spiel für alle Beteiligten bleiben, Kogoj: Was aber, Einen Tag, unterbrach ich sie. Hat Kall im Komponierhäuschen verbringen dürfen. Einen Tag immerhin, Pflüglers Metapher im übrigen, keine gute, und als Metapher selbstverständlich nie ganz das, was eigentlich war, nur ein Bild einmal mehr, wie üblich. Natürlich hatte Pflügler Kall dort so schnell wie möglich wieder heraus haben müssen, der Brandstifter Kall und der Partisan Lebonja: gemeinsam gleichzeitig allein und ohne Bewachung im Komponierhäuschen vermutlich eine Horrorvorstellung für ihn. Betreten jedenfalls habe ich das Komponierhäuschen bis heute nicht mehr, und nach diesem einen Sommer der nun endgültig gescheiterten Hoffnung eines dauerhaften Spiels bei der erstbesten Gelegenheit drei Jahre später beschlossen: mich von nun an nur noch herausleben zu wollen, ich habe durchgehalten: bis heute. Kogoj: Ob sie jetzt dran sei, aber Lebonja fällt mir ins Wort: Kein einziger Schritt zurück außerdem in das Kohldorfer Haus. Kein einziger Gedanke und keine Erinnerung: Beginn und Zustand einer Entfernung und heute, mit dem gerade Gesagten, ihr Ende, Kogoj: Ob sie jetzt dran sei. Lebonja nickt. Tritt zurück und tritt hinter mich, dort bleibt er und schweigt: als ein Tonband, das bin ich so und genau so gewohnt ich sehe schon: Er steht auf und geht ein paar Schritte in Richtung Tür. Dort blieb ich stehen, er kehrt zurück, als Mara Kogoj mich zurückrief, und steht am Schreibtisch einen Wortwechsel lang und schweigt und setzt sich wieder: hinter mich getreten, das wird auch so bleiben. Lebonja: auf immer ein Tonband, nichts weiter, er glaubt: Eigentlich dürfte er nicht hier aufgewachsen sein und er sein und dann auch noch wiederkommen, seine Bedingung dafür bisher: Entfernung, sich nicht zu erinnern und sich auszurüsten, an Fakten nur das nachzuholen über vier Jahrzehnte, was dringend zu überblicken wäre und zu wissen jenseits von ihm: Er taucht auf für die Korrektur einer einzigen Erzählung von sich und sofort einer Erzählung zuviel, er wird nun dauerhaft untergetaucht bleiben nachdem und seitdem er fertig ist. Er nimmt auf, aber seine einzige Bedingung: zurückzukehren und herausgelebt zu bleiben zugleich, ich kann es ihm ansehen: Sie hat sich ihm nicht erfüllt. Eine einzige Korrektur bisher, und eine Korrektur bereits zuviel, Lebonja: Ich hatte sie niemals vornehmen wollen, keine einzige. Er tritt zurück und tritt hinter mich dort bleibt er für den Moment, aber bleiben wird er über weitere Korrekturen hinaus keine Minute, um dann endgültig herausgelebt zu sein, Kogoj: Daß sie dann jetzt wohl dran sei, ich bin dran, nicht wahr. Lebonja nickt, und Kogoj: Ein Konzert also, Pflügler, gewissermaßen. Sie haben es nicht anders gewollt: alles auf einmal und wie es wirklich war anstatt auch weiterhin Radioschnipsel allein und ein Ausschnitt hier, ein Ausschnitt da, kaum je mehr, nichts Umfassendes: Ihre ungebrochene Möglichkeit zur Rede bisher, die meine von hier an: dagegenzuhalten in Vollständigkeit, hören Sie zu: Was ich seit jeher hatte vermeiden wollen, was wiederum allein nur zu helfen scheint: Zynismus und nur der nächstliegende Beweis, dieselben Methoden wie die Ihren, Pflügler, denn Objektivität, Lebonja, und Distanz können wir nicht brauchen, keines von beidem interessiert mich hier wirklich, interessiert hat keines von beidem bisher irgend jemanden, wir schlagen also nur zurück. Für Fairneß und Überlegtheit bleibt anderswo noch ausreichend Platz, und ein Quiz daher, Pflügler, ein Quiz nun für Sie, hören Sie zu: Meine Preisfrage.

Es geht zunächst um Ihr Stahlkreuz, erinnern Sie sich, Sie waren erst gestern wieder oben. Ein Stahlkreuz, das, einmal mehr: ein Sinnbild sein soll dafür, daß: unser Vaterland und Tausende, die so viel Hartes durchmachten, auferstehen werden zu wahrem Glück und Frieden, der aus Gott geschaffen ist. Kommen wir darauf zum dritten, letzten Mal zurück, meine Frage: Fehlt hier etwas, Pflügler. Preisfrage, zweiter Teil: Hier wird jemandes gedacht, die Frage: wessen. Gedacht, und dennoch fehlt etwas, etwas wird vergessen, ahnen Sie es: was. Dritter Teil, dieselbe erste Frage: Wer bleibt hier, sagen wir es diplomatisch: außen vor. Das geht Ihnen alles zu schnell, nicht wahr, ich sehe schon, fassen wir kurz zusammen: Jemandes wird gedacht. Etwas Entscheidendes dabei unter den Tisch fallen gelassen, etwas, das, würde es ausgesprochen, dieses Gedenken in dieser Form jedem aufmerksamen und klaren Verstand verunmöglicht hätte. So allerdings unterschlägt das lückenhaft verfälschende Gedenken etwas, es spart etwas aus, und dies sogar, kann man voraussetzen: völlig bewußt. Ahnen Sie schon etwas, denken Sie mit. Raten Sie mal. Pflügler: Daß er sich das nicht gefallen lassen müsse, und Kogoj: Aber genau das müsse er, Kogoj: Zweite Frage, hilft Ihnen vielleicht ein wenig, mehrere Teile wiederum, drei Schritte auf dem Weg der Beweisführung. Schritt eins und ein weiteres Zitat, diesmal einem pseudowissenschaftlichen Spukgeschichtenaufguß in Essayform entnommen, der tatsächlich ohne eine einzige Fußnote oder nur den Hauch eines Erläuterungsversuches auskommt, hingegen zur Gänze und ohne nur die geringste Skepsis oder gar Quellenkritik auf teilweise über wenigstens einen Umweg erinnerten Zeitzeugenberichten basiert, auch Gallob findet sich hier wieder, und trotzdem die Wahrheit zu verbreiten und rein gar nichts anderes zu tun behaupten darf, erstaunlich, nicht wahr, ein Aufsatz, ein Schauermärchen und beeindruckend unsachliche Legendenbildung, erstaunlicherweise verfaßt, denn gelernt hat der offensichtlich noch nicht viel an der Universität, von einem: Geschichts- und Rechtswissenschaftsstudenten in Wien, geboren: neunzehnhundertachtzig in Villach: Wendelin Mölzer, Sohn eines berühmten gleich benachnamten Denkers Schriftstellers Publizisten Politikers im Europarlament, den kennen Sie vielleicht, vielleicht sogar persönlich, Sie beide favorisieren ähnliche Verschwörungstheorien, da sieht man sich doch, mag sich. Gewählt haben Sie ihn vermutlich, aber was denken Sie darüber, behalten Sie es bitte für sich. Der Sohn: von Fußstapfe zu Fußstapfe: ein ausgemachter Märchenessay, den er sich da zusammengelogen hat über die: Verbrechen der Partisanen in und, noch besser, den: Griff der Tito-Partisanen nach Kärnten, im letzten Jahr erschienen in einem vom Vater in einer Art Eigenverlag herausgegebenen Band. Der Sohn, der nach einigen Ausgeglichenheit und Distanz heuchelnden Seiten feststellt, daß in: der offiziellen Geschichtsschreibung die Tito-Partisanen bislang immer kritiklos wegen ihres vermeintlichen Beitrags zur Befreiung Österreichs vom Nationalsozialismus gelobt worden seien. Ihre Mordtaten hingegen seien verharmlost oder gar verschwiegen worden, Kogoj: Und weiter unten: daß die Partisanentätigkeit zu einer massiven Einschüchterung der Unterkärntner Bevölkerung geführt habe, Terrorakte wie etwa in Abtei gegen Kärntner Zivilisten an der Tagesordnung gewesen seien, Kogoj: Herrlich, nicht wahr. Ähnliches noch ein wenig gebündelter, Schritt zwei, in aller Öffentlichkeit: als Gedenkstein am landeshauptstädtischen Domplatz mitten in der Stadt einerseits und andererseits als Legende in ziemlich vieler Munde, hier funktioniert das Zusammenspiel, hören Sie: Zum Gedenken an die während und nach dem Zweiten Weltkrieg von Partisanen verschleppten und ermordeten Kinder, Frauen und Männer. Wir wollen nicht vergessen damit Gleiches nie wieder geschieht. Neunzehnhundertneunzig erneuert zweitausendzwei, Kogoj: Ein Traum, und Kogoj: Dasselbe nun drittens vor zugegeben schon einiger Zeit bei Ihnen unter dem Stahlkreuz, da schließt sich der Kreis, Schritt drei: der Landesrat Jörg Haider, Kogoj: Ich wünschte, ich wäre um den immerhin herumgekommen, aber das geht wohl nicht, der am sechsten zehnten neunzehnhundertfünfundachtzig in einer Rede, die seinen Zuhörern: besondere Hochachtung abgerungen habe, phantasiert haben soll, daß: überall, wohin wir auch blickten in der Welt, Freiheitskämpfer geehrt und ausgezeichnet würden. Daß, obwohl die Teilnehmer am Kärntner Abwehrkampf das erste patriotische Opfer für die junge Republik im Abwehrkampf gebracht hätten, ihnen hingegen die offizielle Anerkennung bis heute versagt geblieben sei. Dafür seien aber Hunderte Partisanen, die nachweislich auf der anderen Seite gestanden seien und die Freiheit und Einheit des Landes bedroht hätten, in den letzten Jahren mit höchsten Auszeichnungen eben dieser Republik ausgestattet worden, Kogoj: Lassen Sie sich das auf der Zunge zergehen: nachweislich auf der anderen Seite. Ahnen Sie, welche ihm die eigene Seite ist. Dieselbe vielleicht wie Ihnen, Pflügler. Drei Schritte, alle sagen jeweils dasselbe in den Bereichen Pseudowissenschaft, Denkmalkultur und Demagogiekunst und wirken gemeinsam auf ein gemeinsames Ziel hin. Jetzt haben wir zwar schon einiges gehört von dem, worauf ich erst noch hinauswollte, dennoch eine weitere Frage an Sie, kommen Sie noch nach. Das war noch nicht die Frage, zunächst eine Behauptung in bezug auf diese drei Momente: Auf mehreren Ebenen und in verschiedenen Ausprägungen des öffentlichen Gedächtnisses wird dieselbe ziemlich unverschämte Opfer-Täter-Umkehrung vorgenommen und ausgesprochen, eben jene: die im obigen allerersten Zitat von Glück und Frieden und Vaterland nur angedeutet geblieben war. Dort nämlich hatte es überhaupt nur eine Opfergruppe gegeben, wenn auch die falsche, Täter noch keine: dort nur eine Verschiebung des Opferstatus. Hier erst, in jenem geschilderten Dreischritt, erfolgen die Umkehrungen, die Frage also: Um wen herum wird oben zunächst nur ein Bogen gedacht, und wer wird dann systematisch, vermutlich ein diskursiver Reflex auf etwas, das andernorts genauer erörtert werden sollte, weiter unten zwar wieder zurückgeholt ins Gedächtnis. Dies jedoch nur als Täter, keineswegs als Opfer. Der Gesuchte, sagen wir: die Gesuchten: als Erinnerungslücke und als die wahren Täter auf allen nur denkbaren Ebenen, ein Phänomen, fantastisch, ein sehr kunstvolles Gedächtnis, Pflügler, Kogoj: Eigentlich müßten Sie längst wissen, wer gemeint ist, Ihnen scheint nicht zu helfen zu sein, vielleicht kommen Sie drauf, wenn wir uns anschauen, nein: wenn ich danach frage, was die Gesuchten genau getan haben, und warum sie selbstverständlich vergessen werden müssen oder, wenn schon erinnert, dann: zu Tätern, den einzigen, stilisiert. Sind Sie bereit, Pflügler, die Taten, erster Teil: Auf wessen im weitesten Sinne politische Arbeit, äußerst opfer- und verlustreiche Opposition während des Zweiten Weltkrieges kann unter anderem die Inklusion des berühmten Artikels sieben: Rechte der slowenischen und kroatischen Minderheiten in den bis heute auch von Ihnen umjubelten Staatsvertrag von neunzehnhundertfünfundfünfzig zurückgeführt werden, der den Minderheitenschutz bundesweit regeln soll, regeln soll wohlgemerkt, kennen Sie den. Den kennt jeder, ich will nicht alles vorlesen, aber das hier ist schön, Paragraph fünf von fünf: Die Tätigkeit von Organisationen, die darauf abzielen, der kroatischen oder slowenischen Bevölkerung ihre Eigenschaft und ihre Rechte als Minderheit zu nehmen, ist zu verbieten. Was sagen Sie, Pflügler. Ob wir das Paket: großflächig institutionalisiertes Rasterdenken plus aggressiver Deutschnationalismus mal historischer Blindheit und allerlei patriarchalem Stumpfsinn auf höchster politischer und kaum überraschend kirchlicher sowie breitester gesellschaftlicher Ebene in eine Organisation zwängen müßten, damit derlei verboten würde. Ist schon geschehen, sagen Sie, mehrfach sogar, zumindest ersteres, die Organisation. Zweites nicht, deren Verbot, sagen Sie, wird wahrscheinlich nie geschehen, verwundert Sie nicht, aber stört Sie auch nicht, sagen Sie. Merkwürdig, Kogoj: Mich auch nicht. Sowieso ist so etwas wie: Minderheitenrechte als Thema nicht Ihre Sache, nicht wahr. Ich ahne es, damit kann ich Sie nicht beeindrukken: rechtsradikal, sagen Sie, sei das Unwort, von dem Sie sich glauben, distanzieren zu müssen, aber das müssen Sie gar nicht. Der Konsens wird doch kaum je als: rechtsradikal bezeichnet werden können, solange er selber die Begriffe auswählt und deren Inhalte nach Belieben. Aber darum geht es auch gar nicht: um die oberflächliche Brandmarkung als rechtsextrem oder nicht, sondern darum, daß bestimmte Inhalte so lange nicht gebrandmarkt werden, wie sie im vermeintlich harmlosen und über die Namen der Dinge verfügenden bürgerlichen Gewand der Mehrheit aufzuscheinen in der Lage sind und die Schwerpunkte verschieben, wie es ihnen gefällt, aber. Vielleicht haben Sie ja recht, versuchen wir es anders, denken Sie derweil gerne über das Gelernte nach, aber hören Sie zu, während wir weitermachen: Wem, das kann man so sagen, ist es mit der militärischen und auch sonstigen Unterstützung der Alliierten und Assoziierten Mächte sowie Teilen der Bevölkerung gelungen, enorme Mengen deutschen Militärs, Tausende deutsche Soldaten in den Südkärntner Wäldern zu binden, jetzt ist mir etwas herausgerutscht, spätestens jetzt sollten Sie wissen, wo wir uns aufhalten, Soldaten, die eigentlich woanders ihr Unheil hätten anrichten sollen. Die Südkärntner Wälder mußten sie statt dessen durchwühlen auf der Suche nach der auch von uns heute und hier gesuchten, sagen wir: Gruppe, wesentlich wohlwollender tun wir das, Wälder, in welche die Gesuchten, bis dahin zumeist Bergbauern, Forstarbeiter, als vergleichsweise provisorisch organisierte: Grüne Kader und als Vorform ihrer späteren disziplinierteren militärischen Verbände hatten flüchten müssen, nachdem sie von ihren Höfen vertrieben oder sonstwie illegalisiert worden waren, Wälder, von denen aus sie in etwa ab dem Herbst neunzehnhunderteinundvierzig operiert hatten, zunächst nur: um zu überleben, nicht unbedingt, um zu kämpfen, bis ihnen später die Kontaktaufnahme zu den jugoslawischen Partisanentruppen gelang, mit denen der organisierte Widerstand nach Kärnten überschwappte. Das muß ein schrecklicher erster Winter dort draußen gewesen sein ohne jede Erfahrung, Ausrüstung, Unterkünfte im Freien in den Bergen, in Erdbunkern, Läuse, kaum Waffen, nie etwas zu essen, Schnee jederzeit bis zu den Knien, zusehen zu müssen, wie in den Tälern Freunde Familie Nachbarn deportiert werden, ausgesiedelt, enteignet, zur Wehrmacht eingezogen. Wälder, in die die Gesuchten in den Folgejahren dennoch enorme Mengen deutschen Kriegsgeräts locken konnten, das von woanders abgezogen werden mußte, von der Ostfront nämlich, und an der Ostfront demzufolge fehlte. Wer hat demzufolge wenigstens einen kleinen, aber nicht völlig unerheblichen Teil dazu beigetragen: daß die Rote Armee Deutschland im Osten nach und nach zurücktreiben besiegen konnte, Deutschland unterlag, sagen Sie etwa, das bedauerten Sie. Aber ich sehe schon. Von derlei ertragreichen Widerständen gegen ein bestialisch rassistisches, einzigartig menschenverachtendes, dementsprechend auch Krieg treibendes Regime und Volk halten Sie ebensowenig, geschweige denn etwas von dessen wohlverdienter Niederlage viel zu spätem Untergang, für den wir noch heute wenigstens einmal täglich dankbar sein sollten, einmal täglich, mindestens. Aber das wollen Sie nicht wissen hören, nicht wahr. Hätte ich mir denken können, hören

Sie, so kommen wir nicht weiter, Pflügler, das alles hier spricht nicht für Sie, nun schauen Sie nicht so, ich kann nichts dafür, es liegt an Ihnen. Gehen wir einen Schritt weiter, kommen Sie mit, zweite Frage, vierter Teil, es geht um einen Fixpunkt in der üppigen hiesigen Sagenwelt: Wer muß sich seit Kriegsende, zu dem wie gesehen die Gesuchten nicht unerheblich beigetragen haben, vorhalten lassen, nichts anderes getan zu haben als ziellos geplündert, die Bevölkerung ausgebeutet aus purer Lust an der Ausbeutung Raublust Vergewaltigung mutwillige Zerstörung ohne jede Absicht außer derjenigen: zu schaden, vor allem: Vaterland Heimat Antikommunismus. Wer hat zwar tatsächlich geschadet. Dies jedoch vor allen Dingen, und hier lag und liegt für heimattreue Märchenerzähler, Ihnen zum Beispiel, seit jeher der größte aller Haken: dem nationalsozialistischen Imperialismus und seinen Sympathisanten, dazu habe ich schon etwas gesagt, noch einmal: Wem war es bald und insgesamt gelungen, so viel deutsches Kriegsgerät zu vernichten wie keine andere österreichische Partisanengruppe, schon wieder verraten, vergessen Sie es schnell wieder haben Sie überhaupt zugehört wir machen weiter in Ordnung macht doch Spaß nicht wahr ein Ratespiel nicht wahr Pflügler toll macht es Ihnen Spaß, weiter: Wen suchen wir. Wir stehen nach wie vor bei dem Mißverhältnis von Absichten Aktivitäten Erfolgen der Gesuchten zu ihrer öffentlichen Erinnerung Wahrnehmung Anerkennung: aller drei Absenz, wissen Sie schon etwas, Pflügler, wissen Sie eine Antwort, ich will eine Antwort hören, Pflügler, reden Sie noch mit mir, eine Antwort. Nun gut: Wer wird beschuldigt und, weil die Ankläger alle gesellschaftliche und also auch erinnernde Mehrheitsmacht samt nötiger Druckmittel in den Händen halten, auch aus der Geschichte, die der öffentliche Raum in Marmor schlägt und Bronze gießt, weitestgehend verdrängt, nicht aus den Universitäten, im Gegenteil, aber aus dem öffentlichen Raum, und damit zugleich und Hand in Hand, lassen wir den öffentlichen Raum als Indikator alles Gesellschaftlichen gelten für einen weiteren nachlässig unhinterfragten Moment, aus dem kollektiven Gedächtnis: etwa sechzig: Gedenkzeichen an den partisanischen Widerstand sind es im Bundesland insgesamt, hat zum Beispiel die Historikerin Lisa Rettl herausgefunden, die allermeisten davon: schlichte, nichtfigürliche Grab(denk)mäler aus geschliffenen oder ungeschliffenen Natursteinen im semi-öffentlichen Raum des Friedhofes, die insgesamt eher den Charakter eines Ehrengrabes denn besonderen exponierten Denkmalcharakter aufwiesen. Öffentliche Totengedenkriten würden an diesen kaum vollzogen, nur einige wenige Gedenktafeln und Denkmäler existierten außerhalb der Friedhöfe und kein einziges Partisanendenkmal: an einem Ort des öffentlichen Raumes, Kogoj: Und wenn, dann allenfalls in dramatisch verlogenen Zuständen, stigmatisiert, siehe oben. Und all das obwohl, noch einmal, ein weiteres Mal, zurück zu den Erfolgen: die Gesuchten nach allen Kräften systematisch die Nachschublinien der Wehrmacht in Richtung Süden und Jugoslawien unterbrachen, sowohl den Bewegungsradius als auch das Aktionspotential der deutschen Vernichtungsmaschinerie in diesem, auch unserem Raum nicht unbedeutend zu behindern wußten glücklicherweise, darüber hinaus und dazu sogar noch größere Teile des besetzten Gebiets selbständig befreiten. Wer gilt aber dennoch, jetzt sind wir wieder beim mehrfach erwähnten Mißverhältnis hin und her geht es hin und her verzeihen Sie verzeihen Sie nicht, denn: Wer gilt trotz alledem gerne nach wie vor allein hier. Nein, nicht allein hier, das kann ich nicht mit Sicherheit behaupten, also: nicht allein hier, ich nehme es zurück. Aber lassen Sie uns für den Moment der nötigen Übersicht wegen nur über ein Hier sprechen, auf das wir uns einigen können, über das ich nicht urteilen sollte, erst recht nicht allzu pauschal, ich weiß, aber so ist es überschaubarer: Wer also muß trotz all dieser hier nur ausschnitthaft dargestellten Erfolge, mit denen ein alles andere als unwesentlicher oder derart zu verachtender, wie es in der völkischen Sagen- und Liedkunst bis heute geschieht, Beitrag geleistet wurde zur deutschen Kriegsniederlage und zur Verhinderung weiteren endlosen Leids in ganz Europa und wer weiß wo immer auch sonst noch, statt in irgendeiner Form angemessen öffentlich gewürdigt zu werden mit der Brandmarke: Banditen Vergewaltiger Plünderer leben in den ideologischen und gesellschaftlichen Wäldern hausen sozusagen seit jeher und dort schmoren in alle Ewigkeit, wie zu befürchten ist, als die vermeintlich eigentlichen Verbrecher Vaterlandsverräter und Heimatbekämpfer Unschuldigen- und Kindermörder als zwar katholische und aber dennoch Betonkopfkommunisten Verschlepper Tito-Partisanen im noch besten, im allerbesten Fall sowohl im Gedenken der zentralen öffentlichen Plätze, wo die Gesuchten nicht vorkommen, als auch in der abstrakten, wenn man so will, Diskursetappe. Sagen Sie: Freude oder gar Erleichterung zeichnet sich auf Ihrem Gesicht nicht gerade ab, wenn ich die deutsche Kriegsniederlage aufgrund dieses Widerstandes erwähne, täusche ich mich. Kommen wir zum Ende: sechster Teil inzwischen schon, bald haben Sie es überstanden: Welche letztlich vollkommen heterogene Gruppe, die sich während des Krieges nur formal in lediglich einer einzigen, aus der Notwendigkeit des unbedingten Zusammenhalts wenigstens für einige Jahre heraus entstandenen Organisation gesammelt und keineswegs zur Gänze aus Kommunisten allein bestanden hat. In Wahrheit heillos zerstritten zersplittert fragmentiert war und dies noch immer ist, wollte man diejenige Gruppe als Maßstab dafür nehmen, mit der sie nach wie vor gerne gleichgesetzt, als deren Vorgänger sie heute immer wieder bezeichnet wird, mit der sie natürlich niemals gleichgesetzt werden dürfte, der sie niemals vorangegangen ist, die nicht einmal zwingend etwas mit ihren angeblichen Ahnen zu tun haben will, allerdings nicht und niemals um ihre Meinung gefragt wird, das brauche ich Ihnen ja nicht zu erklären, das wissen Sie selber. Die sich von einer germanozentrischen Herrschaftsplattform aus, die alles andere um sich herum immer wieder und wie gesehen als nicht in der Lage wahrnimmt, aufrecht gehen zu können, zu kriechen, zu schlüpfen allein: wenn überhaupt, denunziatorischer Zwecke wegen betrachtet sehen muß als: charakter- und singularitätslos. Als eine einzige formlos barbarische Masse, die von vornherein keinerlei differenzierte Betrachtung zuläßt oder nur das geringste Abweichen von der Mythologie als des einzigen: Recherchemittels, Quellenmaterials. Wenn Sie einmal in der Umgebung von Koprein Petzen an dem einen oder anderen slowenischen Hof mit der Bäuerin ins Gespräch kommen bei dünnem Kaffee, Cremeschnitten selbstverständlich ein wenig plaudern, mag es kaum fünfzehn Minuten dauern, egal, worüber Sie vorher gesprochen haben, bis das Gespräch auf den Partisanenkampf kommt und nicht selten kein einziges positives Wort darüber. Über einen der legendärsten Partisanen, Karel Prušnik-Gašper, wird sie noch viel eher zu berichten haben, daß der: ein ganz Unguter gewesen sei, als über jemanden wie einen gewissen Alois Maier-Kaibitsch, und Kogoj: dessen steile Karriere immerhin: Freiwilliger des Kärntner Infanterieregiments Nummer sieben vor und während des Ersten Weltkriegs: Volksabstimmungsorganisator und stellvertretender Geschäftsführer des KHD neunzehnhundertzwanzig, ab neunzehnhunderteinundzwanzig Geschäftsführung des: Kärntner Heimatbundes, den er zu einem praktikablen Germanisierungsinstrument umfunktionierte, dann: illegale NSDAP, später NS-Landesrat, neununddreißig: Leiter der Volkstumsstelle bei der Landeshauptmannschaft Kärnten: Sonderbeauftragter der Gauleitung für die nationalpolitischen Fragen des gemischtsprachigen Gebietes: Beauftragter der Volksdeutschen Mittelstelle für Kärnten: Beauftragter für außenpolitische Fragen für Kärnten der Dienststelle Rippentrop: Landesverbandsführer des Verbandes für das Deutschtum im Ausland: Mitglied des agrarpolitischen Amtes, in den meisten diesen Funktionen mehr oder weniger direkt mit der Zwangsanpassung oder Beseitigung der Kärntner Slowenen beschäftigt, außerdem: SS-Obersturmbannführer, eine, so ist zu lesen: sehr gute Erscheinung mit starkem nordischen Einschlag, später noch: SS-Standartenführer und so fanatischer wie maßgeblicher Organisator der Aussiedlungen Deportationen Enteignungen und KZ-Internierungen: national nicht verläßlicher, soll vermutlich heißen: bewußt kärntner-slowenischer oder einfach nur sich der Zwangsanpassung verweigernder Personen, deren Ersetzen durch: Volksdeutsche, in einem Nachkriegsprozeß: lebenslange Kerkerhaft, fünfundfünfzig entlassen, ein Volksheld nichtsdestotrotz für den KHD, gehuldigt wird ihm angeblich auch mit einer Tafel am Ulrichsberg, wenn auch nur indirekt, und Kogoj: Aber sagen Sie, Pflügler: Ist ein solcher vorauseilender Gehorsam nun Angst aufgrund über Jahrhunderte hinweg tradierter Ausgrenzungserfahrungen, ältestbekannter, vielfach erlebter Repressionsschemata, das uralte Wissen womöglich, dem und nur dem gehorchen zu dürfen, was auf deutsch aus Klagenfurt und Völkermarkt hoch befohlen wird beziehungsweise von den deutschen Forst- und Großgrundbesitzern in und um Bad Eisenkappel. Die Ahnung von der Notwendigkeit, daß ein jedes Herrschaftsverhältnis von unten akzeptiert werden und in existentiellen Zwangslagen der Fehler immer zuerst und ausschließlich bei sich gesucht werden muß, und sei es aus ökonomischer Notwendigkeit, weil ein Bekenntnis zur slowenischen Kultur und Sprache beispielsweise, und sei dies aus nichts weiter als Protest, Möglichkeiten und Wege des sozialen Aufstiegs zu verschließen vermochte, anerzogene Hörigkeit am Ende eines jahrhundertelangen Einschüchterungs- und stetigen Vermittlungs-, inzwischen sogar Akzeptanzprozesses der eigenen, weil nichtdeutschen Minderwertigkeit, in dem die Assimilation zum einzig erstrebenswerten Ziel wird, Kogoj: Anpassungsdruck führt zu Angst, die Angst zur Verleugnung, die Verleugnung dazu, daß man heutzutage fast recht hat, wenn man sich wundert, daß überhaupt noch irgendeine nationale Gleichberechtigung gefordert wird, Kogoj: Weil es inzwischen viel zu wenige sind, obwohl mit ein bißchen Nachfragen viel mehr zuzugeben bereit zu sein scheinen, immerhin ein bißchen Slowenisch sprechen und sich an wenigstens einen slowenischen Vorfahren erinnern zu können, Kogoj: Das uralte Wissen, schlicht nicht mehr mitspielen zu dürfen, wenn nur eine der vielen Mehrheitsspielregeln mißachtet wird, die reflexartig präventive Bemühung daher: allen unbekannten Wandernden, denen man Cremeschnitten vorsetzt, nachdrücklich und im voraus zu versichern, man habe nie, werde nie mit dem Partisanenkampf zu tun haben, um nicht einmal in die Nähe eines Verdachts zu geraten: man hege Spaltungsgedanken, Heimatfeindliches, Selbstbewußtsein womöglich um Himmels willen. Vielleicht ganz andere, jeweils ganz individuelle Gründe, wer weiß das für die einzelnen schon, und was weiß ich schon, ich spekuliere nur. Aber wer, sagen Sie, Pflügler, müßte all das, all diesen erinnerungspolitischen Ab- und Ausgrenzungsterror bis heute erfahren als den, sagen Sie nicht: derlei gebe es heute nicht mehr, wirksamsten Weg einer um nichts als die eigene Vollständigkeit sichere Selbstdefinition per Abgrenzung und eindeutige Werte feste Charakteristika klare Feindbilder panisch bemühten Mehrheitsgesellschaft und damit zugleich auch -erinnerung. Im Kleinen haben wir Ähnliches schon am Beispiel Ihres Treffens mit Kall gesehen, der Mut jener einen homogenen Mehrheitsstimme zur Lüge und Wiederholung allein garantiert die eigene, ganz persönliche Reinheit, die um so frechere Lüge und penetrantere Wiederholung sind ihre Ursprünge und sorgen für die lähmende Ohnmacht der jeweils anderen, der unseren zum Beispiel: Es muß nur oft genug jemand als Verbrecher beschimpft werden ab demjenigen Moment, in welchem erkannt werden mußte, daß die Beschimpften niemals Verbrecher gewesen sind, sei es: weil es bewiesen, sei es: weil der eigene Unfug eingesehen worden ist. Da jedes noch so geringe Zugeständnis das wacklige Gerüst einbrechen ließe, wird auf Mythen als: bereitwillig angenommene Gewißheiten, sowie auf Stereotypen zurückgegriffen, um angemessen stigmatisieren zu können, wird ausschließlich und gegen alle Bedenken Wider- und Einsprüche das erinnert, was dem berechnenden Klang nutzt und als Ergebnis eigener Kennerschaft rationalisiert werden kann: über Wut, Kogoj: Lassen Sie mich etwas sehr Wahres aus einigen grundwahren Überlegungen zur Musik beitragen, von denen ich Lebonja bereits berichtet habe. Zuvor: Der neunzehnhunderteinundvierzig durch das Sammeln und Verlegen explizit antisemitischer, aber ebenso explizit: Kärntner Sagen aufgefallene Georg Graber, der neunzehnhundertsechsundfünfzig über den Kärntner Volkstums- und Volksliedforscher sowie Chorsänger Anton Anderluh zu berichten wußte, daß dieser: seiner Heimat Kärnten Wege gewiesen habe, die umblüht seien von den Blumen echter, unverfälschter Volkskunst. Daß es seit jeher die Aufgabe der Kunst gewesen sei, das Verständnis für die Schönheit herauszubilden, Kogoj: Besonders letzteres ist natürlich schrecklicher Unfug, jene wahren musikalischen Überlegungen jedoch unternehmen verläßlich und im scharfen Gegensatz zu Graber und anscheinend auch Anderluh jenen Schritt in die richtige Richtung, den auch Sie so sehr verachten, aber beklagen Sie sich nicht, Pflügler, denn Sie sind es, der einfach nicht aufhört, singen zu wollen immerzu und Lieder zu lieben nichts sonst, dagegen müssen Sie sich aus jenen Überlegungen nun anhören: Die Wut über die Avantgarde sei so unmäßig, heißt es da, sie gehe so weit über deren Rolle unter der späten Industriegesellschaft, gewiß über ihren Anteil an deren kulturellen Ostentationen hinaus, weil das, Kogoj: Jetzt kommt es: verängstigte Bewußtsein in der neuen Kunst die Pforte verriegelt finde, durch welche es der totalen Aufklärung zu entfliehen gehofft habe, Kogoj: Da ist beinahe alles drin, was wir brauchen, und Kogoj: Der Grund also der Wut: das unleugbare Wissen um die grundsätzliche Rechtmäßigkeit eines jeden Einspruchs, um die logischen Widersprüche der eigenen Argumentation, und nicht zuletzt darauf antwortet die Wut, heißt es im Mahler-Essay desselben Sozialforschers, ohne den wir hier nicht und auch sonst nirgendwo auskommen. Denn wenn Sie nun Mahler schon seit jeher so sehr gehaßt haben wollen: wie die Pest, Pflügler, den Gesang Ihres Vaters dagegen geliebt, Ihr: Lied, über den bloßen Ausdruck von Liebe und Haß jedoch niemals hinausgekommen sind. Kann ich Ihnen hiermit den Grund des letzteren erklären, und Kogoj: Bis zu Mahler sei auch große Musik tautologisch gewesen, heißt es da, Kogoj: mein Zusatz: vom Kärntner Lied ganz zu schweigen, Kogoj: Damals wie heute, und eben dieses Tautologische sei die Stimmigkeit der Musik gewesen, die Stimmigkeit des widerspruchslosen Systems. Von Mahler werde es gekündigt, und der Bruch werde zur Form, ohne jedes vermittelnde Bewußtsein jedoch behielten Verhängnis, der Mythos das letzte Wort, und Kogoj: Der Haß gegen Mahler, mit antisemitischen Nebentönen natürlich, sei deshalb von dem gegen die: neue Musik gar nicht so verschieden gewesen, vermittelndes Bewußtsein also, und Kogoj: Eben deshalb, Pflügler. Haben Sie es gewußt, da schließt sich alles, aber sagen Sie. Zurück zum Quiz: Haben Sie schon eine Idee: von wem hier die Rede sein könnte. Sicher mögen auch die von mir Gesuchten Verbrechen verübt oder unverhältnismäßig agiert haben von Zeit zu Zeit, Taten begangen haben, die dem eigentlichen Anliegen nicht eben förderlich waren, ihm sogar entgegengewirkt haben, als Taten ohne jeden Zusammenhang vielleicht zu verurteilen wären. Aber haben Sie schon einmal etwas von Kontexten gehört, Pflügler. Von Relationen oder, nur für Sie, ganz einfach, von der Frage: Wer hat angefangen, erstens, und, zweitens: Von wem ist und wäre auch langfristig eine ungleich größere Bedrohung für eine ungleich höhere Anzahl Menschen ausgegangen, wer ist daher und deshalb bei noch jeder Verurteilung zuerst und umfassender, rigider, wenn nicht gar gleich ganz ausschließlich zu berücksichtigen, Pflügler. Meine insgesamt dritte oder vierte Frage inzwischen ich weiß es nicht: Wer ist auf der einen Seite mit breitest gesellschaftlichem Rückhalt und umfassend eliminatorischem Anspruch ans Werk gegangen, wer hat sich auf der anderen Seite nur irgendwie zu retten versucht, anstatt sich wehrlos einverleiben zu lassen, und hat dabei im Affekt allenfalls und vergleichsweise marginal über die Stränge geschlagen, wenn man bedenkt und berücksichtigt, daß dabei der, ich wiederhole mich in dieser Hinsicht nicht ohne Grund: mit erbärmlichsten Mitteln und Möglichkeiten effizienteste und militärisch wichtigste Widerstand auf heute österreichischem Boden gegen den Nationalsozialismus geleistet wurde. Die Frage: Wessen relativ gesehen verschwindend geringe Mißgriffe werden, im Blick zurück, mit aller Absicht oder Ignoranz, zum per se einzig Verbrecherischen jener Zeit stilisiert, meine Frage: Ist das Verbrechen nicht ein ganz anderes: derlei Relationen zu mißachten, zu Geschichtsfälschungszwecken zu vergleichen, was objektiv nicht zu vergleichen ist, unter den Tisch fallen zu lassen, was doch nachdrücklich betont werden müßte, um ausschließlich das zu betonen, was nüchtern betrachtet ganz offensichtlich sekundär ist, Kogoj: Und all dies allein deshalb, weil einem ein Eingeständnis der Schuld derjenigen Gruppe, der man sich selber aufgrund welcher aufgepfropfter Zwänge auch immer nun gerade zurechnen muß und gleichzeitig aber auch, Kogoj: Das ist ja das Verrückte, zurechnen will: die eigene Positionierung darin durcheinanderbrächte, und sagen Sie, Pflügler, ist es nicht, wenn zwar auch leider vermutlich kein strafbares Verbrechen, so aber doch eine unfaßbare Frechheit: einen notwendigen Widerstand gegen Germanisierungen Enteignungen Aussiedlungen Deportationen Verhaftungen Internierungen Hinrichtungen, gegen das breite Ideen- und Methodenspektrum, den enormen Einfallsreichtum der nationalsozialistischen Bürokratie, was Restriktionstechniken angeht, unabhängig davon: ob man nun zufällig slowenischer Nationalist war oder konservativer Katholik katholischer Kommunist oder sogar nur Sozialdemokrat, ob Arbeiter Holzfäller Bauer Beamter gar nichts von alldem, wer sich nicht bekennen wollte, wurde getroffen, eine Frechheit: einen solchen Widerstand als bloße: Sabotage, als Willkürakt und Angriff auf die Heimat zu bezeichnen ohne Unterlaß. Aber wer war das. Möchten Sie nicht doch raten. Sie kommen nicht drauf, nicht wahr, ich frage anders und drehe die Frage um, macht es Ihnen noch Spaß ist Ihnen langweilig. Da müssen Sie durch, vielleicht wird es jetzt ein wenig leichter für Sie, ich frage auch nicht mehr lang, keine Sorge: Wer und damit auch: Wessen große Erzählung muß sich nicht zu Unrecht vorwerfen lassen, daß sie ein Feldzug ist. Ganz einfach, nach wie vor: ein Feldzug gegen die Erinnerung und also Würdigung dieses Widerstands und damit zugleich all seiner relevanten Hintergründe: ein Feldzug, der von diesen Hintergründen zur Gänze absieht und jeden damaligen Widerstand als Kampf wenn überhaupt für irgend etwas, dann für ein kommunistisches Tito-Jugoslawien wertet und damit als Kampf gegen die doch die Welt nichts weiter als vor asiatischen Bolschewisten schützende deutsche Wehrmacht, unschuldige Bürger. Ein Feldzug im mehr oder weniger verklausulierten Namen der Ehrenrettung des Dritten Reiches und dessen Kriegszielen gegen alle, die diese Ziele hatten bekämpfen wollen oder diesen Kampf bis heute nicht zu vergessen beabsichtigen, ein ununterbrochener Feldzug seit wenigstens neunzehnhundertachtzehn bis heute außerdem gegen alles, was etwas anderes wollen könnte, allein, weil es nicht in deutschem Nationalwahn aufgehen will, und damit angeblich automatisch: die Schwächung der Mehrheit bewirken könnte, ein Feldzug und sei es nur, weil man irgendwo ein paar Dutzend zweisprachige Ortstafeln aus Prinzip und als Reaktion gegen die allumfassende Gleichmachung aufgestellt sieht und sich selber damit zugleich wenigstens zur Hälfte an Slowenien abgetreten. Ein unglaublich paranoider Feldzug also, abschließend, gegen einen Fremdkörper und eine inkonkrete schwebende wabernde Bedrohung ohne Form oder Gesicht, ein nicht und niemals greifbares Feindbild, das sich keineswegs gegen einzelne oder gar bestimmte Personen richten muß, sondern nur gegen den lose kollektiv stigmatisierten Feind an sich. Dessen Bild in diesem Fall schon allein deshalb ungenau sein muß, weil doch gegen Ende des Krieges gerade einmal noch fünfzehn Prozent aller Partisanen Kärntner Slowenen gewesen sein sollen, aber derlei ist zu kompliziert differenziert paßt nicht zur These wäre eine zweite Stimme und damit eine Stimme nicht wahr: zuviel. Haben die Partisanen gegen die Nazis gekämpft, weil sie sich nicht eindeutschen lassen wollten, kämpfen die ein oder anderen kärntner-slowenischen Organisationen und ihre Sympathisanten heute mit anderen Mitteln gegen ähnliche Tendenzen, die einen mehr, die anderen weniger aus nationalistischen Gründen, alle, die es tun, unterstelle ich hoffend: aus Prinzip und aus emanzipatorischer Notwendigkeit gegen eine einzelne unter zahllosen

Formen wahnhafter Gleichmacherei, Leit- oder schon Diktatkultur irgendwo, deren Antreiber einfach und einfach nicht lockerlassen können, bis nicht endgültig alle das gleiche und einzig das gleiche glauben und sehen und hören und sagen und denken und aussprechen, erinnern, nur einem gehorchen: der Mehrheit, und mindestens zum Volksfeind erklärt, wer da nicht vollends und ohne nur einen einzigen Zwischengedanken mitmachen will, Pflügler, Kogoj: Denn es ist ja kein Geheimnis, daß die Leute mitmachen werden früher oder später, das ist ja das Schlimme, sobald sie es schwer haben. Wessen Erzählung scheint nur einfach nicht zu begreifen, begreift es sehr wohl, kalkuliert sehr bewußt, daß mit ihr sehenden Auges fortgesetzt wird, was schon im Dritten Reich nur aus dem Volkswillen aufgegriffen, weiterentwickelt, fortgesponnen, auf die Spitze getrieben wurde, allseits bekannt: wie sehr mit der Fokussierung auf Heimatliebe und Heimaterhaltung Verlustpanikattacken, Pflügler, Kogoj: Gepunktet werden konnte. Wessen Erzählung kalkuliert sehr bewußt, daß sie, was die Mittel angeht, auf natürlich nur allzu eindeutig abgeschwächter Ebene von Mehrheits-, Minderheitsgrenzziehungen samt entsprechender Rechteeinschränkungen oder Privilegiengewährungen einfach nicht lassen kann, nie konnte. Solange es ihr darum ging, den Ungehorsam gegen jeglichen nationalen Zwang und damit: den vermeintlichen Angriff auf die heimatliche und volkstümliche Einheit, die Bedrohung für ein Herrschafts-, ein Abhängigkeitsverhältnis, um das hier mit allen Mitteln gekämpft wird seit Jahrzehnten, abzuwehren, eine Kontinuität zu bewahren, ein Auszug aus den Stationen: Erster Weltkrieg neunzehnhundertvierzehn bis -achtzehn, Kärntner Abwehrkampf neunzehnhundertachtzehn bis -zwanzig, Volksabstimmung neunzehnhundertzwanzig, seitdem deren jährliches feierliches Gedenken und Aufwärmen immer wieder aufs neue, ab März neunzehnhundertachtunddreißig: verschärft praktische antislowenische Maßnahmen wie gesehen: Aussiedlungen, immer wieder: Germanisierung als das erklärte oberste Ziel und Germanisierungsmaßnahmen: Aufschriftenentfernung Eindeutschung von Orts-, Personennamen, Auflösung aller Organisationen und slowenischen Kindergärten, Schulen, Leitspruch: Deutsch für immer. Zwei Beispiele nur für deren Nachwirkung und Tradition bis heute: eine aktuelle Wanderkarte von Bad Eisenkappel und Umgebung, die einige Bergbauernhöfe nur mehr mit ihren eingedeutschten Namen verzeichnet: als Tschemer, als Rastotschnik und Petschnik, die Memoirenliteratur hingegen, in der diese drei beispielsweise als damals dem partisanischen Widerstand wohlgesonnene, wenn nicht gar unterstützende Höfe erwähnt werden und als: Čemer nämlich, vom Rastočnik und vom Pečnik. Zweites Beispiel: der kärntner-slowenische Filmemacher Stefan Hafner, der davon berichtet, daß seinem Großvater noch Jahre nach dessen Tod die Zeitung: Kärntner Bauer so stockstur wie ausschließlich an den eingedeutschten Hausnamen: Wriessnecker anstatt an den eigentlichen: Briznikar gesandt werde, Kogoj: Auch so läßt sich vermutlich in den Post- und auf den Gemeindeämtern wegillusionieren, was vorhanden ist, es aber nicht sein sollte, Kogoj: Aber weiter in der Reihe: erneuter Abwehrkampf, diesmal mit vereinten Kräften gegen die Partisanen neunzehnhunderteinundvierzig bis neunzehnhundertfünfundvierzig als unmittelbare Fortsetzung des ersten fast dreißig Jahre zuvor, Schulstreik neunzehnhundertachtundfünfzig, Ortstafelsturm neunzehnhundertzweiundsiebzig, der Streit um den Oktober-Tabor neunzehnhundertachtzig eine endlose, unvollständige Liste, nicht zu vergessen: endlos ermüdende Debatten um den Sinn und Unsinn zweisprachiger Ortstafeln seit Jahrzehnten und bis heute, zu guter Letzt und erst im September zweitausendsechs als vorläufiger Höhepunkt, schon wieder der: Landeshauptmann Jörg Haider in einem Wahlkampfbrief an die Bevölkerung: Kärnten wird einsprachig, Kogoj, leise: Unglaublich, Pflügler, nicht wahr, wie weit man gehen kann, wenn man nur will und weiß, daß man es ungestraft darf. Aber hier weiß jemand vermutlich nur allzu genau, was er wo abholen kann und was er haben will, muß er dazu auch auf rhetorische Mittel zurückgreifen, deren praktische Umsetzung wenigstens drei Viertel des Kontinents auf einzigartige Weise ins Unglück gestürzt hat. Nur zum Vergleich, was sich unter dem Nationalsozialismus an Kärntner Bäumen, Bildstöcken, Wegkreuzen geschrieben fand: Kärntner sprich Deutsch. Fällt Ihnen etwas auf. Nein. Ich helfe Ihnen, einmal mehr: eine Linie, eine Kontinuität der Nationalsozialismus darin nur eine Etappe von vielen, in der nichts anderes geschah als Heimatschutz, nicht einmal etwas Besonderes, war da etwa noch mehr als: Kampf um die Heimat, im übrigen entgegen Ihren wiederholten Behauptungen niemals von Beginn an ein Kampf gegen kommunistische und slawische Bedrohungen zugleich, den Kommunismus als Staatsform gab es neunzehnhundertneunzehn in Jugoslawien noch lange nicht, das sollten Sie wissen. Seien Sie erleichtert, ich komme zum Ende. Die beinahe letzte Frage: Wollen Sie da und nach alldem, nach meiner bestechenden Argumentation bisher tatsächlich noch behaupten. Sie hätten unter dem Stahlkreuz dort oben gestern am siebzehnten neunten zweitausendsechs zum inzwischen gut neunundvierzigsten Mal gestanden, wenn ich mich nicht irre, einzig und allein für den Frieden. Obwohl die, die Sie dort gefeiert haben, nichts als Tod und Verwüstung und Elend gebracht haben, ob von sich aus oder auf Befehl, sei für den Moment, aber nur für diesen, dahingestellt, die, die Sie dort oben ignorieren, hingegen: Befreiung. In diesem Jahr immerhin: Peter Goess, nach dem Tod seines Vaters neuer Hausherr des Bergs, der von einer: hinterfragenswerten Rolle der Heimkehrer gesprochen haben soll, die allerdings: sosehr sie auch mit Schuld beladen gewesen seien, Kogoj: Und da geht es schon wieder los: gewesen seien wohlgemerkt, jemand hat offensichtlich vergeben, dennoch: im Gebet der Gefallenen gedenken dürften. Lassen Sie mich ganz naiv fragen, Pflügler, vielleicht ein wenig zu naiv, und doch: Müßte nicht, wenn all dies, was Sie, wie Sie über Ihre Peršman-Erzählung inzwischen ja eingestanden haben, nun doch sehr freiwillig seit jeher schon erinnert haben, nur zum Wohl und zum Wohl einzig und allein einer rein deutschen Heimat geschehen ist. Müßte all dies dann nicht bedeuten, daß Ihnen der Fortbestand Deutschlands in Form des Dritten Reiches als des bisher mit Abstand rigidesten Mittels zur Durchsetzung Ihrer großdeutschen Träumereien als Erfolg gegolten hätte. Dann, Verbrechen der Wehrmacht hin oder her, stünde ja die gesamte Verteidigerei der Heimat endgültig und sogar zugegeben ausgesprochen: auch von Ihnen ausschließlich im vor Schmutz triefenden Zeichen der Protektion des Geists des Dritten Reiches. Und sagen Sie: Hören sich derartige Wünsche nicht stark nach Wiederbetätigung an nach NS-Verherrlichung anstatt nach Friedenswünschen, und sagen Sie: Sind Begriffe wie das unvermeidliche: Ewiggestrige für die Ihren dort oben nicht ein regelrechter Hohn, wenn man die Gefahr bedenkt, die von Ihnen ausgeht: bis heute, Kogoj: Müßten Sie nicht eigentlich, solange Sie schon derlei, gelinde gesagt: zweifelhafte Kontinuitäten und falsche Zusammenhänge flechten, nicht damit rechnen, daß Ihnen eine Kontinuität des Widerspruchs entgegengehalten wird, solange noch irgend jemand sprechen kann. Ein solcher Widerspruch hier, von mir, auch wenn man mich von ganz anderer Seite so verstanden haben will, als ob sich mir mit der: Vergangenheit und: deutschen Schuldfrage bisher möglicherweise keinerlei Verpflichtungen verbunden haben mögen und dies auch nicht tun werden, wogegen ich selbstverständlich eindeutig klarstellen möchte, und nur darum geht es hier überhaupt, um nichts sonst, Sie sind Zeuge: Solange derlei verfälschende Kontinuitäten geflochten und hier oder anderswo zum mehr oder weniger hegemonialen Konsens auf breitester Ebene erklärt und gerechtfertigt werden können ungestraft, sind sie mir die einfachste Begründung einer Verpflichtung, einem solchen Konsens entsprechend kontinuierlich etwas entgegenhalten zu müssen und zu wollen. Und sagen Sie, Pflügler, nach all dem, von dem ich einfach annehme, daß Sie ihm hier jetzt unausgesprochen zugestimmt haben: Da können Sie sich doch unmöglich, auch wenn Sie sich noch so oft auf irgendeinen Konsens und die vermeintliche Meinung der Allgemeinheit berufen, noch wirklich und weiterhin als Demokrat oder irgendwas nur entfernt Verwandtes bezeichnen wollen, allzu treffende Termini wie Wiederbetätigung und NS-Verherrlichung zugleich weit von sich zu weisen wagen, denn sagen Sie: Kann Konsens etwa Abmilderung und Entschärfung bedeuten und damit zugleich meinen, daß alles viel weniger schlimm und eben, wenn Sie es denn unbedingt hören wollen: nicht rechtsradikal ist, nur weil Sie behaupten, Ihre Allgemeinheit denke es, und sagen Sie, Pflügler, Kogoj, leise: Ich muß Sie etwas fragen: Können Sie all das noch hören. Seien Sie ehrlich: Können eigentlich auch Sie all das inzwischen längst nicht mehr hören. Pflügler. Immer wieder dasselbe, immer nur rückwärtsgewandt egal nun in welcher Form und egal, was wir dort sehen, niemals voraus, warum nicht endlich einmal voraus. Immer wieder dasselbe Thema, Stichwort: zugemüllt, Schuldfrage hin, Massenmord her, warum nicht mal weg- und vorausschauen, ganz unverkrampft und weiterkommen, lernen müssen, gelernt haben, etwas anderes sehen und hören endlich, wissen, abschließen, gestehen, bewältigen, erinnern, vergeben, Fortschritt. Sie haben recht. Warum eigentlich nicht. Warum immer und immer wieder nichts als dasselbe Thema, nie etwas anderes, kein einziger ungetrübter Blick voraus, endlich einmal weiterkommen, Kogoj: Wissen Sie was: Ganz genauso geht es auch mir. Ganz genauso. Ich kann es einfach nicht mehr hören, das versichere ich Ihnen. Ich hasse es, immer und immer wieder, tagtäglich wieder dasselbe Thema im weitesten Sinne, immerzu dasselbe, langweilig, zermürbend. Es lähmt mich so sehr und macht mich hilflos, ganz krank: immer nur ein Thema im Kopf haben zu können, all diese nötigen Vorsichts- und Rücksichtnahmen, heiklen Themen, Dinge, die man nicht an- und aussprechen darf, wie man will, immer dasselbe, niemals ein unverkrampftes Verhältnis zu irgendwas, Kogoj: Aber wissen Sie was, Pflügler, ich verrate Ihnen etwas, wollen Sie es hören. Egal. Sie müssen, es führt kein Weg dran vorbei, ich sage Ihnen etwas. Hören Sie: Es ändert sich einfach nichts. Sehr wenig jedenfalls nur, weder hier noch anderswo, all das hier und bisher Geschilderte ist ja nur ein Beispiel für vergleichbare Kontinuitäten, ähnliche Mechanismen nahezu überall im deutschen Sprachraum, Pflügler, hören Sie: Es ändert sich einfach nichts, ich habe es Ihnen gerade bewiesen. Sie waren dabei. Daher bleibt uns einfach nichts anderes übrig, als es Thema und hörbar bleiben zu lassen, bevor alles noch viel schlimmer wird, hören Sie: kein Vergessen, Pflügler, kein Vergeben, niemals. Letzte Frage: Wer. Vielleicht die überhaupt wichtigste, die Frage, wer: hätte sich einen solchen Dreck wie den Ihren überhaupt gar nicht so lange so freundlich angehört wie wir. Was denken Sie. Wer hat damals etwas getan gezwungenermaßen, Pflügler, und war damit weitestgehend allein, und. Würde aber heute. Wesentlich entschiedener als wir. Wieder etwas tun völlig vereinsamt. Nun. Haben Sie eine Idee, Pflügler. Raten Sie doch mal.

Ich bin vorausgefahren, Lebonja mußte versprechen, ebenfalls heraufzukommen: Eine Überraschung, hatte ich angekündigt und gewußt: Sie würde nicht angenommen. So einfach, will er neben mir wissen in der Wiese zwischen dem Haus seiner Eltern und dem Wald nahe Kohldorf. So einfach, sage ich, und Lebonja: Das war alles, Kogoj: Das war schon alles, das reicht mir für den Moment. Reichlich pathetisch, nicht wahr. Unangemessen, übertrieben vielleicht. Vermutlich nicht alles ganz richtig, aber das macht nichts, es hat seinen Zweck erfüllt. Wahrscheinlich nicht ganz legal, Freiheitsberaubung vielleicht, sonstwas, warten wir es ab, jetzt stört es mich noch nicht, wir haben nur zurückgeschlagen, Kogoj: Natürlich ist mit alldem, nicht allzuviel geschehen und geholfen, nicht einmal mit der Korrektur der Peršman-Erzählung. Eigentlich noch gar nichts, Pflügler ein wenig gedemütigt, mag durchaus sein, daß er etwas zu sagen und beizutragen, zu korrigieren oder einzuwerfen, sich gar zu verteidigen versucht hätte oder gar sich konstruktiv zu beteiligen. Aber das interessiert mich nicht, hat mich nicht sonderlich interessiert, dich etwa. Mag sein, daß er etwas gesagt und vielleicht sogar widersprochen hat an der einen Stelle oder anderen, aber gehört habe ich es nicht, zumindest nicht für übermittelnswert gehalten. Sowieso hat es hier um Pflüglers Reaktionen überhaupt gar nicht gehen sollen, er sollte sich nur anhören müssen, was es zu sagen gab, was nun einmal auch ich zu sagen gehabt habe gegen seinen und anderer jahrzehntelangen Monolog. Dagegen der meine, und das reicht mir für den Moment. Alles andere mag folgen oder auch nicht, und Pflügler also heute ein wenig gedemütigt, sonst nichts und wenn überhaupt, aber Genugtuung immerhin und im Idealfall für uns beide: jeweils ein zweiter Schritt, wir beide: etwas nachgeholt und erinnert, bedacht nun endlich und richtig gestellt ein für alle Mal im besonderen, noch längst nicht alles, natürlich nicht. Nicht einmal sonderlich viel, man wird sehen müssen, wie es jetzt weitergeht, aber weitergehen wird es auch im ganz Großen, und das muß es. Ich werde weitergehen und du, Kogoj: Meinen ersten Schritt haben vielleicht andere getan, den deinen ich nun für dich: Lebonja öffnet einen der Müllsäcke: Laub und Müll, Schmutz und Staub, ein gerahmtes Hochzeitsfoto vielleicht seiner Eltern, gut zwanzig Säcke warten etwas abseits vom Haus darauf, abgeholt zu werden, die Wiese zwischen Scheune und Haus ist gemäht und die Eingangstür frisch gestrichen sehr grün eine Bank in Rot aus Holz vor dem Haus glänzt in der untergehenden Sonne man kann noch nicht drauf sitzen. Die Tür läßt sich problemlos öffnen, sie quietscht nicht einmal mehr, wir wischen mit Lappen die letzten Arbeitsschlieren von den neu eingesetzten Küchenfenstern, sitzen in der Küche in einer Luft voller Lack und Glanz und Wandfarbe und Lebonja auf einem Stuhl, den er schon als Kind zum Feuerholz gegeben zu haben geglaubt hat: ein neues Polsterkissen, frische Farbe, ein neu geflochtener Sitz, die Beine fest verschraubt, wir trinken aus Blechbechern, die beim Aufsetzen klicken, mustern den Raum. Lebonja öffnet die Küchenschränke den Kleiderschrank im Flur, schließt ihn, unsere Mäntel hängen an der Garderobe, Lebonjas Mütze liegt auf der Truhe, mein Regenschirm, meine Tasche, der Küchentisch steht, wie er stehen sollte, die Wanduhr geht, auf der zu Teilen rundum erneuerten Küchenzeile brodelt Kaffee und unser Geräusch von Blechbechern auf dem Tisch, die Griffe werden heiß, und Kogoj: Nur der Herd hat nicht wieder funktioniert. Der Herd stand von der Wand abgerückt, ein halb ausgeräumter Werkzeugkoffer zwischen Wand und Herd zwischen Wand und Herd die Werkzeuge auf dem Boden verteilt, und Kogoj stand: im Spiegel der Garderobe im Eingangsbereich gegenüber, der wieder Bilder aufnimmt und Bilder eins nach dem anderen eines. Das andere bis weit und ganz weit: Kogoj zum Beispiel als Bild im wieder sehenden Spiegel der Garderobe gegenüber, und Kogoj klickte mit den Bechern, reicht mir Zucker, ich lasse Lebonja in der Küche sitzen, sie ging, einen neuen Teppich aus dem Wohnzimmer zu holen, der noch zum Trocknen aufhängt, um ihn Lebonja zu zeigen, und Kogoj: wie sie sprach und lachte und ging und saß und stand, sie saß: auf dem Küchensofa, auf dessen von Lappen und alter Kleidung unebener Oberfläche sitzt man noch unbequem, aber Kogoj: Das würde anders und sich einsitzen mit der Zeit, weicher werden, wir bräuchten noch ein wenig Geduld, die wir nicht hätten. Die Schränke auf und zu, neues Geschirr neben altem und einer ganzen Reihe Töpfe, Pfannen, Tassen, Teller, Besteck, es wurde dunkler draußen und über uns: geheimnisvolles Knirschen in den Dekkenbalken, Kogoj: Dort oben war ich noch nicht. Wer weiß, was noch alles herumliegt in deinem alten Zimmer dem Schlafzimmer dem Bad der Trockenkammer. Die Lampe in der Küche: eine nackte Glühbirne, ein neuer Schirm auf dem Boden, der noch angebracht werden müßte, Kogoj: daß sie den dafür nötigen Schraubenschlüssel nicht habe finden können. Unsere Schuhe auf dem Flurboden und Spuren in den Resten ganz frischen Putzwassers, Kogoj: daß sie heute morgen noch einmal habe durchwischen lassen, der neue Teppich rutscht ein wenig, wir fixieren ihn mit einem Schuhschrank, den Lebonja nicht kennen will: Er hatte unter der Treppe gestanden, jetzt steht er im Eingangsbereich. Kogoj: behauptete, daß ich den doch hätte sehen müssen als Kind. Die alten Teppiche hängen neben zwei ebenfalls frisch gewaschenen neuen im Wohnzimmer und riechen im ganzen Raum nach Apfel

Zitrone und Putzmittel modrig, Türen Fensterrahmen: nach Lack, den kannten wir schon aus der Küche. Der Vorhof: gemäht, und links und rechts des Steinwegs ganz junger Rasen, ein kleines Plastikschild im Boden kündigt ihn an für viel später. Beete sind angelegt, Sonnenblumen gesät, allerlei anderes Blühende, auf der Wiese jenseits des Steinwegs mehrere Haufen trocknender Brennessel-, Farnmahd, trocknendes hohes Gras, und Kogoj legte: den Haustürschlüssel auf den Küchentisch zwischen die Tassen, sah mich an, Lebonja legt seine Schlüssel daneben, wir lassen sie liegen, zogen die Tür hinter uns zu. Lebonjas einzige Bedingung, sie hat sich mir nicht erfüllt, ich kann es ihm ansehen. Eine einzige Korrektur bisher, und eine einzige Korrektur bereits zu viel, Lebonja: Ich hatte sie niemals vornehmen wollen, keine einzige. Draußen eine Reisetasche und Lebonjas Fernseher, woher ich nun eigentlich all das gewußt hätte mit einem Mal über Heinrich Pflügler, dessen Geschichte in den Dreißigern, jetzt: hätte sie es mir doch verraten können. Deine Quellen, will er wissen auf dem Steinweg zwischen Gepäck und Haus und Weg und Stall, und Kogoj: Erfunden, Kogoj: Ähnlich der SS-Polizeiregiment-Geschichte, die ja dann doch nicht erfunden war: Zusammengeschrieben aus Geschichtsbüchern, nichts davon mehr als Spekulation, was Heinrich Pflügler angeht, und Kogoj: Heinrich Pflüglers Geschichte, die sie sich ihm recht frei anzudichten erlaubt habe, sei: die Geschichte mitunter ganz anderer Menschen. Ich habe ein wenig zusammengemischt, hiervon etwas, davon ein bißchen, ein wenig Wissenschaft, ein wenig Volksmund, jede Menge Memoirenliteratur, den Rest erfunden und daraus zusammenkonstruiert: was Heinrich Pflügler im besonderen angeht, Kogoj: Mythologisiert, und damit nur dasselbe getan wie der Klang, Kogoj: geklungen habe nun ausnahmsweise auch sie: ein erhellendes Prinzip, und Kogoj: Daran geglaubt, nichts weiter, es funktioniert. Daß Pflügler darauf angesprungen ist, beweist nur, wie wenig Faktisches er selber gewußt hat über die Zeit seines Vaters vor dessen Zeit als Soldat, gewußt wird er tatsächlich nicht mehr haben als das, was er wußte über ihn im Krieg. Vermutlich waren die Jahre des Vaters zuvor nicht sonderlich erzählenswert, das Leben als Zivilist: nicht übermäßig erwähnenswert, das Leben als Wehrmachtssoldat ganz allein: überhaupt und als einziges Leben wahrhaft ein Leben, sonst rein gar nichts was denn schon sonst, sie lacht. Pflüglers aufgekratzte Reaktion, seine Verteidigungsbemühungen: nichts als ein Beweis dafür, daß ich ziemlich nah an das herangekommen sein muß, was auch er sich erwartet hätte über diese Jahre seines Vaters aufgrund dessen, wie er ihn kannte, Kogoj: Er hat sie ja alle bestätigt, offensichtlich hätte er seinem Vater noch jedes einzelne ihm angedichtete Moment zugetraut und Pflüglers Vertrauen auf Mythen: gegen diese sichere Blindheit unser letztes Gespräch, mitzumachen, hatte ich gehofft, Lebonja bewegen zu können, wenn und indem ich dir einen Heinrich Pflügler vermittelte, der ein ganz anderes Licht auf seinen Sohn würfe, darauf: Wo dieser demnach wirklich steht, der sich auf ihn beruft, ich hatte gehofft, dich ein bißchen weniger fair und um nichts weniger als Verständnis bemüht zu sehen. Der in Wahrheit genau weiß, wo er herkommt, was er will, wie weit er gehen kann. Aber das hat nicht funktioniert, Kogoj: Was weiß ich, was Pflüglers Vater wirklich getan hat vor dem Krieg. Etwas so sehr anderes als das, was ich mir ausgedacht zusammengeschnitten habe, kann es nicht gewesen sein, der Sohn hat ja den Großteil all dessen bestätigt, und zusammenzuschreiben ist durchaus erlaubt, wen interessiert schon, wie gesagt: Originalität, wenn es darauf ankommt. Du hast nichts anderes gemacht: aus einer Handvoll Geschichtsbücher abgeschrieben, was du glaubtest erfahren zu müssen über Pflüglers Denken und Aussagen, was du damit anzufangen und wie zu verstehen hast, nichts weiter, und angefangen hast du das Falsche damit, gar nichts: die zweite Folge, die zweite Gefahr, denn es gibt so etwas wie Stille nicht, das kann es gar nicht, keine Stille, und etwas geschieht immer, das einen Klang erzeugt. Aber wenn man etwas anfängt und ein Instrument nimmt, am besten noch Lautsprecher dazu: die dritte Folge (keine Gefahr, zumindest nicht für uns): das Richtige. Meine Korrektur viel mehr als diejenige Lebonjas, Lebonja stand nur daneben. Du sahst zu heute nachmittag und warst dann fertig, zu gehen bereit, nachdem du eine Sache aber immerhin eine einzige Sache. Die dich am persönlichsten betraf, geradegerückt hattest. Danach war nichts mehr von dir zu hören, ich sprach und hatte dich zurückgeholt für einen Moment: anstatt einfach nur aufzunehmen, als dritte Folge nun endlich diktiert. Ich beendete, und Lebonja endete, was er hatte anfangen müssen, ohne es zu wollen, und trat zurück und wollte hinter mir abtreten, um dort zu bleiben: aufgetaucht für einen Moment und einen Moment lang schon zuviel, aber das Gehen kannst du jetzt nachholen. Weiter geht es nun auch ohne dich, und das muß es auch, Kogoj: Ich gehe jetzt weiter, und am Nachmittag Mara Kogoj: Wer hat damals etwas getan gezwungenermaßen, Pflügler, und war damit weitestgehend allein, und. Würde aber heute. Wesentlich entschiedener als wir. Wieder etwas tun völlig vereinsamt. Nun. Haben Sie eine Idee. Raten Sie doch mal. Kommen wir damit zum Peršmanhof, denn: Wenn all das stimmt, was Sie bis hierhin von mir im allgemeinen gehört haben, Pflügler. Aufgrund von Fakten ausnahmsweise anstatt einiger weniger haarsträubender Erzählungen Märchen Stammtischgeschichten. Dann lüge ich doch nicht etwa, wenn ich Ihnen nun auch noch berichte, was ich weiß: Wie es wirklich gewesen ist am vierundzwanzigsten oder fünfundzwanzigsten vierten fünfundvierzig. Auf dem Steinweg, die Hände in den Hosentaschen nach der Schlüsselabgabe, wir standen uns ratlos schweigend einander lange an- und an uns vorbeisehend gegenüber, murmelten: So einfach war das, das war alles, grüßten kurz. Kogoj drehte sich um zum Wald zum Schloß zur Aussicht, ich gehe los, ich nahm die Tasche, auf den Steinweg in die andere Richtung nach Kohldorf: Kogoj, die kleiner wurde und kleiner, ich hörte sie rufen am Waldrand: Kann doch sehr schön sein hier, nicht wahr, hörte sie rufen, sah sie abbiegen, in den Wald in Richtung der Aussicht verschwinden: Wenn man nur will, und konnte sie wieder und immer noch hören am Nachmittag: Es widerspricht in nahezu jeder Hinsicht dem, was Sie behaupten, der ewig selbe Mechanismus. Lebonja: auf seinem Weg den Steinweg hinauf in die andere Richtung und von mir weg von mir weg, wird kleiner wird kleiner, und Lebonja: nach Kohldorf hinunter in die Stadt hinein, dann wieder hinaus in Richtung Flughafen: Dies also und soviel immerhin wußte ich jetzt dank meines vergleichsweise ziellosen Kreisens: Ich gehe dort erst gar nicht hin, worüber Kogoj schon längst hinaus ist, ich werde und will dort niemals sein, aber überleben statt dessen, und Lebonja: Im bewegungslosen Erinnern, vor der Abreise, was soll uns da aufgehen. Denn wir wissen einfach nicht, weißt du, ich hörte: Wir wissen ja nicht: was, aber Kogoj: Ganz im Gegenteil: Ich weiß ganz genau, mir bleibt gar nichts anderes übrig. Eine Sicherheit daher ein für allemal, meine Korrektur nun endlich und endlich unser Instrument auch in Zukunft, denn so geht es und ging es am Nachmittag weiter: vierundzwanzigster, vielleicht fünfundzwanzigster April fünfundvierzig, Pflügler. Hören Sie zu: